Tricia Levenseller
Daughter of the Pirate King
Fürchte mein Schwert

Tricia Levenseller

Daughter of the Pirate King
Fürchte mein Schwert

Roman

Aus dem Amerikanischen von Frauke Meier

blanvalet

Die Originalausgabe erschien 2017 unter dem Titel
»Daughter of the Pirate King« bei Feiwel and Friends, an imprint of
Macmillan Publishing Group, LLC, New York.

Dieser Roman ist im Februar 2024 bei der Bücherbüchse erschienen.

FSC
www.fsc.org
MIX
Papier | Fördert
gute Waldnutzung
FSC® C014496

Penguin Random House Verlagsgruppe FSC® N001967

2. Auflage 2024

Redaktion: Joern Rauser
Umschlaggestaltung: © www.buerosued.de nach einer
Originalvorlage von Pushkin Press UK
Umschlagmotive: © Micaela Alcaino
Karte: © 2017 by Jen Wang
SH · Herstellung: fe
Satz: Buch-Werkstatt GmbH, Bad Aibling
Druck und Bindung: GGP Media GmbH, Pößneck
Printed in Germany
ISBN 978-3-7341-6388-3

www.blanvalet.de

Für Alisa,
meine Schwester, Freundin und erste Leserin

»LASST UNS NICHT, LIEBE FREUNDE,
UNSERE LIEBEN FREUNDE DIE TINTENFISCHE
VERGESSEN.«

Captain Jack Sparrow

Fluch der Karibik 3 – Am Ende der Welt

Kapitel 1

Ich hasse es, mich anzuziehen wie ein Mann.

Das Baumwollhemd ist zu weit, die Kniehose zu groß, die Stiefel sind zu unbequem. Mein Haar trage ich unter der kleinen Matrosenmütze zu einem festen Dutt gesteckt. Das Schwert ist an die linke Hüfte gegürtet, eine nicht gezogene Pistole hängt an der rechten.

Die Kleidung ist unangenehm, weil sie überall an den falschen Stellen zu locker sitzt. Und der Geruch! Man könnte glauben, Männer täten nichts anderes, als sich in toten Fischen zu wälzen, während sie sich die Ärmel mit ihren eigenen Exkrementen beschmieren. Aber vielleicht sollte ich mich weniger beklagen.

Solche Vorbereitungen sind eben notwendig, wenn man von Piraten geentert wird.

Zahlenmäßig und waffentechnisch sind wir unterlegen. Sieben meiner Männer liegen tot auf dem Rücken. Zwei weitere sind über Bord gesprungen, kaum dass sie die schwarze Flagge der *Night Farer* am Horizont erblickt hatten.

Deserteure. Die sind der feigste Schmutz überhaupt und verdienen … welches Schicksal auch immer sie erwartet. Ob sie nun ermüden und ertrinken oder von den Geschöpfen der See erwischt werden.

Stahl schwirrt durch die Luft. Das Schiff erbebt unter dem

Krachen der Kanonen. Lange können wir nicht mehr standhalten.

»Es hat noch zwei erwischt, Captain«, sagt Mandsy, vorläufig mein Erster Maat, als sie durch die Falltür lugt.

»Ich sollte da oben sein und ihnen etwas Stahl in die Rippen stoßen«, sage ich, »und mich nicht verstecken wie ein hilfloser Welpe.«

»Ein bisschen Geduld«, ermahnt sie mich. »Wenn wir das überleben sollen, darfst du dich nicht vom Fleck rühren.«

»Überleben?«, frage ich gekränkt.

»Lass es mich anders formulieren. Wenn wir Erfolg haben wollen, solltest du dich wirklich nicht dabei erwischen lassen, beeindruckende Kunststücke mit dem Schwert vorzuführen.«

»Aber, vielleicht, wenn ich nur ein paar von ihnen töte …«, sage ich mehr zu mir selbst.

»Du weißt, dass wir das nicht riskieren dürfen«, erwidert sie. Dann fügt sie plötzlich hinzu: »Noch mehr Männer haben das Schiff geentert. Ich glaube, sie kommen hierher.«

Endlich. »Gib Befehl zur Kapitulation.«

»Aye, Captain.« Sie steigt die restlichen Stufen zum Deck empor.

»Und lass dich nicht umbringen!«, zische ich hinter ihr her.

Sie nickt und verschwindet durch die Falltür.

Lass dich nicht umbringen, wiederhole ich in Gedanken. Mandsy ist eine der drei Personen auf diesem Schiff, denen ich vertraue. Sie ist ein gutes Mädchen, wirklich klug, zuversichtlich – und außerdem eine verlässliche Stimme der Vernunft, die ich während unserer Reise dringend gebraucht habe. Sie hat sich freiwillig bereit erklärt mitzukommen, zusammen mit zwei anderen Mädchen aus meiner richtigen Mannschaft. Ich hätte ihnen allen nicht gestatten dürfen, sich mir anzuschließen, aber ich brauchte ihre Hilfe, um diese nutzlosen Männer bei der Stange zu halten. Das Leben wäre in den letzten paar Wochen so viel leichter gewesen, hätte ich meine Mannschaft bei diesem Wagnis dabeigehabt.

»Legt die Waffen nieder.«

Ich kann ihren Ruf wegen all den Kampfgeräuschen kaum hören. Aber dann wird es ruhiger. Entersäbel fallen mehr oder weniger im nächsten Augenblick auf die hölzernen Planken. Die Männer, die derzeit unter meinem Kommando stehen, müssen mit dem Befehl gerechnet haben. Womöglich haben sie sogar dafür gebetet. Hätte ich nicht den Befehl zur Kapitulation erteilt, vielleicht hätten sie aus eigenem Antrieb aufgegeben. Diese Mannschaft besteht beileibe nicht aus den tapfersten Kerlen.

Ich klettere die Stufen hinauf, liege direkt unter Deck auf der Lauer und halte mich außer Sicht. Ich soll die Rolle eines harmlosen Schiffsjungen spielen. Wenn diese Männer herausfinden, wer ich wirklich bin …

»Seht unter Deck nach. Vergewissert euch, dass sich da niemand versteckt.« Das war einer der Piraten. Ich kann ihn von meinem Versteck aus zwar nicht sehen, aber wenn er Befehle erteilt, muss es sich entweder um den Ersten Maat oder um den Captain handeln.

Mein Körper verspannt sich, obwohl ich genau weiß, was als Nächstes passieren wird.

Die Falltür wird gehoben, und ein hässliches Gesicht mit einem stinkenden, zotteligen Bart, gelben Zähnen und einer gebrochenen Nase schiebt sich in mein Blickfeld. Fleischige Arme umfassen mich grob, heben mich von der Leiter und werfen mich auf Deck.

Ein Wunder, dass ich die Mütze nicht verliere.

»Lasst sie antreten!«

Als mir der hässliche Pirat die Waffen abnimmt, stehe ich wieder auf den Beinen. Dann rammt er mir den Fuß in die Kehrseite, um mich wie den Rest meiner Männer auf die Knie zu zwingen. Ich sehe die Reihe hinunter und entspanne mich ein wenig, als ich Mandsy entdecke. Sorinda und Zimah sind auch unverletzt. Gut. Meinen Mädchen ist also nichts passiert. Zur Hölle mit dem Rest der Mannschaft.

Ich nehme mir einen Augenblick, um den Piraten zu beobachten, der die Befehle bellt. Er ist ein junger Mann, vielleicht noch unter zwanzig. Ungewöhnlich. Junge Männer sind normalerweise die, die Befehle empfangen, ganz besonders in Mannschaften wie dieser. Seine Augen funkeln siegestrunken nach der Schlacht, sein Stand ist sicher, seine Miene zuversichtlich. Vermutlich ist er einen Kopf größer als ich – sofern ich stehe – und sein dunkelbraunes Haar hat die Farbe eines Robbenfells. Sein Gesicht ist ein durchaus angenehmer Anblick, aber das bedeutet mir, da ich weiß, dass er zu dieser Mannschaft gehört, überhaupt nichts. In der Reihe fällt ihm Mandsy auf. Ihre Mütze ist heruntergefallen und so sind ihr langes braunes Haar und das hübsche Gesicht zu sehen. Er zwinkert ihr zu.

Alles in allem würde ich sagen, er ist ein großspuriger Mistkerl.

Meine Mannschaft und ich, wir warten still auf was auch immer die Piraten da für uns auf Lager haben. Der Rauch von den Kanonenschüssen wogt um uns herum. Trümmer verteilen sich um das Schiff. Geruch von Schießpulver liegt in der Luft und kratzt in meiner Kehle.

Schritte klingen auf, als ein Mann über die Planke marschiert, die die beiden Schiffe verbindet. Sein Kopf ist nach unten gerichtet, sodass nicht mehr als ein schwarzer Hut mit weißer Feder an der Seite von ihm erkennbar ist.

»Captain«, sagt der Pirat, der zuvor Befehle gebrüllt hat. »Alle Männer auf dem Schiff stehen vor dir.«

»Gut, Riden. Aber hoffen wir lieber, dass diese hier nicht alle Männer sind.«

Ein paar Piraten kichern. Einige meiner Männer schauen sich nervös in meine Richtung um.

Narren! Sie verraten mich allzu leichtfertig.

»Bisher hab ich drei Mädels gefunden, aber keins hat rotes Haar.«

Der Captain nickt. »Hört her!«, brüllt er und hebt den Kopf, sodass wir ihn erstmals richtig sehen können.

Er ist nicht viel älter als sein großspuriger Erster Maat. Gemächlich betrachte ich die Gesichter der Piraten. Viele von ihnen haben nicht einmal Haare am Kinn. Was für eine unfassbar junge Piratenmannschaft! Ich hatte gehört, die *Night Farer* stünde nicht länger unter dem Kommando des Piratenlords Jeskor – und dass sein Nachfolger ein junger Captain sei –, aber ich hatte nicht damit gerechnet, dass die ganze Mannschaft so jung ist.

»Ihr habt doch sicher alle die Geschichten über Jeskor den Kopfspalter gehört«, fährt der junge Piratenkapitän fort. »Ich bin sein Sohn Draxen. Und ihr werdet feststellen, dass mein Ruf noch viel schlimmer werden wird.«

Ich kann nicht anders, ich muss lachen. Glaubt der Kerl, er kann sich einen Ruf schaffen, indem er aller Welt erzählt, wie furchterregend er ist?

»Kearan«, sagt der Captain und nickt dem Mann hinter mir zu.

Kearan rammt mir den Schwertknauf auf den Kopf. Der Schlag ist nicht hart genug, um mich umzuhauen, aber hart genug, um höllisch wehzutun.

Das reicht jetzt, denke ich. Mandsys Mahnungen sind plötzlich weit entfernt von meinem Bewusstsein. Ich bin es leid, wie ein Diener auf dem Boden zu knien. Ich stemme die Hände auf das hölzerne Deck, strecke die Beine nach hinten und verhake die Füße hinter den Absätzen des hässlichen Piraten. Mit einem Ruck ziehe ich sie vor und Kearan kippt nach hinten. Rasch stehe ich auf, drehe mich um und nehme ihm mein Schwert und meine Pistole ab, ehe er wieder auf die Beine kommt.

Ich richte meine Pistole auf Draxens Gesicht. »Runter von meinem Schiff, und nimm deine Männer mit.«

Hinter mir höre ich ein Rascheln: Kearan richtet sich auf. Ich ramme den Ellbogen zurück und treffe seinen riesigen Bauch. Es klatscht gewaltig, als er erneut zu Boden geht.

Es ist still. Alle können hören, wie ich den Hahn meiner Pistole spanne. »Verschwindet. Jetzt sofort.«

Der Captain versucht, unter meine Mütze zu sehen. Ich könnte mich unter seinem Blick ducken, aber das würde bedeuten, dass ich ihn aus den Augen lassen müsste.

Auf einmal fällt ein Schuss und reißt mir die Pistole aus der Hand. Sie landet auf den Planken und rutscht außer Sichtweite.

Ich schaue nach rechts und sehe den Ersten Maat – Riden –, wie er seine Pistole zurück ins Holster schiebt. Ein arrogantes Lächeln breitet sich auf seinem Gesicht aus. Zwar würde ich ihm diesen Ausdruck gern mit dem Schwert abrasieren, aber ich gebe zu, der Schuss war beeindruckend.

Doch das hindert mich nicht daran, wütend zu werden. Ich ziehe mein Schwert und trete auf den Ersten Maat zu. »Du hättest meine Hand erwischen können.«

»Nur, wenn ich das gewollt hätte.«

Viel zu schnell packen mich zwei Männer von hinten, einer an jedem Arm.

»Ich finde, für einen einfachen Schiffsjungen, der noch nicht mal im Stimmbruch ist, redest du viel zu viel«, sagt der Captain »Nimm die Mütze ab.«

Einer meiner Häscher reißt mir die Mütze vom Kopf – mein Haar löst sich und fällt mir über den halben Rücken.

»Prinzessin Alosa«, sagt Draxen. »Da bist du ja. Ein bisschen jünger, als ich erwartet hatte.«

Der muss gerade reden. Mir mögen noch drei Jahre an zwanzig fehlen, aber ich könnte meinen Schwertarm darauf verwetten, dass ich ihm bei jeder Herausforderung – sei sie geistig oder körperlich – überlegen bin.

»Ich hatte schon befürchtet, dass wir das Schiff auseinandernehmen müssen, um dich zu finden«, fährt er fort. »Du wirst uns jetzt begleiten.«

»Ich glaube, Captain, du solltest schnell merken, dass ich mir nicht gern sagen lasse, was ich zu tun habe.«

Draxen prustet, legt die Hand auf den Gürtel und dreht sich zur *Night Farer* um. Sein Erster Maat hingegen lässt mich nicht aus den Augen, als würde er jeden Moment mit einer gewalttätigen Reaktion rechnen.

Nun ja, natürlich werde ich gewalttätig reagieren, aber warum sollte er jetzt schon damit rechnen?

Ich ramme dem Piraten, der meinen rechten Arm hält, den Absatz auf den Fuß. Grunzend lässt er mich los und bückt sich. Dann schlage ich ihm die befreite Handkante an die Kehle. Er würgt und umfasst mit beiden Händen seinen Hals.

Draxen dreht sich um, um nachzusehen, was der Aufruhr zu bedeuten hat. Inzwischen richtet Riden eine andere Pistole auf mich, immer noch mit einem Lächeln auf den Lippen. Einschüssige Pistolen sind mit Schießpulver und Eisenkugel nachzuladen, das braucht aber Zeit. Weshalb die meisten Männer mindestens zwei davon haben.

»Ich habe Bedingungen, Captain«, sage ich.

»Bedingungen?«, wiederholt er fassungslos.

»Wir werden die Bedingungen meiner Kapitulation verhandeln. Zunächst will ich dein Wort, dass meine Mannschaft unversehrt freigelassen wird.«

Draxen nimmt die rechte Hand von seinem Gürtel und greift nach einer seiner Pistolen. Kaum hat er sie, richtet er sie auf den ersten meiner Männer und feuert. Der Pirat hinter ihm springt zur Seite, als mein Mannschaftsmitglied tot umfällt.

»Fordere mich nicht heraus«, befiehlt Draxen. »Du gehst auf mein Schiff. Sofort.«

Ohne jeden Zweifel legt er es darauf an, sich seines Rufs würdig zu erweisen. Aber wenn er glaubt, er könne mich einschüchtern, liegt er falsch.

Wieder greife ich zu meinem Schwert und ziehe es über die Kehle des Piraten, der noch dabei ist, sich von meinem Schlag an den Hals zu erholen.

Ridens Augen weiten sich, während sich die des Captains zusammenziehen. Draxen zieht eine weitere Pistole aus dem Hosenbund und feuert auf den zweiten Mann in der Reihe. Er fällt ebenso um wie der erste.

Ich ramme mein Schwert in den Piraten, der mir am nächsten steht. Er schreit auf, ehe er erst auf die Knie und dann in ganzer Länge auf das Deck sinkt. Die Stiefel, die ich trage, sind nun klebrig vor Blut. Ich habe ein paar rote Fußabdrücke auf dem Holz hinterlassen.

»Aufhören!«, brüllt Riden. Er tritt näher und richtet seine

Pistole auf meine Brust. Mich überrascht es nicht, dass sein Lächeln nun verschwunden ist.

»Wolltet ihr mich töten, hättet ihr es längst getan«, sage ich. »Da ihr mich aber lebendig wollt, werdet ihr meinen Bedingungen zustimmen.« Binnen Sekunden habe ich Kearan entwaffnet, den Piraten, der mich zuvor gepackt hatte. Ich zwinge ihn auf die Knie. Eine Hand reißt seinen Kopf am Haar zurück; die andere hält meine Klinge an seinen Hals. Er gibt keinen Ton von sich, während ich sein Leben in Händen halte. Beeindruckend, wenn man bedenkt, dass er zugesehen hat, wie ich zwei seiner Schiffskameraden getötet habe. Er muss wissen, dass ich wegen seines Todes kein schlechtes Gewissen hätte.

Draxen steht vor einem dritten Mitglied meiner Mannschaft und hält eine neue Pistole in der Hand.

Dieses Mal ist es Mandsy.

Ich lasse mir meine Angst nicht anmerken. Er muss mich für gleichgültig halten. Es wird gelingen.

»Dafür, dass du um die Sicherheit deiner Leute gebeten hast, bist du ziemlich kaltschnäuzig, wenn ich einen nach dem anderen töte«, bemerkt Draxen.

»Aber für jeden Mann, den ich verliere, verlierst du auch einen. Wenn du vorhast, sie alle sowieso zu töten, sobald ich erst an Bord bin, dann macht es nichts mehr aus, wenn ich ein paar verliere, während ich um die Sicherheit der übrigen verhandle. Du willst mich gefangen nehmen, Captain. Sofern du möchtest, dass ich freiwillig auf dein Schiff gehe, wäre es klug, du nähmest dir mein Angebot zu Herzen. Oder sollen wir erst sehen, wie viele deiner Männer ich töten kann, während du versuchst, mich auf dein Schiff zu zwingen?«

Riden nähert sich seinem Captain und flüstert ihm etwas zu. Draxens Finger spannen sich um seine Waffe. Ich fühle mein

Herz rasant schlagen. Nicht Mandsy. Nicht Mandsy. Sie ist eine von meinen. Ich kann sie nicht sterben lassen.

»Nenn deine Bedingungen, Prinzessin.« Meinen Titel speit er hervor. »Aber mach schnell.«

»Die Mannschaft ist unversehrt freizulassen. Ich werde auf dein Schiff kommen, ohne Widerstand zu leisten. Und du wirst mein Hab und Gut rüberbringen.«

»Dein Hab und Gut?«

»Ja, meine Garderobe und meinen persönlichen Besitz.«

Er dreht sich zu Riden um. »Sie will ihre Kleidung«, sagt er fassungslos.

»Ich bin eine Prinzessin und so werdet ihr mich auch behandeln.«

Der Captain sieht aus, als wäre er drauf und dran, mich zu erschießen, als Riden das Wort ergreift: »Was kümmert es uns, Captain, wenn sie sich jeden Tag für uns herausputzen möchte? Ich würde mich darüber jedenfalls nicht beklagen.«

Leises Gelächter erklingt in seiner Mannschaft.

»Also schön«, sagt Draxen endlich. »Ist das dann alles, Eure Hoheit?«

»Ja.«

»Dann schaff deinen verhätschelten Hintern auf mein Schiff. Ihr Männer …« Er zeigt auf zwei Wüstlinge im Hintergrund. »Verfrachtet ihr Zeug aufs Schiff. Was die Mannschaft der Prinzessin betrifft, so steigt ihr jetzt in die Ruderboote. Ich werde das Schiff versenken. Wenn ihr schnell rudert, schafft ihr es in zweieinhalb Tagen zum nächsten Hafen. Und ich schlage vor, ihr tut das, ehe auch nur einer von euch verdurstet. Wenn ihr die Küste erreicht habt, werdet ihr dem Piratenkönig meine Lösegeldforderung überbringen und ihm sagen, dass ich seine Tochter in meiner Gewalt habe.«

Männer beider Lager hasten umher, um die Befehle auszuführen. Der Captain tritt vor und streckt die Hand nach dem Schwert aus. Widerstrebend gebe ich es ihm. Kearan, der Pirat, den ich damit bedroht hatte, erhebt sich und huscht so weit wie möglich von mir weg. Ich bekomme keine Gelegenheit, über seine Reaktion zu lachen, weil Draxen mir einen Schlag auf die linke Wange versetzt.

Durch die Wucht gerät mein ganzer Körper ins Taumeln. Das Innere meines Mundes blutet überall dort, wo meine Zähne sich in mein Fleisch gebohrt haben. Ich spucke Blut auf das Deck.

»Lass uns über eine Sache Klarheit schaffen, Alosa. Du bist meine Gefangene. Zwar scheint es, als hättest du als Tochter des Piratenkönigs das eine oder andere gelernt, doch es bleibt Tatsache, dass du die einzige Frau auf einem Schiff voller Mörder, Diebe und Piraten sein wirst, die schon lange keinen Hafen mehr angelaufen haben. Weißt du, was das bedeutet?«

Ich spucke erneut aus, versuche, den Blutgeschmack aus dem Mund zu bekommen. »Es bedeutet, dass deine Männer in letzter Zeit in keinem Hurenhaus gewesen sind.«

Draxen lächelt. »Wenn du je wieder versuchen solltest, mich vor meinen Männern zu blamieren, könnte ich deine Zelle bei Nacht einfach unverschlossen lassen, sodass jeder hineinkann, und ich werde gleichzeitig gemütlich einschlafen und dabei deinen Schreien lauschen.«

»Du bist ein Tor, wenn du glaubst, du würdest mich je schreien hören. Und du betest besser, dass du nie einschläfst, während meine Zelle unverschlossen ist.«

Er bedenkt mich mit einem bösen Lächeln. Mir fällt auf, dass er einen Goldzahn hat. Sein Hut thront auf schwarzem Haar, das in kleinen Löckchen darunter hervorlugt. Sein Gesicht ist sonnengebräunt. Und sein Mantel ist zu groß für ihn, sodass es aussieht, als hätte er vorher jemand anderem gehört. Vielleicht hat er ihn dem Leichnam seines Vaters gestohlen?

»Riden!«, brüllt Draxen. »Bring das Mädchen rüber. Steck sie in die Zelle. Dann kümmere dich um sie.«

Kümmere dich um sie.

»Gern«, sagt Riden und kommt näher. Er umfasst meinen Arm so fest, dass es beinahe wehtut, was in einem krassen Kontrast zu seiner lockeren Miene steht. Ich frage mich, ob die beiden Männer, die ich getötet habe, seine Freunde waren. Er zerrt mich zu dem anderen Schiff. Im Gehen sehe ich zu, wie meine Männer und Frauen in den Ruderbooten davontreiben. Sie rudern in stetem Takt, um sich nicht zu schnell zu ermüden. Mandsy, Sorinda und Zimah werden darauf achten, dass sie regelmäßig die Position wechseln, damit jede Zeit bekommt, sich zu erholen. Das sind kluge Mädchen.

Die Männer dagegen sind ohnehin Wegwerfware. Mein Vater hat jeden von ihnen persönlich ausgewählt. Manche schulden ihm Geld. Manche wurden beim Diebstahl in der Schatzkammer ertappt. Manche haben seine Befehle nicht so befolgt, wie es von ihnen erwartet wurde. Und manche haben sich weiter nichts zuschulden kommen lassen, als dass sie ein Ärgernis waren. Was auch immer der Fall war, mein Vater hat sie jedenfalls alle in eine Mannschaft gepackt, und mir reichten drei Mädchen von meinem Schiff, um sie unter Kontrolle zu halten.

Schließlich hatte mein Vater angenommen, dass die meisten der Männer getötet werden würden, sobald Draxen mich erwischt. Zu ihrem Glück ist es mir gelungen, die meisten ihrer elenden Leben zu retten. Ich hoffe, Vater wird deswegen nicht allzu wütend sein.

Aber das ist jetzt nicht wichtig. Der Punkt ist, dass ich nun an Bord der *Night Farer* bin.

Natürlich konnte ich ihnen meine Gefangennahme nicht zu leicht machen. Ich musste meine Rolle spielen. Draxen und seine Leute dürfen keinen Verdacht schöpfen.

Sie dürfen nicht wissen, dass ich mit der Mission entsandt wurde, sie zu berauben.

Kapitel 2

Riden beneide ich um seine Stiefel.

Sie sind das Produkt erlesener Handwerksarbeit und so schwarz wie das hungrige Auge eines Hais. Die Spangen sehen aus, als wären sie aus reinem Silber, das Leder ist fest und stabil. Das Material schmiegt sich perfekt an seine Waden. Seine Schritte donnern auf den Planken. Kräftig. Laut. Machtvoll.

Derweil stolpere ich unentwegt, während Riden mich mit sich zerrt. Meine zu großen Stiefel fallen mir beinahe von den Füßen. Jedes Mal, da ich innehalten muss, um sie hochzuziehen, reißt er brutaler an meinem Arm. Mehrfach kann ich mich gerade noch abfangen, um nicht zu stürzen.

»Halt dich aufrecht, Kleine«, sagt er vergnügt, wohl wissend, dass ich genau das nicht kann.

Schließlich trampele ich ihm auf den Fuß.

Er grunzt, lässt aber, das muss man ihm zugutehalten, nicht von mir ab. Ich rechne damit, dass er mich schlägt, so wie Draxen es getan hat, aber das tut er nicht. Er hetzt nur noch schneller weiter. Natürlich könnte ich mich mühelos von ihm befreien, wenn ich wollte. Aber ich darf nicht allzu versiert agieren, besonders dann nicht, wenn mein Gegenüber der Erste Maat ist. Und ich muss dafür sorgen, dass die Piraten sich nach meinem Auftritt auf dem anderen Schiff wieder beruhigen.

Von uns beiden abgesehen, befindet sich derzeit niemand

auf diesem Schiff. Draxens Männer sind alle noch auf meinem Schiff und erleichtern es um alles, das irgendeinen Wert hat. Vater hat mir genug Münzen mitgegeben, um die Piraten glücklich zu machen, ohne ihnen zu viel Profit zuzugestehen. Hätte man mich ohne Geld angetroffen, Draxen wäre zweifellos misstrauisch geworden.

Riden zerrt mich nach rechts zu einer Treppe, die unter Deck führt. Der Weg nach unten ist unangenehm. Zweimal verfehle ich eine Stufe und stürze beinahe hinab. Riden fängt mich beide Male auf, aber sein Griff ist fester als notwendig. Morgen werde ich vermutlich blaue Flecken haben. Diese Erkenntnis macht mich wütend.

Was auch der Grund dafür ist, dass ich ihn drei Stufen über dem Boden zu Fall bringe.

Damit hat er offensichtlich nicht gerechnet. Er stürzt, aber ich habe nicht bedacht, wie fest sein Griff ist, und so nimmt er mich logischerweise mit.

Der Aufprall ist schmerzhaft.

Riden kommt schnell wieder auf die Beine und reißt auch mich hoch. Dann stößt er mich in eine Ecke, von der aus ich nirgendwo hinlaufen kann. Seine braunen Augen tasten mich von oben bis unten ab, mustern mich neugierig. Irgendwie bin ich wohl etwas Neues. Vielleicht eine Art Projekt. Ein Auftrag seines Captains. Er muss herausfinden, wie er am besten mit mir fertigwird.

Während er mich beäugt, frage ich mich, was er aus meinem Gesicht und meiner Haltung liest. Meine Rolle ist die der verzweifelten und verärgerten Gefangenen, aber selbst wenn man schauspielert, können immer Teile der wahren Persönlichkeit hindurchschimmern. Der Trick besteht darin, zu kontrollieren, welchen Teil von mir er zu sehen bekommt. Vorerst sind es meine Sturheit und mein Temperament. Da muss ich gar nichts vortäuschen.

Offenbar ist er zu einem Schluss gekommen, denn er sagt: »Du hast versprochen, dich freiwillig in unsere Hand zu begeben. Wie ich sehe, ist dein Wort nicht viel wert.«

»Falsch«, kontere ich. »Hättest du mir die Chance gegeben, ohne deine Hilfe in die Zelle zu gehen, statt mir den Arm zu quetschen, würden deine Knie jetzt nicht schmerzen.«

Darauf sagt er nichts, aber seine Augen leuchten vor Amüsement. Schließlich streckt er den Arm in Richtung der Zellen aus, als wäre er möglicherweise ein Partner, der mich auf die Tanzfläche führen will.

Ich gehe ohne ihn weiter. Derweil bemerkt er hinter mir: »Mädchen, du hast das Gesicht eines Engels, aber die Zunge einer Schlange.«

Ich bin in Versuchung, mich umzudrehen und ihm einen Tritt zu verpassen, schaffe es aber, mich zu beherrschen. Ich werde noch genug Zeit haben, ihn kräftig zu verprügeln, wenn ich erst einmal bekommen habe, weshalb ich hier bin.

Hoch aufgerichtet lege ich den Rest des Weges zu den Zellen zurück. Unterwegs verschaffe ich mir einen raschen Eindruck und wähle die sauberste aus. Eigentlich sieht sie genauso aus wie die anderen, aber ich versuche, mir einzureden, dass die dunkle Substanz in der Ecke nur Schmutz ist.

Wenigstens gibt es in der Zelle einen Stuhl und einen Tisch. Ich werde einen Platz haben, um meinen Besitz abzulegen. Ich zweifle keinen Augenblick daran, dass der Captain Wort halten wird. Es ist für alle Piratenkapitäne von Nutzen, ehrlich zueinander zu sein, selbst wenn wir uns aller Wahrscheinlichkeit nach gegenseitig im Schlaf ermorden würden. Aber zwischen rivalisierenden Lords sind keine Verhandlungen und auch keine Einigungen möglich, ohne dass wenigstens der Anschein von Vertrauen gewahrt wird. Das ist für jeden Piraten neu. Mein Vater hat das Konzept der Ehrlichkeit in das Repertoire der Piraten aufgenommen. Alle Piraten, die unter dem neuen Regime überleben wollten, mussten es übernehmen. Denn der Piratenkönig würde jeden, der dabei erwischt wird, bei Verhandlungen unehrlich zu sein, im Handumdrehen beseitigen.

Ich inspiziere die Sitzfläche des Stuhls. Alles ist zu schmuddelig für meinen Geschmack, aber es wird reichen müssen. Ich lege den großen braunen Ledermantel über meinen Schultern ab und ziehe ihn über die Sitzfläche und Lehne des Stuhls. Erst danach setze ich mich.

Riden grinst spöttisch, vermutlich wegen meines unverkennbaren Unbehagens angesichts dieses Quartiers. Er schließt mich ein und steckt den Schlüssel in die Tasche. Dann zieht er sich selbst einen Stuhl heran und setzt sich auf die andere Seite der Gitterstäbe.

»Was jetzt?«, frage ich.

»Jetzt reden wir.«

Ich seufze theatralisch. »Ihr habt mich doch schon gefangen genommen. Nun zieht los, fordert euer Lösegeld ein und lasst mich in Ruhe schmollen.«

»Ich fürchte, das Geld deines Vaters ist nicht das Einzige, was wir von dir wollen.«

Ich kralle die Finger in den Halsausschnitt meines Baumwollhemds, als fürchtete ich, die Piraten könnten mich meiner Kleider berauben wollen. Das ist Teil des Schauspiels. Es würde viele Männer brauchen, mich zu bezwingen; ich werde problemlos mit dreien auf einmal fertig. Und mehr würden gar nicht in diese Zelle passen.

»Niemand wird dich anrühren, nun, da du hier unten bist. Dafür werde ich sorgen.«

»Und wer sorgt dafür, dass du mich nicht anrührst?«

»Ich kann dir versichern, dass ich es noch nie nötig hatte, eine Frau zu etwas zu zwingen. Sie kommen freiwillig zu mir.«

»Schwer zu glauben.«

»Das liegt nur daran, dass ich dir gegenüber meinen Charme noch nicht habe spielen lassen.«

Ich lache höhnisch. »Als Piratin, aufgezogen von Piraten, musste ich mich der verachtenswertesten und aufdringlichsten Männer erwehren. Also mache ich mir keine allzu großen Sorgen.«

»Und was, Alosa, würdest du tun, wenn du einen Mann abwehren müsstest, der weder verachtenswert noch aufdringlich ist?«

»Ich lasse es dich wissen, wenn mir ein solcher begegnet.«

Er lacht. Es klingt tief und sonor. »Also gut. Kommen wir zum Geschäft. Du bist hier, weil ich etwas von dir wissen will.«

»Wie nett. Ich hätte gern eine saubere Zelle.«

Er lehnt sich auf seinem Stuhl zurück und macht es sich bequem. Vielleicht ist ihm aufgegangen, dass das hier eine Weile dauern wird. »Wo liegt Kalligans Hafen?«

Ich schnaube verächtlich. »Du hast eine furchtbare Art, Fragen zu stellen. Denkst du etwa, ich werde dir einfach die Lage von meines Vaters Zuflucht verraten? Solltest du dich nicht lieber behutsam an die großen Fragen herantasten? Und da er dein König ist, tätest du auch gut daran, ihn angemessen mit seinem Titel zur Sprache zu bringen.«

»Da ich seine Tochter gefangen genommen habe, glaube ich, ich habe die Freiheit, ihn so zu nennen, wie ich will.«

»Er wird dich und jeden anderen auf diesem Schiff töten.

Und er wird sich dabei Zeit lassen.« Ich hatte das Gefühl, es war soweit, die eine oder andere Drohung zu servieren. So würde es ein echter Gefangener doch machen.

Riden wirkt wenig besorgt. Überhaupt nicht. Er trägt eine Selbstsicherheit zur Schau, als ginge es nur um ein weiteres Kleidungsstück an seinem Leib.

»Es wird schwer für uns, dich zurückzubringen, wenn wir den Aufenthaltsort deines Vaters nicht kennen.«

»Den müsst ihr auch nicht kennen. Er wird mich finden.«

»Wir werden den Männern deines Vaters um mehrere Tage voraus sein. Das ist mehr Zeit als genug, um irgendwohin zu entkommen, wo er uns nie finden wird.«

Ich schüttele den Kopf. »Einfaltspinsel. Mein Vater hat überall in Maneria Männer in seinen Diensten und es ist nicht mehr als ein einziger nötig, der euch sieht.«

»Der Einflussbereich deines Vaters ist uns wohlbekannt. Mir ist nur nicht klar, wie er darauf kommt, das würde seinen selbst verliehenen Titel als König rechtfertigen.«

Nun bin ich diejenige, die sich auf dem Stuhl zurücklehnt. »Du scherzt, oder? Mein Vater beherrscht den Ozean. Nicht ein Mann segelt dort, der ihm keinen Tribut entrichtet. Alle Piraten müssen einen Prozentsatz ihrer Beute an ihn abführen. Und die, die es nicht tun, werden auf Nimmerwiedersehen vom Meer geblasen. Also, sag mir, furchtloser Riden, Erster Maat der *Night Farer*, wenn er Männer tötet, weil sie ihre Schulden nicht vollständig bezahlen, was meinst du wohl, was er mit Männern anstellen wird, die seine Tochter entführen? Du und deine Mannschaft, ihr seid schließlich weiter nichts als ein Rudel kleiner Jungs, die ein gefährliches Spiel spielen. Binnen zwei Wochen wird jeder Mann auf See nach mir suchen.« Natürlich hatte ich vor, dieses Schiff noch vor Ablauf von zwei Wochen zu verlassen.

»Kleine Jungs?« Er richtet sich auf seinem Stuhl auf. »Du dürftest jünger sein als so ziemlich jeder auf diesem Schiff.«

Nach allem, was ich gesagt habe, stürzt er sich ausgerechnet darauf? »Kaum. Wie alt bist du? Fünfzehn?« Ich stachele ihn auf. Ich weiß, dass er älter sein muss, aber ich bin neugierig, wie alt er tatsächlich ist.

»Achtzehn«, korrigiert er mich.

»Wie auch immer, mein Alter hat nichts mit irgendwas zu tun. Ich habe ein paar Fähigkeiten, die mich zu einem besseren Piraten machen, als die meisten Männer je zu werden hoffen dürfen.«

Riden neigt den Kopf zur Seite. »Und welche Fähigkeiten könnten das sein?«

»Das wüsstest du gern, was?«

Sein Grinsen wird breiter. »Wie du sicher bereits erraten hast, ist dies keine gewöhnliche Mannschaft. Wir mögen jünger sein als die meisten Männer auf See, aber der Großteil von uns hat die grausamsten Seiten des Lebens bereits kennengelernt. Diese Männer sind unbarmherzig, jeder ein bereitwilliger Mörder.« Für einen Augenblick zerfällt seine Miene und ein Hauch von Traurigkeit huscht über sein Gesicht. Sicher denkt er an irgendetwas aus früheren Zeiten.

»Wenn du vorhast, jetzt in Tränen auszubrechen, dann warte bitte damit, bis du wieder auf Deck bist. Ich kann weinende Männer nicht ertragen.«

Riden richtet seinen Blick wieder auf mich, aber es ist beinahe so, als sähe er durch mich hindurch. »Du bist wirklich eine herzlose Kreatur, Alosa. Du tötest, ohne zu zögern. Du kannst im Kampf zwei Männer zugleich niederringen. Du siehst ohne mit der Wimper zu zucken zu, wenn deine eigenen Männer getötet werden. Ich kann nur raten, wie du unter dem berüchtigtsten Piraten von Maneria aufgezogen worden bist.«

»Vergessen wir nicht die Tatsache, dass ich auch besser schieße als du.«

Er lacht und zeigt mir dabei seine hübschen Zähne. Beeindruckend für einen Piraten. »Ich denke, ich werde unsere Gespräche in nächster Zeit ausgiebig genießen können. Und ich hoffe wirklich, ich bekomme die Gelegenheit, dich eines Tages schießen zu sehen, vorausgesetzt, ich bin nicht das Ziel.«

»Keine Versprechungen.«

Gedämpft klingen Geräusche von Deck herab. Das Schiff erbebt, als die Kanonen abgefeuert werden. Das dürfte Draxen sein, der gerade mein Schiff versenkt. Na ja, es ist nicht mein Schiff, nur das Schiff, das mein Vater mir für diese Mission zugeteilt hat. Mein richtiges Schiff, die *Ava-lee*, und der größte Teil meiner richtigen Mannschaft befinden sich sicher in der Festung. Und obgleich ich beide vermisse, freue ich mich auch auf die Herausforderung, die vor mir liegt.

Stufen knarren, als jemand herabsteigt. Nicht lange danach gerät Draxen in mein Blickfeld. Drei Männer folgen ihm mit meiner Habe.

»Wird auch Zeit«, maule ich.

Die Gesichter der drei Wüstlinge, die meine Taschen tragen, sind gerötet und sie scheinen außer Atem zu sein. Das bedeutet wohl, dass sie alles dabeihaben. Ich reise nicht mit leichtem Gepäck.

Jeder von ihnen schnaubt, als sie die Taschen zu Boden fallen lassen.

»Vorsichtig«, blaffe ich.

Der erste Pirat ist ziemlich groß und muss beinahe den Kopf einziehen, um sich unter Deck zu bewegen. Nun, da er seine

Last abgeworfen hat, greift er in seine Tasche und fummelt an irgendetwas herum. Eine Schnur, dem Anschein nach mit Perlen besetzt, lugt aus ihr hervor. Vielleicht eine Art Glücksbringer?

Der Zweite starrt mich wie einen besonderen Leckerbissen an. Sein Blick zieht mir eine Gänsehaut über den Halsansatz. Ich komme zu dem Schluss, dass ich mich von dem besser fernhalte.

Der Mann ganz hinten ist Kearan. Oh, Sterne, ist der hässlich. Seine Nase ist riesig, die Augen stehen zu weit auseinander, der Bart ist zu lang und ungepflegt. Und um den guten Eindruck zu vervollständigen, hängt sein Bauch auch noch über seinen Gürtel.

Ich denke gerade, ich könnte gar keinen schlechteren Eindruck von ihm gewinnen, als mein Blick auf das fällt, was er in der Hand hält. Er wirft ein paar meiner Kleider in einem Haufen auf den Boden.

Ich knirsche mit den Zähnen. »Hast du die hergeschleift? Über den schmutzigen Boden? Hast du eine Ahnung, wie schwer es war, ein Mädchen mit meiner Größe zu finden, dem ich das Zeug stehlen konnte?«

»Halt deine Klappe, Alosa«, kommandiert Draxen. »Ich bin immer noch halb versucht, den Kram über Bord zu werfen, zum Teufel mit meinem Wort.«

Kearan holt eine Flasche aus einer der vielen Taschen seines Mantels und nimmt einen großen Schluck. »Könnte uns vorm Sinken bewahren, Käpt'n.«

»Ach, sei doch still«, sage ich. »Es ist noch nicht zu spät für mich, dich kaltzumachen.«

Er besitzt den Anstand, besorgt dreinzuschauen, ehe er noch einen Schluck nimmt.

Draxen dreht sich um. »Meine Herren, geht nach oben und bereitet die Weiterfahrt vor. Ich will umgehend von hier weg. Kearan, ans Ruder mit dir. Warte auf meine Rückkehr.«

Als sie gehen, schlendert Draxen zu Riden und klopft ihm auf den Rücken. »Wie ist es gelaufen, Bruder?«

Bruder?

Draxens Haar ist dunkler, aber seine Schultern sind ebenso breit wie die von Riden. Sie haben die gleichen dunklen Augen, aber Riden wirkt attraktiver. Nein, nicht attraktiver. Rivalisierende Piraten sind niemals attraktiv. Das sind Schiffsratten.

»Ganz gut«, antwortet Riden. »Sie ist ihrem Vater gegenüber ziemlich loyal und vertraut darauf, dass er imstande ist, sie zu retten, weil seine Reichweite auf See so groß ist. Ihre Worte wecken in mir den Verdacht, dass er auf offener See nach uns suchen wird, also schlage ich vor, wir halten uns nahe an der Küste.«

Hastig überdenke ich unser Gespräch und erkenne die allzu verräterischen Fehler in meinen Antworten.

Riden ist schlauer, als es den Anschein hat. Er grinst spöttisch über meine erschrockene Miene oder vielleicht auch über den gefährlichen Blick, mit dem ich ihn beäuge. Dann fährt er fort. »Sie hat ein feuriges Temperament, das gut zu dem roten Haar auf ihrem Kopf passt. Sie ist auch nicht dumm. Ich schätze, sie hat eine ordentliche Schulbildung genossen. Was ihre Fähigkeiten im Kampf und so betrifft, vermute ich, dass sie vom Piratenkönig persönlich angeleitet wurde, was bedeutet, dass sie ihm wirklich wichtig ist und er sich bereit erklären wird, das Lösegeld zu bezahlen.«

»Hervorragend«, sagt Draxen. »Also wird der niederträchtige Piratenkönig seine Tochter wirklich holen kommen.«

»Vermutlich sogar höchstpersönlich«, stimmt Riden zu.

Ich achte darauf, keine Miene zu verziehen. Sollen sie nur denken, dass mein Vater mich suchen wird, statt sicher in seiner Festung zu sitzen und auf meinen Bericht zu warten. Wie auch immer, was meine Ausbildung betrifft, hat Riden den Nagel auf den Kopf getroffen. Mein Vater würde diese Mission nur jemandem anvertrauen, den er selbst ausgebildet hat. Und er hat nur eine einzige Person ausgebildet.

»Sonst noch etwas?«, fragt Draxen.

»Sie ist gefährlich. Sie sollte die ganze Zeit weggesperrt sein. Und ich würde auch keinen der Männer mit ihr allein lassen. Um derentwillen.« Letzteres sagt Riden halb im Scherz, wird aber gleich wieder ernst und atmet tief durch, während er seine Gedanken ordnet. »Sie verbirgt etwas. Mehr als die Geheimnisse, von denen wir längst wissen, dass sie sie kennt. Da ist noch etwas anderes, von dem sie wirklich nicht will, dass ich es aufdecke.«

Ich stehe von meinem Stuhl auf und trete ans Gitter. Meine Gedanken überschlagen sich. Er kann mein dunkelstes Geheimnis nicht kennen. Nur mein Vater und ein paar wenige Auserwählte wissen davon. »Wie kannst du das wissen?«

»Ich wusste es nicht.«

Draxen lacht.

Ich balle die Fäuste. Ich will nichts mehr, als diesem Riden wieder und wieder in sein anmaßendes Gesicht zu schlagen, bis ihm sämtliche Zähne aus diesem Lächeln fallen.

Aber, ach, sein Gesicht ist zu weit entfernt. Also beschränke ich mich darauf, den Ärmel seines langen Hemds zu packen. Da er immer noch sitzt, fliegt er mit dem Kopf voran auf die Gitterstäbe zu. Er schlägt die Hände an das Gitter, um nicht mit dem Gesicht dagegen zu knallen. Mir soll es recht sein, denn das gibt mir die Zeit, die ich brauche, um ihm mit der freien Hand den Schlüssel zu meiner Zelle aus der Tasche zu ziehen. Als ich ihn habe, stecke ich ihn in die eigene Tasche und weiche zu der hölzernen Wand der Zelle zurück.

Riden richtet sich grunzend auf.

»Vielleicht solltest du auch nicht mit ihr allein bleiben«, bemerkt Draxen.

»Ich werde schon mit ihr fertig. Außerdem weiß sie, dass sie meine Gesellschaft umso länger genießen wird, je länger sie so weitermacht.«

Ich ermahne mich im Stillen, dass ich aus freien Stücken auf diesem Schiff bin. Ich könnte jederzeit abhauen. Ich muss nur erst die Karte finden.

Ich entriegele die Tür. Die beiden Männer gestatten mir, mein Zeug in meine Zelle zu schleppen, machen sich aber nicht die Mühe, mir zu helfen. Sie warten, während ich dreimal gehe. Nicht, dass ich ihre Hilfe gewollt hätte. Ich bin in Stimmung, ein paar Knochen zu brechen. Vor allem die von Riden. Vater würde meine Zurückhaltung gewiss bewundern. Als ich fertig bin, schließe ich mich wieder in der Zelle ein.

Riden streckt fordernd die Hand aus. Ich zögere nur für einen kurzen Augenblick, ehe ich den Schlüssel nach ihm werfe. Er fängt ihn mühelos. Ein skeptischer Ausdruck huscht über sein Gesicht. Er packt einen Gitterstab und zerrt daran. Er bleibt sicher an Ort und Stelle.

»Man kann nicht vorsichtig genug sein«, sagt Riden zu Draxen. »Hast du ihre Sachen kontrolliert?«

»Aye«, sagt der Captain. »Nichts als Kleider und Bücher. Nichts Bedrohliches. Gut, ich denke, für einen Tag hatten wir genug Aufregung. Lass uns raufgehen und überlegen, wo wir am besten vor Anker gehen. Und es wird das Beste sein, dem Mädel nicht zu erzählen, wo wir ankern werden. Nicht, dass sie noch auf dumme Gedanken kommt.«

Draxen geht in Richtung Treppe. Riden zieht den rechten Mundwinkel hoch und folgt ihm.

Kaum sind sie außer Sicht, gestatte ich mir ein Lächeln. Riden ist nicht der Einzige, der während unserer kleinen Unterhaltung ein paar Informationen gesammelt hat. Ich habe erfahren, dass Riden und Draxen Brüder sind, Söhne des Piraten Jeskor. Ich weiß zwar immer noch nicht, was Jeskor und seiner ursprünglichen Mannschaft zugestoßen ist, sodass Draxen das Schiff geerbt hat, aber ich bin sicher, das werde ich noch erfahren. Riden ist ein guter Schütze und er hat das Selbstvertrauen eines Captains. Wie sonst hätte er Draxen überzeugen können, nicht noch mehr von meinen Männern zu töten? Ich frage mich, was er ihm auf dem anderen Schiff zugeflüstert hat und warum er sich überhaupt die Mühe gemacht hat, dazwischenzugehen. Riden ist besorgt um die Männer auf diesem Schiff, und das ist mehr als die Besorgnis, die ein Erster Maat üblicherweise gegenüber den Männern unter seiner Aufsicht an den Tag legt. Ich denke daran, wie er mir erzählt hat, alle Männer auf diesem Schiff seien Mörder, und wie traurig er dabei ausgesehen hat. Für irgendetwas fühlt er sich verantwortlich. Vielleicht hat das etwas damit zu tun, was aus der Originalmannschaft der *Night Farer* geworden ist.

Es gibt jede Menge Geheimnisse an Bord dieses Schiffes, und ich werde haufenweise Zeit haben, um sie alle aufzudecken, beginnend mit heute Nacht. Ich schüttele den rechten Arm und spüre das Metall herunterrutschen und in meine Hand gleiten.

Es ist der Schlüssel zu meiner Zelle.

Kapitel 3

Ich hatte eine Menge Gelegenheiten, um Riden den Schlüssel abzunehmen. Der Trick war, eine Möglichkeit zu finden, mich selbst in die Zelle zu sperren, ehe ich den Schlüssel gegen einen austauschte, den ich mit an Bord gebracht hatte. Ich nahm an, der Schlüssel zu den Zellen meines eigenen Schiffes war ungefähr genauso groß, sodass Riden den Unterschied gar nicht bemerken konnte.

Er ist nicht so schlau, wie er denkt. Und ich bin viel schlauer, als er begreift.

Ein großer Fehler seinerseits.

Nun, da ich allein bin, wühle ich in meinen Taschen auf der Suche nach etwas Passendem zum Anziehen. Ich kann diese Matrosenkleidung nicht länger ertragen. Eine ganze Flasche Parfüm wird nötig sein, um meine Haut vom Gestank ihres letzten Eigentümers zu befreien. Und wer weiß, wann man mir einen Kübel Wasser zum Waschen zugestehen wird? Angesichts von Draxens grausamem Auftreten bin ich überzeugt: Das wird noch eine ganze Weile dauern.

Ich wähle ein dunkelblaues Korsett mit weiten Ärmeln, die mit breiten Bändern befestigt sind, und ziehe es über eine weiße Bluse. Das Korsett wird vorn geschnürt, also kann ich das selbst erledigen. Ich hatte nie Damen um mich herum, die mich bedient hätten, so wie die Töchter der Edelleute zu

Lande. Es gibt nicht viele Frauen, die bereit sind, für Piraten zu arbeiten. Und die, die für ein Leben auf See gerüstet sind, sind zu schade, um Dienstmädchen zu sein. Meine eigene Mannschaft drüben in der Festung besteht fast ausschließlich aus Frauen, ein Umstand, auf den ich stolz bin.

Ich ziehe ein Paar Beinlinge an und darüber eine saubere Kniehose. Meine Stiefel, wunderbar behaglich und bequem, kommen als Nächste und reichen bis hinauf zu den Knien. Wohlig seufze ich, als ich fertig bin. Gut auszusehen, trägt zweifellos dazu bei, sich wohlzufühlen.

Leise summend hole ich ein Buch mit dem Titel *Tiefen des Meeres* aus einer meiner Taschen. Es ist ein Verzeichnis aller bekannten Kreaturen im Ozean. Ich habe mir jeden einzelnen Eintrag schon vor langer Zeit eingeprägt, und ich habe inzwischen so viel Zeit auf See verbracht, dass ich mehr Lebewesen gesehen habe, als in dem Werk aufgeführt sind. Darum hat es mir auch nichts ausgemacht, den Einband aufzubrechen und einen kleinen Dolch in dem Buch zu verstecken.

Stimmen und Schritte dringen an meine Ohren. Rasch stecke ich den Dolch in meinen rechten Stiefel und lasse das Buch wieder zu meinen anderen Dingen zurückfallen. Dann setze ich mich auf – wie ich hoffe – unverdächtige Art hin. Im nächsten Moment betreten drei Männer die Brig.

»Sieht nicht besonders eindrucksvoll aus«, sagt einer der Männer.

»Aber hast du gesehen, was sie mit Gastol und Moll gemacht hat?«, fragt ein anderer. »Mausetot, alle beide.«

Der dritte Mann schweigt, während er mich ebenso mustert wie die beiden anderen.

»Seid ihr bald fertig mit der Gafferei?«, frage ich. »Oder hofft ihr, ich werde ein paar Kunststücke für euch aufführen?«

»Kümmer dich gar nicht um uns«, sagt der erste Pirat. »Man bekommt nun mal nicht jeden Tag das Fleisch und Blut des Piratenkönigs zu sehen.«

»Und? Bin ich so, wie ihr es erwartet habt?«

»Es heißt, der Piratenkönig sei groß wie ein Wal und böse wie ein Hai. Wir hatten nicht mit einem so winzig kleinen Ding gerechnet.«

»Dann komm ich wohl nach meiner Mutter«, sage ich. Ich bin meiner Mutter nie begegnet, also kann ich das nicht sicher wissen, aber mein Vater sagt, ich hätte mein rotes Haar von ihr geerbt.

Der Rest des Tages verläuft weitgehend genauso. Piraten kommen und gehen, nehmen jede Chance wahr, die sie finden, um sich die Tochter des Piratenkönigs aus der Nähe anzusehen. Nach dem ersten Häufchen gebe ich mich überwiegend schweigsam.

Es ist kurz vor Anbruch der Abenddämmerung, als mein letzter Besucher auftaucht. Während die anderen Piraten in Gruppen da waren, kommt dieser aber allein.

Er sieht nach gar nichts aus. Mittelgroß, durchschnittlich gebaut. Braunes Haar, brauner Bart. Er scheint älter zu sein als die meisten anderen Piraten an Bord. Vielleicht nicht ganz dreißig, aber das ist schwer zu sagen, weil der Bart die untere Hälfte seines Gesichts verbirgt. Er hat eine Goldmünze in der rechten Hand, die er spielerisch über seine Knöchel wandern lässt.

»Hallo, Alosa«, sagt er. »Mein Name ist Theris.«

Ich hatte mich auf zwei Beine meines Stuhls zurückgelehnt, aber nun kippe ich wieder nach vorn und richte mich auf. »Ich muss heute jeden Mann an Bord mindestens einmal hier durchkommen gesehen haben. Warum sollte ich mich an dich erinnern? Oder mich für deinen Namen interessieren?«

»Solltest du auch gar nicht«, sagt er, hebt eine Hand und kratzt sich an der Stirn. Seine Finger bewegen sich flink, aber die Form, der sie folgen, ist unverkennbar. Er malt den Buchstaben K. »Ich bin kein sonderlich interessanter Mann. Niemand, den man kennen muss.«

Das K steht für Kalligan. Es ist das Signal, das die Männer im Dienst meines Vaters als Erkennungszeichen benutzen. Also muss Theris der Mann auf diesem Schiff sein, der für meinen Vater arbeitet. Er dürfte derjenige sein, der meinem Vater überhaupt erst mitgeteilt hat, dass die Mannschaft der *Night Farer* mich zu entführen beabsichtigt.

Man weiß nie, wann unfreundliche Ohren lauschen, also halte ich unser Gespräch beiläufig. »Sieht ganz so aus.«

»Ich wollte nur mal einen Blick auf die Tochter des Piratenkönigs werfen.«

»Und mir einen Blick auf dich gestatten?«

»Genau. Manchmal hängt das Überleben nicht davon ab, was man tun kann, sondern davon, wen man kennt.«

»Zur Kenntnis genommen«, sage ich in eisigem Ton.

Theris nickt und zieht sich zurück.

Ich hatte nicht damit gerechnet, dass sich der Mann meines Vaters mir vorstellt. Wir haben unterschiedliche Aufgaben auf dem Schiff. Theris' Aufgabe besteht darin, meinem Vater Informationen über das Schiff und seinen Captain zukommen zu lassen. Meine ist es, die Rolle eines Diebs zu spielen. Wir sollten uns nicht gegenseitig helfen müssen. Tatsächlich wird von uns erwartet, dass wir unsere Aufgaben allein erfüllen.

Aber mein Vater zählt darauf, dass ich nicht versage. Vielleicht ist sein Wunsch, die Karte in die Finger zu bekommen, so groß, dass er Theris angewiesen hat, ein Auge auf mich zu haben. Einerseits kann ich verstehen, warum er kein Risiko eingehen will, andererseits bin ich zutiefst gekränkt. Ich kann diese Mission allein erfüllen und ich werde Theris bestimmt nicht zu Hilfe rufen.

Bis zum Anbruch der Nacht muss ich warten, bis ich loslegen kann. Wann die Sonne untergeht, erkenne ich daran, dass sich die meisten Piraten unter Deck begeben. Ich kann sie von der Zelle aus nicht sehen, aber ich kann sie riechen. Weit dürften sie nicht sein. Ich kann mir vorstellen, wie sie in ihren Hängematten oder auf einem mit Stroh bedeckten Boden schlafen. Was immer es auch sein mag, es wird besser sein als der braun verkrustete Boden, auf dem ich schlafen werde. Der Gedanke macht mich schaudern.

Ich fange wieder an zu summen, als ich mir meinen Mantel überwerfe, der etwa so geschneidert ist wie die Justaucorps der Männer, aber an eine weibliche Figur angeglichen. Mandsy hat ihn für mich angefertigt. Sie kann mit einer Nadel genauso gut umgehen wie mit einem Schwert, was nur einer von vielen Gründen ist, warum ich sie in meine Mannschaft geholt habe.

Zwar wird der Mantel dazu beitragen, dass ich aus der Ferne wie jeder andere Seemann aussehe, doch ich hoffe, ich werde keinen Anlass haben, mich optisch anzupassen, wenn ich erst auf Deck bin. Ich zähle darauf, dass mich der Schutz der Dunkelheit ausreichend tarnen wird.

Kaum habe ich die Zellentür entriegelt, höre ich auf zu summen. Ich schleiche durch den tieferen Bereich des Schiffes, verschaffe mir ein Gefühl für seinen Aufbau. Ein Lagerraum für Proviant und Ausrüstung, eine Schatzkammer für die Beute der Piraten, eine bescheidene Kombüse und der Hauptschlafbereich der Mannschaft machen den Raum unter Deck aus. Leicht genug zu merken.

Nun muss ich es ungesehen zum Quartier des Captains schaffen. Aus Draxen bin ich bisher nicht schlau geworden, aber würde ich etwas Wichtiges verstecken, zum Beispiel eine Karte, dann würde ich sie in meiner Nähe haben wollen.

Es ist allerdings auch möglich, dass Draxen gar nicht weiß, dass die Karte an Bord ist. Sie hat seinem Vater gehört, der ein Nachkomme einer der drei alten Familien der Piratenlords ist. (Ich bin natürlich eine Nachfahrin einer der anderen Familien.) Lord Jeskor hat seinen Söhnen vielleicht gar nichts von der Karte erzählt. Egal. Die Karte muss an Bord sein. Jeskor hatte sie bestimmt hier, als er gestorben ist, und Draxens Quartier war vorher das seine. Das ist definitiv der erste Ort, an dem ich nachsehen sollte.

Ich luge über die oberste Stufe, beobachte das Deck. Da ist wenig zu erkennen, weil wir fast Neumond haben. Nichts als ein Streifchen silbernen Lichts scheint auf das dunkle Deck der *Night Farer* herab. Das Schiff war einmal eine völlig normale Karavelle, ein Schiffstyp, der für maritime Entdeckungsreisen genutzt wird. Die meisten Piraten klauen sie einfach aus des Landkönigs eigener Armada. Dann nehmen wir ein paar Modifikationen vor, um das Schiff nach unserem Geschmack zu gestalten. Zum Beispiel kann ich erkennen, dass Jeskor die Takelage verändert hat. Er hat das traditionelle Lateinsegel gegen ein Rahsegel ausgetauscht. Ein kluger Zug, denn dadurch wird das Schiff schneller. Außerdem fiel mir, als ich mich noch auf meines Vaters Schiff befand und die *Night Farer* herannahen gesehen hatte, auf, dass Jeskor unter dem Bugspriet eine Galionsfigur angebracht hatte. Jedenfalls bezweifle ich, dass der Landkönig seine Schiffe je mit so großen geschnitzten Frauenfiguren ausgestattet haben mag. Dafür ist er zu praktisch veranlagt.

Nur ein paar Männer sind auf Deck. Jemand steht am Ruder, ein Mann sitzt im Krähennest, und ein paar andere streifen über das Deck, um sich zu vergewissern, dass alles in Ordnung ist. Ich kann genau sehen, wo sie sich befinden, weil sie Laternen vor sich hertragen.

Draxen und Riden werden inzwischen schon in ihren Quartieren sein. Bestimmt schlafen sie. Immerhin haben sie gerade einen beeindruckenden Fang gemacht – das werden sie gefeiert haben. Und nun schlafen sie ihren Rausch aus. Ich gehe also davon aus, dass dieses nächtliche Unterfangen reibungslos über die Bühne geht.

Am Heck des Schiffes gibt es zwei getrennte Ebenen auf Deck. Auf der niedrigeren ist Ridens Quartier. Das des Captains wird im Achterkastell untergebracht sein.

Alles, was ich zu tun habe, ist, an dem Mann am Ruder vorbeizukommen. Zu meinem Glück wirkt der ziemlich schläfrig. Er lehnt sich faul an die Reling und hält das Ruder mit einer Hand.

Draxens Tür ist vermutlich unverschlossen. Er muss sie nicht verriegeln, solange er dort drin ist. Es sei denn, er ist paranoid oder misstraut seiner Mannschaft. Aber auf mich hat er weder den einen noch den anderen Eindruck gemacht, also sollte ich einfach hineingehen können.

Ich kauere mich neben den Stufen zur zweiten Ebene auf Deck, warte darauf, dass der Kopf des Mannes zur Seite kippt. Dann schleiche ich auf Zehenspitzen den Niedergang hinauf. Alles läuft gut, bis ich auf die letzte Stufe trete, die knarrt, ein Geräusch, das in der Stille so laut erklingt – es fühlt sich an, als hätte ich es von unter Deck aus hören können. Ich spüre, wie sich mein ganzer Körper wegen dieses einen Fehlers versteift.

Der Matrose am Ruder wird mit einem heftigen Ruck wieder

wach und dreht den Kopf in die Richtung des Geräuschs. In meine Richtung. »Verdammter Mist, hast du mich erschreckt! Bitte sag mir, du bist hier, um mich abzulösen, Brennol.«

Er ist zu müde und die Nacht zu dunkel, als dass er erkennen könnte, wer ich wirklich bin. Rasch schlüpfe ich in die passende Rolle und senke meine Stimme, sosehr ich nur kann. »Aye.« Ich fasse mich kurz. Ich habe keine Ahnung, wie Brennol klingt, und darf nicht riskieren, mich durch meine Stimme zu verraten.

»Den Sternen sei Dank. Ich bin dann weg.«

Er geht unter Deck, während ich dort stehe. Ich muss mich beeilen, ehe der echte Brennol zum Dienst erscheint. Ohne noch länger darüber nachzudenken, schlüpfe ich in Draxens Quartier.

Ich sehe ihn sofort. Er liegt auf dem Bett. Das Gesicht ist von mir abgewandt, aber ich kann das stete Heben und Senken seines Brustkorbs erkennen. Der ist weg. Eine Kerze brennt sanft neben dem Bett und verbreitet ein wenig Licht und Wärme im Raum. Das Quartier ist zwar nicht schmutzig, aber auch nicht direkt sauber. Dennoch ist das wenigstens ein kleiner Segen. Es ist viel schwerer, einen Diebstahl zu vertuschen, wenn man einen ordentlichen Raum durchwühlt. Der Besitzer kann dann wesentlich leichter feststellen, ob etwas angerührt wurde.

Ich mache mich an die Arbeit. Mit dem Schreibtisch, auf dem diverse Papiere und Karten liegen, fange ich an.

Die Karte, die ich suche, wird anders aussehen als die anderen. Zum einen ist sie älter. Sie wird brüchig wirken, nachgedunkelt durch das Alter. Außerdem wird sie nicht in vertrauter Weise beschriftet sein, denn auch ihre Sprache muss älter sein. Es gibt nur wenige, die sie kennen. Und schließlich ist die Karte unvollständig. Es ist eines von drei Stücken der ganzen

Karte, die vor langer Zeit zerschnitten wurde, damit jeder der damaligen Piratenlords ein Stück erhalten konnte. Wer alle drei Stücke hat, wird imstande sein, die legendäre Isla de Canta zu finden, eine Insel voller ungeahnter Schätze, bewacht von ihren magischen Bewohnern, den Sirenen.

Sie liegt nirgendwo auf dem Tisch und auch nicht in der näheren Umgebung. Ich überprüfe jede Schublade auf doppelte Böden oder versteckte Fächer. Dann gehe ich weiter zu den Schränken mit seiner Kleidung, filze die Taschen sämtlicher Kleidungsstücke. Danach verspüre ich den verzweifelten Drang, mir die Hände zu waschen, aber ich unterdrücke das Bedürfnis.

Stattdessen fahre ich fort, das Quartier zu durchkämmen. Ich kontrolliere jede Planke am Boden, um nachzusehen, ob sich darunter etwas befindet. Leise klopfe ich die Wände ab, lausche auf Unregelmäßigkeiten, die auf eine verborgene Öffnung hindeuten. Die letzte Wand erwische ich etwas zu hart und Draxen dreht sich im Schlaf um. Den Sternen sei Dank, er wacht nicht auf.

Hat einen gesunden Schlaf, der Kerl.

Zuletzt sehe ich unter dem Bett nach. Da bewahrt er ein paar Dinge auf. Dicke Wollstrümpfe, einen kaputten Sextanten, ein Teleskop.

Als ich erbittert aufseufzen möchte, schlucke ich stattdessen.

Sie ist nicht hier. Sie ist nirgendwo in diesem Raum oder in dem angrenzenden Bad oder in dem Salon. Und das bedeutet, sie muss irgendwo anders auf dem Schiff sein. Aber das Schiff ist riesig. Da gibt es zahllose Verstecke. Und ich werde sie alle kontrollieren müssen, bis ich die Karte gefunden habe.

Ich habe eine erbärmliche Zeit vor mir.

Leise öffne ich die Tür des Captains und strecke den Kopf

hinaus. Ich habe die halbe Nacht hier zugebracht. Jetzt weiterzusuchen, hat keinen Sinn. Ebenso gut kann ich in meine Zelle zurückkehren und ein bisschen schlafen.

Brennol ist offenbar aufgetaucht und er sieht hellwach aus. Er hat beide Hände fest auf dem Steuerruder. Wie komme ich an ihm vorbei? Wenn ich einfach rausgehe, wird ihm auffallen, dass ich nicht der Captain bin. Ich bin viel zu klein.

Wenn ich es nur den Niedergang hinunter schaffen könnte, würde er mich vermutlich gar nicht bemerken. Aber er ist nicht mehr als gute zehn Fuß von mir entfernt. Auf Zehenspitzen schleiche ich in Draxens Quartier zurück und sehe mich nach etwas um, das ich nutzen kann.

Endlich finde ich eine Kupfermünze. Ausgezeichnet. Wieder an der Tür, platziere ich die Münze auf meinem Daumen und schnipse sie zur Backbordseite des Hecks. Brennol dreht den Kopf in die Richtung, beugt sich vor und kneift die Augen zusammen. Rasch und dennoch lautlos husche ich zur Treppe auf der rechten Seite und steige hinunter. Dabei vergesse ich nicht, die oberste Stufe zu übergehen.

Als ich auf Deck ankomme, presse ich mich an die Wand hinter dem Niedergang, kauere mich außer Sicht. Ich glaube aber, den letzten Schritt habe ich nicht leise genug getan. Und Brennol wird jetzt noch wachsamer sein. Ich sollte ein paar Herzschläge lang abwarten, ehe ich unter Deck gehe.

Links von mir wird eine Tür geöffnet.

Die zu Ridens Quartier.

Er sieht erst nach links, dann nach rechts. »Ich dachte, ich hätte was gehört. Ich fürchte, ich habe einen leichten Schlaf. Aber mit dir habe ich nicht gerechnet.«

Mir bleibt nur ein Augenblick, um wahrzunehmen, dass er lediglich eine Kniehose trägt, ehe er nach mir greift.

Ich kann nirgendwohin. Zwischen Niedergang und Wand gefangen, führt der einzige Ausweg direkt durch ihn hindurch. Und ich nehme an, es ist durchaus sinnvoll, mich von ihm fangen zu lassen, auch wenn meine Instinkte mich lauthals schreiend anflehen, es nicht zu tun.

Ich will hier sein. Ich habe eine Aufgabe zu erledigen. Es ist in Ordnung, mich von ihm fangen zu lassen.

»Wie bist du aus der Zelle gekommen?«, fragt er. Keine Spur von Schlaf schwingt in seinen Worten mit, obwohl er gerade erst aufgewacht ist. Er packt mich am Oberarm und hält mich fest.

»Ich habe den ersten Piraten, den ich gesehen habe, angesprochen und ihn ganz freundlich gebeten«, erwidere ich.

Sein Gesicht liegt im Schatten, aber ich schwöre, ich kann ihn lächeln hören. »Ich bin der Einzige, der einen Schlüssel hat.«

»Dann musst du ihn wohl fallen lassen haben. Das war sehr nachlässig.«

Er berührt seine Seite, als wollte er in eine Tasche greifen, aber dann fällt ihm ein, dass er kein Hemd trägt, eine Tatsache, die zu vergessen mir nicht möglich gewesen ist.

Weniger schlimm wäre es, wenn er nicht so gut riechen würde. Piraten sollten stinken. Warum muss er nach Salz und Seife duften?

Er reißt mich vorwärts, und mir wird klar, dass ich wohl wenigstens ein bisschen Widerstand leisten sollte. Also lege ich die Hände auf seine Brust und versetze ihm einen Stoß. Die Nachtluft ist frisch, aber Riden ist immer noch bettwarm. Warm und robust und gut riechend.

Und mit eisenharten Fäusten ausgestattet. Wenn er mir den anderen Arm quetscht, werde ich mich rächen müssen.

Er zieht mich zu der Tür, aus der er gekommen ist. Da drin ist es so dunkel wie am hinteren Ende einer Höhle, aber Riden scheint gleich das zu finden, was immer er gesucht hat. Er zerrt mich wieder hinaus und hält etwas hoch, damit ich es sehen kann.

»Das wäre dann der Schlüssel, den ich so nachlässig fallen gelassen habe«, sagt er.

»Sonderbar, so was.«

Er seufzt. »Alosa, was machst du hier eigentlich?«

»Ihr habt mich entführt. Was denkst du denn, das ich hier mache?«

»Die Beiboote sind da drüben.« Er zeigt auf die andere Seite des Schiffes. »Also, warum lungerst du vor meiner Tür herum?«

»Ich wollte meine Geiselnehmer töten, ehe ich verschwinde.«

»Und … wie ist es gelaufen?«

»Ich arbeite noch daran.«

»Darauf wette ich.«

Und schon geht es die Stufen hinunter, vorbei an der schlafenden Mannschaft und in die Brig. Riden schubst mich in meine Zelle zurück. Dann versucht er, sie mit seinem Schlüssel zu verriegeln.

Der natürlich nicht passt.

Riden beäugt ihn eingehender und Überraschung zeichnet sich auf seinem Gesicht ab. »Du hast sie vertauscht.«

»Hmm?«, mache ich unschuldig.

Er kommt zu mir in die Zelle. »Gib ihn mir.«

»Was?«

»Den Schlüssel.«

»Du hast ihn in der Hand.«

»Er passt nicht.«

»Du kannst mir ja kaum vorwerfen, dass du ihn kaputt gemacht hast.«

Ich erwarte nicht, dass er mir irgendetwas von all dem abnimmt. Ich stelle allerdings fest, dass es mir Spaß macht, mit ihm zu spielen. Mir gefällt seine Überraschung und … Nein, was ich da in seinen Zügen sehe, wenn er etwas Neues über mich erfährt, ist nicht Respekt, aber etwas, das dem nahekommt. Trotzdem kann ich nicht zulassen, dass er zu viel über meine wahre Natur herausfindet. Das wäre gefährlich.

Für ihn.

Denn ich werde nicht versagen. Ich kann mir kaum vorstellen, was mein Vater mit mir machen würde, sollte ich das tun. Aber ich habe keine Angst. Ich tue das nicht nur für meinen Vater, sondern auch, weil ich es will. Weil ich eine gute Piratin bin und die Jagd aufregend ist. Weil ich die Sireneninsel ebenso sehr finden will wie jeder andere Pirat. Vielleicht sogar noch dringender. Ich bin entschlossen, zu tun, was auch immer notwendig ist, um die Karte zu bekommen. Sollte sich Riden als zu großes Problem erweisen, werde ich ihn mit allen nötigen Mitteln aus dem Weg räumen.

»Ich gebe dir noch eine Chance, ihn mir zu geben, Prinzessin.«

Hier unten ist es heller. Mehrere Laternen hängen vor den Zellen. Ich kann Ridens Gesicht ausgesprochen scharf sehen. In der Aufmachung, die er trägt, kann ich eine Menge von ihm scharf sehen.

»Ich habe nichts«, betone ich erneut.

Langsam kommt er näher und blickt mir dabei in die Augen. Ich weiche zurück, bis ich an die Wand stoße, aber er kommt immer noch näher. Schließlich ist sein Gesicht so nahe, dass ich goldene Flecken in seinen Augen erkennen kann. Es sind wunderschöne Augen. Ich würde sie gern länger studieren.

Aber plötzlich liegen seine Hände auf meinen Hüften.

Mir ist, als hätte ich gerade aufgehört zu atmen, aber ich bin nicht ganz sicher. Ich bin erschrocken, gewiss – soll ich jetzt seine Hände wegschlagen oder soll ich stillhalten?

Er streicht mit ihnen über meinen Bauch, lässt mich dabei allerdings nie aus den Augen. Jetzt weiß ich, dass ich atme, denn ich glaube, ich könnte gerade gekeucht haben. Ich bin ziemlich sicher, dass ich seine Hände wegschlagen sollte.

Aber ich tue es nicht. Als er an meinen Rippen angelangt ist, nimmt er die Hände weg und legt sie auf meine Arme, gleitet zu meinen Schultern hinauf.

»Ich weiß nicht, was du trägst«, sagt er. »Aber ich mag es.«

»Sonderanfertigung«, sage ich.

»Die du dann gestohlen hast?«

Ich zucke mit den Schultern. »Was machst du?«

»Wie sieht es denn aus?«

»Du betatschst mich.«

»Ich versuche, meinen Schlüssel zurückzubekommen.«

»Hört sich nach einer Ausrede an, um mich zu betatschen.«

Er lächelt und beugt sich vor, sodass sein Mund ganz nah an meinem Ohr ist. »Ich merke nichts davon, dass du mich daran hinderst.«

»Hätte ich, dann könnte ich das nicht tun.«

Alarmiert blickt er auf, aber er hat nicht genug Zeit, um zu erraten, was zu tun ich beabsichtige, ehe ich es getan habe.

Ja, ich lasse ihn mein Knie kosten. Zwischen seinen Beinen.

Er nimmt sich etwas Zeit, um sich zu erholen. Genug Zeit, damit ich aus der Zelle laufen und ihn einsperren kann.

Er mustert mich in aller Ruhe. »Das war mies.«

»Ich fand es eigentlich ziemlich brillant. Außerdem hast du gesagt, du würdest mich nicht anrühren. Wie ich sehe, ist dein Wort nicht viel wert«, sage ich und werfe ihm damit seine eigenen Worte an den Kopf.

»Und du hast gesagt, du würdest dich friedlich verhalten, wenn wir dein verdammtes Zeug an Bord holen.«

»Ich habe mich friedlich verhalten. Ich bin vollkommen friedlich aus meinem Käfig entkommen.«

»Lass mich aus diesem Käfig, Mädchen.«

»Ich finde, du passt da besser rein als ich.«

Er schlägt mit der Faust an einen der Gitterstäbe. »Lass mich raus. Du weißt selbst, dass du nicht weit kommen wirst. Ich muss nur schreien und die halbe Mannschaft wird hinter dir her sein.«

»Und ich kann es kaum abwarten, ihre Gesichter zu sehen, wenn sie ihren Ersten Maat in der Zelle finden.«

»Alosa«, sagt er und der Hauch einer Warnung liegt in seinem Ton.

»Beantworte mir eine Frage, und ich werde dir die Peinlichkeit ersparen, von deiner Mannschaft hier gefunden zu werden.«

»Welche?« Er ist sichtlich aufgewühlt. Ich nehme an, das wäre ich auch, wenn ich mich von einem hübschen Gesicht hinters Licht hätte führen lassen.

»Als wir uns zum ersten Mal begegnet sind und ich über die Leben meiner Leute verhandelt habe, da hast du dem Captain etwas zugeflüstert. Etwas, das ihn dazu bewegt hat, aufzuhören, meine Männer zu töten. Was ist das gewesen?«

Riden wirkt perplex, antwortet aber: »Ich habe ihm gesagt, wenn er die Unterstützung seiner Mannschaft behalten will, wäre es klug, dich nicht weiter dazu zu ermutigen, sie umzubringen.«

»Hast du dir etwas aus ihnen gemacht? Aus den Männern, die ich getötet habe?«

»Nein.«

Hmm, vielleicht habe ich mich im Hinblick darauf, wie wichtig ihm seine Männer sind, auch geirrt. »Warum kümmert dich das dann?«

»Ich habe deine Frage beantwortet. Jetzt lass mich raus.«

Ich seufze. »Na schön.« Allerdings frage ich mich, warum er darüber nicht sprechen möchte. Vielleicht habe ich da irgendeinen wunden Punkt getroffen. »Wenn es nichts mit den Männern zu tun hatte, die ich getötet habe, hat es dann etwas mit seinem Bruder zu tun?«

Der Käfig singt, als sich das Schloss öffnet, und ich übergebe Riden den Schlüssel. »Du und der Captain, ihr seid Brüder.«

»Das ist mir bewusst.«

»Was genau ist aus eurem Vater geworden?«

Riden schließt mich ein. Dann steckt er den Schlüssel in die Tasche und behält ihn dabei unentwegt im Blick, ehe er sich zum Gehen wendet.

»Ich habe ihn getötet.«

Kapitel 4

Der Boden ist widerlich, aber irgendwie gelingt es mir, zu schlafen. Als ich aufwache, befindet sich wenige Zoll von meinem Kopf entfernt ein Gesicht.

Kreischend rolle ich mich weg. Sogar, als mir klar wird, dass der Kerl auf der anderen Seite des Gitters ist, rast mein Herz noch.

»Kein Grund zur Panik«, sagt der Pirat. »Ich brauche nur eine Haarlocke von dir.«

Meine Hand fliegt an meinen Kopf. Tatsächlich finde ich mehrere abgeschnittene Strähnen. »Was tust du da? Dafür werde ich dich umbringen.«

»Lass das Mädel lieber in Ruhe, Enwen«, sagt ein anderer Mann. Es ist Kearan. »Die hat ein Problem damit, wenn jemand sie anfasst.«

»Aber es musste getan werden«, entgegnet Enwen. »Ich sage dir, rotes Haar bringt Glück. Hält Krankheiten fern und so.«

Jetzt wird mir klar, dass Enwen der große Mann ist, der mir gestern geholfen hat, meine Sachen herzuschaffen.

»Etwas Lächerlicheres habe ich noch nicht gehört«, sagt Kearan. »Ich hoffe, du wirst morgen krank. Damit dir mal der Kopf zurechtgerückt wird.«

»Wart es nur ab. Wenn die nächste Seuche zuschlägt, werde ich dieses Haar streicheln, während ihr alle hustet und sterbt und so.«

»Ich brauche was zu trinken.«

»Ne, Kearan. Dafür ist es noch zu früh.«

»Wenn ich den Tag überstehen soll, muss ich früh anfangen.« Er zieht eine Flasche aus einer seiner Taschen.

»Was ist hier los?«, frage ich, während ich aufstehe und den Nacken dehne. Ich spüre ein paar verkrampfte Muskeln in meinem Hals. Und ich rieche schlimmer als gestern. Verdammter Boden.

»Wir sind deine Bewacher, Miss Alosa«, sagt Enwen. »Der Erste Maat sagt, es sei klug, dich die ganze Zeit über im Auge zu behalten.«

Ich mustere Kearan. »Und ich nehme an, keiner von euch hat sich freiwillig gemeldet.«

»So ist es«, bestätigt Kearan.

»Oh, ich bin durchaus erfreut gewesen«, meldet sich Enwen. »Seit ich dich gestern gesehen habe, wollte ich dein Haar in die Finger kriegen. Das ist sehr selten.«

»Ich kann dir versichern, dass es keine magischen Kräfte hat«, sage ich verärgert und fummele an der Stelle herum, an der das Haar nun kürzer ist als überall sonst.

»Keine magischen, klar«, sagt Enwen. »Es bringt nur Glück.«

»Ich werde genauso häufig krank wie andere auch.«

»Was?«

»Du hast gesagt, rotes Haar schützt vor Krankheiten. Ich habe einen ganzen Kopf voll davon und werde trotzdem krank.«

»Oh.« Für einen Augenblick wirkt Enwen bekümmert. Er beugt sich über mein Haar und starrt es an. »Na ja, ich glaube, es wirkt bei dir nicht, weil es dein eigenes Haar ist. Man muss es von jemand anderem nehmen, damit es Glück bringt.«

»Also wird es bei mir, wenn ich es von dir zurückstehle, auch funktionieren?«, frage ich sarkastisch.

Kearan lacht und erstickt beinahe an dem Rum in seinem Mund. Ein paar Tropfen fallen zu Boden, als er hustet. Er seufzt. »Verdammte Verschwendung.«

Ich setze mich auf meinen Stuhl. Mir ist nur allzu bewusst, dass Schmutz und Glibber alles in dieser Zelle überziehen, mich eingeschlossen. Ich muss mich umziehen, und ich brauche etwas Wasser, um mich zu waschen. Ich bin schon im Begriff, nach Letzterem zu fragen, als ich jemanden kommen höre.

Es ist Riden, natürlich. Ausgerüstet mit einem Tablett mit Essen und einem gefährlichen Lächeln. Bei dem Anblick fängt mein Magen zu knurren an. Aber ich bin ziemlich sicher, das ist eine Reaktion auf das Essen, nicht auf das Lächeln.

»Enwen, Kearan, ihr könnt gehen, solange ich die Gefangene verhöre. Aber ihr werdet eure Posten wieder einnehmen, wenn ich fertig bin.«

»Aye, Master Riden«, sagt Enwen. Kearan nickt gelangweilt und beide gehen.

»Hungrig?«, fragt Riden.

»Ich verhungere.«

»Gut, ich habe es geschafft, ein paar Eier zu stibitzen.« Riden entriegelt die Zelle und stellt das Tablett auf den Tisch, behält dabei aber meine Beine im Auge. Ich bin überzeugt, es liegt daran, dass er meine Tritte fürchtet, nicht aber daran, dass er sie einfach anstarren möchte. Er schließt mich wieder ein und steht sicher auf der anderen Seite der Gitterstäbe.

Ich fange sofort an zu essen, schäle die gekochten Eier und füge etwas Salz hinzu, ehe ich sie mampfe. Jedes einzelne spüle ich mit etwas Wasser aus der Tasse auf dem Tablett hinunter.

Riden scheint wieder guter Stimmung zu sein. Wie es aussieht, trägt er mir die Sache letzte Nacht nicht mehr nach.

»Also, was soll es heute sein? Noch mehr Gerede über meinen Vater?«, frage ich.

»Ja.«

»In der Hoffnung, dass ich versehentlich verrate, wo seine Festung ist? Da verschwendest du bloß deinen Atem.«

»Was du versehentlich verrätst, ist deine Sache. Ich möchte mit dir über die Reputation deines Vaters sprechen.«

»Was immer du gehört hast, vermutlich ist das alles wahr.«

»Trotzdem, lass uns darüber reden.«

»Ich möchte etwas Wasser«, sage ich und wische über einen Schmutzfleck an meinem Arm.

»Ich fülle dein Glas nach, wenn wir fertig sind.«

»Nein, ich brauche einen Kübel, um mich zu waschen. Und einen Lappen. Und Seife.«

»Findest du nicht, dass du für eine Gefangene ein bisschen zu viel verlangst?«

»Und«, sage ich und singe das Wort mehr oder weniger, »ich möchte jede Woche alles frisch haben.«

Zuerst lacht er nur. Dann denkt er darüber nach. »Wir warten mal ab, wie unser Gespräch heute läuft. Wenn mir gefällt, was ich höre, werde ich entsprechende Vorkehrungen treffen.«

Ich schlage die Beine übereinander und lehne mich auf meinem Stuhl zurück. »Schön. Lass uns reden.«

Riden zieht sich einen Stuhl heran und nimmt Platz. Heute trägt er Hut. Einen Dreispitz ohne Feder. Das Haar hat er im Nacken gebunden. Hemd und Kniehose sitzen gut. Weiß oben, Schwarz unten.

»Mir sind Gerüchte über Kalligans gefährliche Machenschaften zu Ohren gekommen. Es heißt, er könne es im Kampf mit zwanzig Mann auf einmal aufnehmen. Er hat jeden Zoll des Meeres bereist und alle möglichen Seedämonen bekämpft, darunter auch einen Hai, den er unter Wasser mit bloßen Händen besiegt hat. Er macht gemeinsame Sache mit dem Teufel und fördert das Böse in anderen.«

»Bisher liegst du nicht ganz falsch«, sage ich.

»Man sagt auch, er sei der einzige Mensch, der die Begegnung mit einer Sirene überlebt hat.«

Ich pruste.

»Er soll sogar eine beschlafen haben«, fährt Riden fort. »Er soll die eigene List der Kreatur gegen sie benutzt haben. Nun hört sich das alles für mich aber so an, als wäre unser lieber König bestenfalls ein Manipulator und zügelloser Geschichtenerzähler. Vielleicht ist er nicht ganz so ehrlich, wie seine neuen Gesetze es verlangen.«

»Er kann kaum etwas gegen das ausrichten, was andere Leute über ihn sagen.«

»Und was würdest du über ihn sagen?«

»Er ist mein Vater. Was gibt es da mehr zu sagen?«

»Es gibt verschiedene Arten von Vätern. Die, die bedingungslos lieben, und die, deren Liebe an Bedingungen geknüpft ist, und die, die gar nicht lieben. Was würdest du sagen, zu welcher Sorte er gehört?«

Zum ersten Mal berührt Riden etwas, womit ich mich lieber nicht befassen möchte. »Ich kann mir kaum vorstellen, dass diese Thematik hilfreich für dich ist.«

»Hmm. Du weichst der Frage aus. Dann ist seine Liebe wohl an Bedingungen geknüpft. Denn hätte er dich nie geliebt, würdest du ihn nicht so hoch schätzen. Also, sag mir, Alosa, was musstest du alles tun, um dir die Liebe deines Vaters zu verdienen?«

»Das Übliche. Betrügen. Stehlen. Töten.« Ich spucke jedes Wort ganz spontan aus und hoffe, dass er den Kummer, den ich empfinde, nicht wahrnimmt.

»Er hat dich umgewandelt. Er hat dich zu etwas ausgebildet, das keine Frau je sein müssen sollte. Du …«

»Ich bin, was ich gewählt habe zu sein. Du sprichst von Dingen, über die du gar nichts weißt. Ich glaube, wir sind jetzt fertig mit dem Reden.«

Riden erhebt sich und tritt nahe ans Gitter heran. Dann überlegt er es sich anders und weicht zurück, bis er außerhalb meiner Reichweite steht. »Ich wollte dich nicht kränken, Alosa. Du kannst dich glücklich schätzen. Es ist besser, ein bisschen Liebe zu bekommen, als einen Vater zu haben, der dich überhaupt nicht liebt.«

Ich weiß, dass Riden jetzt von sich spricht, trotzdem bin ich immer noch verärgert und habe das Gefühl, die Dinge richtigstellen zu müssen. »Alles, was mein Vater getan hat, hat er aus Liebe getan. Er hat mich stark gemacht. Er hat jemanden aus mir gemacht, der in dieser Welt überleben kann. Es ist nicht wichtig, was er getan hat, um mich an diesen Punkt zu bringen. Ich bin eine Kämpferin. Und sogar die Beste.«

Ich muss meine Erinnerungen nicht verdrängen. Das ist alles, was sie sind: Erinnerungen. Sie können mir nicht wehtun. Sie sind Vergangenheit. Es macht nichts, dass mein Vater mich, als ich aufwuchs, jeden Tag mit Jungs hat kämpfen lassen, die älter und stärker waren als ich. Jetzt kann ich sie alle schlagen. Es macht nichts, dass er mich einmal angeschossen hat, um mir zu zeigen, wie eine Schusswunde schmerzt, und mir beizubringen, in verwundetem Zustand zu kämpfen. Denn nun kann ich es. Es macht nichts, dass er mich hat hungern lassen und mich geschwächt hat, ehe er mir Aufgaben übertragen hat. Er hat mich Ausdauer gelehrt. Nun komme ich mit allem zurecht.

»Was ist mit dir, Riden?«, frage ich. »Was hat dich an den Punkt gebracht, an dem du heute bist? Du behauptest, du hättest deinen Vater getötet, doch Draxen ist der Captain des Schiffes. Ist Draxen der Liebling deines Vaters gewesen? Oder ist er einfach bloß der Ältere? Wie auch immer, warum überlässt du ihm etwas, das du dir verdient hast?«

Ridens Züge verhärten. »Draxen ist älter. Und er war Vaters Liebling. Nicht, dass das jetzt noch etwas ausmachen würde. Du hattest vorhin recht. Wir hätten aufhören sollen zu reden. Ich nehme an, du hast nicht vor, mir jetzt zu sagen, wo die Festung deines Vaters zu finden ist?«

»Nein.«

Er nickt, keineswegs überrascht. »Ein Sturm kommt auf und wir haben unser Ziel noch nicht ganz erreicht. Stell dich auf eine raue Nacht ein.«

»Das tu ich immer.«

Statt unser Gespräch noch einmal durchzuspielen, schaffe ich Ordnung in meinem Geist. Nachdem ich in der letzten Nacht so lange unterwegs war, bin ich erschöpft, also lege ich mich wieder auf den Boden und döse. Ist ja nicht so, als hätte ich was Besseres zu tun.

Ein lautes Klirren rüttelt mich wach und bringt mein Herz zum zweiten Mal an diesem Tag zum Rasen. Jemand hat an die Gitterstäbe meiner Zelle getreten.

Als sich mein Blick klärt, sehe ich Draxen vor mir stehen, die Hände am Gürtel, den gefiederten Hut auf dem Kopf. Er mustert mich, als wäre ich eine Art Preis, den er gewonnen hat. Oder ein neues Werkzeug, das er gerade erhalten hat. Ich nehme an, er sieht beides in mir. Aber mich kümmert das nicht. Zu guter Letzt werde ich das Werkzeug sein, das seinem Leben ein Ende macht.

Mein Vater hätte sich die *Night Farer* nicht einfach mit Gewalt holen können. Die Karte hätte beim Kampf vernichtet werden können, sofern er das Schiff mit Waffengewalt zerstört hätte. Er musste also jemanden an Bord bringen, um nach ihr zu suchen. Aber wenn das alles vorbei ist, dann werde ich dieses Schiff direkt zu meinem Vater bringen, damit er sie alle umbringen kann. Der Piratenkönig will keine Konkurrenz, wenn er sich auf die Suche nach der Isla de Canta macht.

»Wie gefällt dir deine Unterbringung, Alosa?«

»Der Boden ist uneben, die Zelle stinkt.«

»Passt doch gut zu einer Prinzessin der Diebe und Mörder, findest du nicht?«

»Ein Bett könnte ich trotzdem gebrauchen.«

»Du darfst gern einen aus der Mannschaft fragen, ob er seines mit dir teilt. Ich bin überzeugt, jeder wäre dazu bereit.«

»Wenn ich im Bett eines anderen Menschen schlafe, dann nur, weil ich ihn getötet und seinen Besitz beansprucht habe. Hast du noch nicht genug Männer verloren, Draxen?«

»Du bist viel zu selbstsicher. Ich glaube, ich sollte Riden anweisen, Prügel in seine Sitzungen mit dir zu integrieren. Das könnte euch beiden ganz guttun. Die Sterne wissen, dass er das vertragen könnte.«

Da ich bezweifle, dass ich eine Chance haben werde, mein Schläfchen zu beenden, stehe ich auf und setze mich auf den Stuhl, obwohl mich diese Konfrontation mehr als langweilt. Draxen hat nichts Interessantes zu sagen. Er hofft nur, ich würde mich vor seinen Augen vor Angst krümmen. Er ist ein Mann, der vom Schmerz anderer lebt. Aber bisher hat noch keiner seiner Einschüchterungsversuche Wirkung gezeigt.

»Ich habe Riden gestattet, sich mit dir zu befassen, aber solltest du weiter so unkooperativ sein, gebe ich jemandem, der weniger charmant ist, die Gelegenheit, dich zu verhören. Behalt das im Kopf, solange du hier unten sitzt.«

»Du solltest lieber hoffen, dass er mir gegenüber nicht weich wird. Ich würde nur ungern einen deiner eigenen Männer gegen dich einnehmen.«

»Ach, Prinzessin, Riden hatte in seinem Leben schon mit Hunderten von Frauen zu tun, und er hatte nie Probleme, sie hinter sich zu lassen. Auch du wirst da keine Ausnahme sein.« Als er geht, hallen seine Stiefelschritte durch den leeren Raum.

Draxen ist ein echtes Prachtexemplar. Ebenso wie Riden. Sie agieren auf unterschiedliche Art, aber ihre Ziele sind dieselben, womit beide gleichermaßen dumm sind. Welcher Idiot kommt schon auf die Idee, den Piratenkönig zu bestehlen? Noch dazu, ohne die eigene Mannschaft gründlich auf Spione zu überprüfen? Es war leicht, meine »Entführung« einzufädeln, nachdem Theris uns alle Informationen geliefert hat, die wir brauchten.

Ich bin überrascht, als Riden mich erneut besucht, dieses Mal mit einem Kübel Wasser, einem Riegel Seife und ein paar sauberen Lappen.

Ich war überzeugt, ich hätte es mir mit Riden endgültig verscherzt. Nun tun mir all die schlimmen Dinge, die ich über ihn gedacht habe, fast leid.

Fast.

»Du hast zehn Minuten, ehe ich die Männer wieder herschicke, um dich zu bewachen.«

»Ich brauche nur neun«, sage ich, nur um mich schwierig zu geben.

Er schüttelt den Kopf, ehe er wieder verschwindet.

Das Schiff schwankt derzeit stärker. In der Tat kommt ein Sturm auf. Aber ich habe ein gutes Paar Seebeine. Auf See fühle ich mich standfester als an Land. Ich bin ihre Bewegung gewohnt, ihre Sprache. Sie erzählt dir, was sie vorhat, wenn du nur zuhörst.

Ich bin gewaschen und trage ein sauberes Korsett, dieses Mal ein rotes, als Kearan und Enwen zurückkommen.

»Ich sage dir, es bringt Pech, wenn du nach links drehst. Du solltest immer zustoßen und rechtsherum drehen. Das bringt Glück.«

»Enwen, wenn ich einem Mann eine Klinge ins Herz steche, ist es egal, ob ich sie links- oder rechtsherum drehe. Der Mistkerl ist dann auf jeden Fall tot. Wozu bräuchte ich da noch Glück?«

»Für den nächsten Mann, den du töten willst. Nimm an, das führt dazu, dass du beim nächsten Mal das Herz verfehlst. Dann wirst du dir wünschen, du hättest dir die Zeit genommen, das Messer beim vorangegangenen Mal nach rechts zu drehen. Du kannst einen Mann nicht sauber und ordentlich töten, wenn du sein Herz verfehlst.«

»Allmählich glaube ich, mein ›nächstes Mal‹ steht kurz bevor.«

»Sei doch nicht so, Kearan. Du weißt doch ganz genau, dass ich der einzige Freund bin, den du an Bord hast.«

»Muss wohl irgendwas falsch machen.« Kearan hat bereits seine Flasche hervorgeholt, doch als er sie hebt, runzelt er die Stirn. Leer. Also greift er wieder in die Tasche und holt eine weitere hervor. Jetzt verstehe ich auch, warum der Mantel, den er trägt, so viele Taschen hat. Normalerweise hätte ich angenommen, sie wären dazu gedacht, dass ein Dieb genug Platz hat, um seine Beute zu verstauen. Aber nein, sie enthalten diverse Flaschen Rum. Ich frage mich, wie viele er wohl da drin hat.

»Wie geht es dir, Miss Alosa?«, fragt Enwen und dreht sich, unbeeindruckt von Kearans Worten, zu mir um.

»Um der Sterne willen, Enwen«, schimpft Kearan. »Diese

Frau ist eine Gefangene. Wie, meinst du wohl, wird es ihr gehen? Halt doch einfach für einen verdammten Moment deine Klappe, ja?«

»Die Frau kann Fragen allein beantworten«, bemerke ich.

»Du brauchst auch nicht zu reden«, sagt Kearan. »Hab's nicht nötig, von einem von euch einen Ton zu hören.«

Enwen reibt sich die Schläfe. »Master Riden hat nur gesagt, ich sollte ›vermutlich‹ nicht mit ihr reden, weil schöne Frauen Möglichkeiten haben, den Geist eines Mannes zu verwirren. Aber es war kein direkter Befehl.«

»Er hat gesagt, ich wäre schön?« Der Gedanke bringt mich zum Schmunzeln.

Enwen schaut bekümmert drein. »Hätte ich wohl nicht sagen sollen.«

Je mehr Zeit vergeht, schwankt das Schiff stärker und stärker. Einem Sturm entgegenzusegeln, ist wie der Beginn eines Streits: Es gibt ein paar Warnzeichen. Die Dinge spitzen sich zu. Aber dann entsteht ein Sprung. Der Sturm schlägt zu, ehe du bereit bist. Und dann steckst du schon so tief drin, dass du nichts mehr tun kannst als zusehen, dass du durchkommst.

Alles ist laut. Außer Wellen und Wind gibt es nichts mehr zu hören. Nichts mehr zu fühlen außer bitterer Kälte. Ich werfe mir den schwersten Mantel über, den ich habe, um mich vor der Bitternis zu schützen. Dann und wann glaube ich, einen Ruf von Deck zu hören, aber das könnte auch ein Echo des Windes sein.

Ich bin gezwungen, mich auf den Boden zu setzen. Ich kann nicht darauf vertrauten, dass der Stuhl nicht umkippt. Enwen setzt sich ebenfalls und nimmt etwas aus der Tasche: eine Schnur, besetzt mit kleinen Kügelchen. Vielleicht Perlen.

Kearan fängt an zu schnarchen. Mir wird klar, er muss Probleme mit den Nebenhöhlen haben, denn ich kann ihn trotz des Sturms hören. Plötzlich schreckt er hoch. »Gib mir das zurück.«

Enwen muss den verwunderten Blick gesehen haben, den ich Kearan zugeworfen habe. »Er redet viel im Schlaf«, erklärt er mir.

Kearan reibt sich die Augen. »Der ist schlimm. Könnte uns zum Kentern bringen.«

Enwen hält ihm die Perlen hin. »Nein, wird er nicht. Ich habe unseren Schutz gleich hier.«

»Jetzt fühle ich mich ja so viel sicherer.«

»Das solltest du auch. Im Sturm unterwegs zu sein, ist gefährlich. Manche sagen, dies sei die Zeit, in der das böse Seevolk aus seiner Unterwasserdomäne kommt und durch die Fluten streunt.«

»Du meinst die Sirenen«, stelle ich fest.

»Natürlich meine ich die. Sie verstecken sich gern in den Wogen. Man kann sie im Wasser nicht sehen, wenn die See kocht und tobt und so, aber sie sind da unten. Treten und hämmern gegen das Schiff und helfen dem Sturm, uns hinabzuziehen. Sie wollen uns. Wollen unser Fleisch essen und sich Halsketten aus unseren Zähnen machen und unsere Knochen aushöhlen, um daraus Instrumente zur Begleitung ihres Gesangs zu schnitzen.«

»Verdammt poetisch«, kommentiert Kearan. »Und außerdem ein Haufen Mist. Hat dir schon mal jemand gesagt, dass etwas, woran du nicht glaubst, dir auch nicht wehtun kann?«

Erkenntnis leuchtet in Enwens Augen auf. »Deshalb hat es alles auf mich abgesehen.«

Ich verberge ein Lächeln hinter meiner Hand, während Kearan eine Flasche hervorholt.

Sirenen haben sich im Laufe der ganzen Zeit eine beachtliche Reputation erarbeitet. Sie gelten als die tödlichsten Lebewesen, die die Menschheit kennt. Geschichtenerzähler in Tavernen berichten von unfassbar schönen Frauen, die im Meer leben und nach Schiffen Ausschau halten, die sie zerstören können, Menschen, die sie fressen, und Gold, das sie stehlen können. Der Gesang einer Sirene ist imstande, einen Mann so in seinen Bann zu ziehen, dass er alles tun würde. Die Kreaturen singen für Seeleute und versprechen ihnen Wonnen und Reichtümer, wenn sie nur ins Meer springen. Aber die, die es dann tun, finden weder das eine noch das andere.

Bekommt dich eine Sirene einmal zu packen, dann lässt sie nicht mehr los. Sie zerrt den Seemann den ganzen Weg bis zum Grund des Meeres mit sich, wo sie ihn sich zu Willen macht. Dann stiehlt sie ihm alles von Wert und lässt ihn im Abyssus treiben.

Viele Mythen ranken sich um die Sirenen. So gut wie niemand ist dazu in der Lage, Fakt und Fiktion zu unterscheiden. Aber eines weiß ich: Alle Sirenen aus allen Jahrhunderten haben ihre gestohlenen Schätze auf eine Insel gebracht – auf die Isla de Canta. Dort verbirgt sich der Reichtum der Geschichte, Schätze jenseits aller Vorstellungen.

Genau das ist es, was mein Vater sucht. Das ist der Grund, warum ich überhaupt hier bin. Das ist das eine, worauf ich vorbereitet wurde: ein weiteres Stück der Karte zu stehlen.

Jedes der drei Stücke wurde über Generationen vom Vater an den Sohn weitergegeben. Eines wanderte über die Linie der Allemos und landete schließlich in Jeskors, nun wahrscheinlich in Draxens Hand. Ein anderes wurde innerhalb der Kalliganlinie weitergereicht und befindet sich derzeit bei meinem Vater in sicherer Verwahrung. Und das letzte gehört der Familie Serad. Vordan wird im Besitz dieses Teils sein.

Wer alle drei Stücke vereint, wird imstande sein, die legendäre Isla de Canta zu finden. Die Insel der Gesänge. Auch das Land der singenden Frauen genannt.

»Da draußen gibt es keine Sirenen«, sage ich zu Enwen. »Wenn dort welche wären, hätten sie dich längst bezirzt, über Bord zu springen. Hörst du etwa Musik?«

»Nein, weil der Sturm sie übertönt.«

»Also ist der Sturm etwas Gutes?«

»Ja … nein. Ich meine …« Enwen hat einen Augenblick lang damit zu kämpfen.

Enwen und sogar Kearan scheinen sich davor zu fürchten, in dieser Nacht zu schlafen. Sogar ein Mann, der sein ganzes Leben auf See verbracht hat, hat Grund, sie zu fürchten, wenn sie wütend ist.

Aber nicht ich. Ich schlafe tief und fest. Ich lausche ihrer Musik. Die See wacht über mich.

Sie beschützt die Ihrigen.

Kapitel 5

Die nächsten paar Tage und Nächte vergehen weitgehend auf die gleiche Weise. Am Tag kommt Riden zu mir herunter, um mich zu befragen. Wir stochern herum, jeder ist bemüht, dem anderen Antworten zu entlocken, doch selten kommt etwas dabei heraus. Er bringt mir auch meine Mahlzeiten, aber davon abgesehen werde ich in der Zelle immer allein gelassen, allein mit den zwei Wachen, die mich im Auge behalten. Die werden regelmäßig ausgetauscht, aber Kearan und Enwen sind mit Abstand am unterhaltsamsten.

Zu Ridens Pech bieten die Wachen nicht die Abschreckung, die er sich erhofft hat. Sogar sie müssen schlafen, und sobald sie das tun, schleiche ich mich aus der Zelle und schnüffele auf dem Schiff herum. Da die Karte nicht in Draxens Quartier zu finden war, beschließe ich, meine Suche unter Deck vom Heck bis zum Bug auszudehnen, ehe ich mich weiter nach oben arbeite. Diese Reihenfolge wähle ich, weil ich denke, dass ich mit den Orten anfangen sollte, die ich am leichtesten erreichen kann, ehe ich mich an die schwerer zugänglichen begebe.

Aber nichts geht schnell oder leicht.

Wenn unter Deck an die vierzig Männer schlafen, ist immer mindestens einmal pro Stunde einer dabei, der mitten in der Nacht pissen muss, was zweifellos daran liegt, dass er getrunken hat, ehe er zu Bett gegangen ist. Ich verbringe die Hälfte der

Zeit damit, den Kopf einzuziehen und mich in enge Verstecke zu quetschen oder vollkommen stillzuhalten, während sie zur nächsten Reling hasten und danach in ihre Betten zurückkehren.

Meine Suche ist mühsam und erfolglos und ich schaffe pro Nacht immer nur einen kleinen Teil des Schiffes.

In meiner fünften Nacht an Bord schnarcht Kearan laut, während Enwen die Goldmünzen in einem kleinen Geldbeutel zählt.

»Hast du gespielt?«, frage ich.

»Nein, Miss Alosa, fürs Spielen habe ich nicht viel übrig.«

»Wo kommt das Geld dann her?«

»Kannst du ein Geheimnis bewahren?«

Ich sehe mich ostentativ in meiner Zelle um. »Wem sollte ich hier etwas erzählen?«

Enwen nickt nachdenklich. »Ich glaube, du hast recht.« Wieder mustert er die Münzen. »Na ja, diese habe ich von Honis. Diese ist von Issen. Diese kommt von Eridale. Die hier von …«

»Du stiehlst sie.« Ich lächele.

»Ja, Miss. Aber nur eine von jedem Mann. Wenn nämlich ein Mann sieht, dass sein ganzer Geldbeutel fort ist, weiß er, dass ihn jemand gestohlen hat, aber wenn er nur eine Münze vermisst …«

»Dann wird er annehmen, er hätte sie verloren«, sage ich.

»Ja, genau.«

»Das ist brillant, Enwen.«

»Danke.«

»Du bist viel klüger, als du dir anmerken lässt. Tust du nur so, als wärest du ein abergläubischer Trottel, damit die Mannschaft dir gegenüber arglos bleibt?«

»Oh, nein, ich bin wirklich so abergläubisch, wie man nur sein kann.«

»Und die Sache mit dem Trottel?«

»Das übertreibe ich vielleicht ein kleines bisschen.«

Ich lache leise. Das ist die Art von Mann, die ich auch auf mein Schiff lassen würde, sofern er imstande sein sollte, seine Diebstähle auf Leute zu beschränken, die nicht seine Mannschaftskameraden sind.

»Und was ist mit Kearan?«, frage ich. »Was ist seine Geschichte?«

Enwen sieht sich zu seinem schnarchenden Kumpan um. »Über Kearan ist nicht viel bekannt. Er redet nicht über sich, aber ich konnte mir aus dem, was er im Schlaf erzählt, ein bisschen was zusammenreimen.«

»Was hast du erfahren?«

»Warum fragst du?«

»Nur Neugier und Langeweile.«

»Schätze, es schadet nicht, wenn ich es dir erzähle. Aber sag Kearan nicht, dass ich dir das verraten habe.«

»Versprochen.«

Enwen fängt an, die Münzen wieder in den Beutel fallen zu lassen. »Kearan war schon überall auf der Welt. Er kennt die Siebzehn Inseln in- und auswendig. Er hat alle möglichen Menschen getroffen, alle möglichen Arbeiten gemacht. Er war ein Abenteurer.«

Also kennt sich Kearan nicht nur auf dem Meer aus, sondern auch an Land. Ungewöhnlich für einen Piraten. Unsere kleinen Inseln liegen so dicht beieinander, dass jeder zwischen ihnen herumreist. Jede ist reich an unterschiedlichen Nahrungsquellen. Der Handel zwischen den Inseln ist lebhaft und notwendig. Folglich hat, wer das Meer beherrscht, auch die Herrschaft über die Gelder des Reiches.

Vater toleriert die Existenz eines Monarchen an Land, weil

er kein Interesse daran hat, die Landratten zu regieren. Er zieht die Gesellschaft von Seebären vor. Der Landkönig zahlt einen jährlichen Tribut an meinen Vater, dafür lässt Vater seine Entdecker unbehelligt die See auf der Suche nach neuen Ländern bereisen.

Niemand hat je eine solche Monopolstellung über die Seefahrt innegehabt, bis mein Vater seine Herrschaft errichtet hat. Und eines Tages wird all diese Macht auf mich übergehen, was auch der Grund ist, warum ich mich meinem Vater gegenüber wieder und wieder beweisen will. Mein derzeitiger Auftrag ist nur einer auf einer langen Liste von Aufgaben, die ich für ihn erledigt habe.

Ich sehe mich zu Kearans fettem Körper um, betrachte sein hässliches Gesicht und seine insgesamt ungepflegte Erscheinung. »Bist du sicher, dass er nicht nur im Schlaf Abenteuer erlebt?«

»O ja. Er mag heute nicht danach aussehen, aber das liegt nur daran, dass er zu einem Mann geworden ist, der viel verloren hat. Stell dir vor, du wärest mit deinem Leben niemals zufrieden, Miss Alosa. Stell dir vor, du hättest die ganze Welt bereist und überall nach Glück gesucht, nach Aufregung, um dir die Zeit zu vertreiben. Oder stell dir vor, du hast alles gesehen, was es zu sehen gibt, und doch hast du dein Glück nicht gefunden. Na, dann würdest du sicher auch einen düsteren Blick auf das Leben haben, oder nicht?«

»Vermutlich.«

»Danach gibt es nicht mehr viel zu tun. Kearan verdient sich seinen Lebensunterhalt auf diesem Schiff. Er ist ein hässlicher Säufer, weil ihm das den Schmerz nimmt. Er hat keinen Wunsch, zu leben, und auch keinen, zu sterben. Eine schwierige Lage für ihn.«

»Aber du bist sein Freund. Warum?«

»Weil jeder jemanden braucht. Und ich habe die Hoffnung für Kearan noch nicht verloren. Ich glaube, wenn er nur genug Zeit bekommt, wird er sich schon irgendwann fangen. Genug Zeit und außerdem die richtige Motivation.«

Das bezweifle ich, aber ich würde ihn gern bei Laune halten. »Was meinst du, warum hat er so viel verloren?«, frage ich.

»Ich höre ihn nachts den Namen einer Frau rufen. Es ist immer dieselbe. Parina.«

»Wer ist sie?«

»Keine Ahnung, und ich habe nicht die Absicht, ihn zu fragen.«

Enwen streckt sich auf dem Boden aus und beendet unser Gespräch. Er hat mir einiges geliefert, worüber ich nachdenken kann, während ich darauf warte, dass er einschläft, damit ich meine nächtliche Suche beginnen kann.

Jeder hat einen dunklen Punkt in seiner Vergangenheit. Ich glaube, es ist unsere Aufgabe, ihn zu überwinden. Und wenn wir ihn nicht überwinden können, dann bleibt uns nur, das Beste daraus zu machen.

»Lust auf einen Spaziergang?«

Riden steht vor meiner Zelle, wirft den Schlüssel hoch und fängt ihn wieder auf. Ich bin jetzt seit sechs Tagen auf der *Night Farer*. Dies ist das erste Mal, dass er mir anbietet, mich aus der Zelle zu lassen.

»Macht es dir Spaß, vor meiner Nase mit der Freiheit zu wedeln?«, frage ich ihn und beäuge den Schlüssel.

»Tja, weißt du, ich finde es tatsächlich auf sonderbare Weise amüsant.«

»Das kann dir ja nicht allzu leichtfallen, wenn du doch

weißt, dass ich auch ganz allein rauskann.« Ich beziehe mich natürlich auf die eine Nacht, in der er mich erwischt hat, als ich draußen rumgeschlichen bin, nicht auf all die anderen Nächte, in denen ich mich seither rausgemogelt habe.

Riden tritt näher und senkt die Stimme. »Seitdem habe ich den Schlüssel immer sicher verwahrt. Und wenn ich du wäre, würde ich dieses kleine Malheur auch niemand anderem gegenüber zur Sprache bringen. Der Captain könnte auf komische Gedanken kommen, wenn er davon wüsste. Und dir würde keiner davon gefallen.«

Ich neige den Kopf zur Seite. »Du meinst, du hast ihm nicht erzählt, dass ich versucht habe zu fliehen?« Besser, ich vergewissere mich. Je mehr Riden seinem Captain verschweigt, desto größer der Keil, den ich zwischen Draxen und seine Mannschaft treiben kann. Womöglich erweist sich diese Distanz später einmal als nützlich für mich. Wer weiß, was sonst noch passieren wird, während ich eine »Gefangene« auf See bin?

»Vielleicht solltest du dir ein paar Gedanken darüber machen, was er mit dir anfangen wird, wenn er es herausfindet«, füge ich hinzu.

»Schätze, ich zähle darauf, dass du dir mehr Gedanken um deine Haut machen wirst als darum, meiner zu schaden. Also, ich verschaffe dir eine Pause von der Zelle. Willst du sie oder nicht?«

Ich weiß die Geste zu schätzen, kann aber nicht behaupten, dass ich dem Braten auch traue. »Wo gehen wir hin?«

»Wir sind auf ein Schiff gestoßen, das nach dem Sturm verlassen zu sein scheint. Es ist ein bisschen mitgenommen, aber vielleicht finden wir noch etwas Verwertbares an Bord. Wir sind mitten auf dem Meer, also – solltest du versuchen zu fliehen – kannst du nirgendwo hin. Der Captain hat mir gestattet, dich für die Durchsuchung an Bord zu bringen.«

Mir wird bewusst, dass er mir erzählen könnte, wir seien mitten im Nirgendwo, obwohl wir tatsächlich nur eine Tagesreise von Land entfernt sind. Ich könnte es unmöglich sagen. Es wäre so oder so egal. Trotzdem wüsste ich gern, wo ich bin. Die Unsicherheit macht mich ein wenig nervös.

»Für eine kleine Diebestour bin ich immer zu haben«, sage ich.

»Irgendwie wusste ich das.«

Er lässt mich raus. Dann steckt er den Schlüssel ein, dieses Mal in die Hose, nicht ins Hemd. »Ich werde dich streng bewachen, also komm nicht auf dumme Gedanken.«

»Ich habe keine Ahnung, wovon du redest.«

Er packt meinen Oberarm und führt mich zu den Stufen.

»Muss das sein?«, frage ich. »Du hast doch schon deutlich gemacht, dass ich nirgendwo hinkann. Warum lässt du mir dann nicht auch die Freiheit, ohne deine Unterstützung zu gehen?« Ich bringe es nicht fertig, mir zu verkneifen hinzuzufügen: »Oder kannst du nur die Finger nicht von mir lassen? Enwen hat mir erzählt, du wärest meinem weiblichen Charme hilflos erlegen.«

Riden wirkt unbeeindruckt. »Wenn du mit Enwen gesprochen hast, Mädchen, dann hast du bestimmt auch schon begriffen, dass die Hälfte von dem, was er sagt, nichts als Gefasel ist.«

Ich lächele und beuge mich in seine Richtung. »Vielleicht.«

»Wisch dir das Lächeln aus dem Gesicht und schaff deinen Hintern die Stufen rauf.«

»Ich denke nicht daran, dir einen solchen Anblick zu gönnen.«

Nun ist er an der Reihe, schelmisch zu lächeln. »Du bekommst bestimmt nicht die Gelegenheit, hinter mir zu gehen. Ich trau dir nicht. Also, rauf mit dir.«

Auf Deck zurren Männer Seile fest, schnappen sich ihre Waffen und wuseln umher. Die Aufregung, die ob des bevorstehenden Abenteuers in der Luft liegt, ist beinahe greifbar. Ich kann selbst die frohe Erwartung der Jagd spüren. Ich bin keineswegs immun gegen die Aussicht auf ein bisschen Spaß. Kein Pirat ist das. Darum wählen wir dieses Leben. Weil wir gut darin sind.

Und keine Moral kennen.

»Ah, Ihre Hoheit hat beschlossen, uns mit ihrer Gegenwart zu beehren«, sagt Draxen. »Was meint ihr, werte Herren? Sollen wir der Dame den Vortritt lassen?«

Ein paar »Aye«s und eine Menge Gelächter antworten ihm. Ich sehe mich unter den Männern um und entdecke Theris in der Menge. Er sieht mich an, widmet mir aber keine besondere Aufmerksamkeit. Er beherrscht seine Arbeit.

Neben mir schweigt Riden, wirkt aber auch keineswegs besorgt. Nicht, dass er sollte. Er ist schließlich nicht hier, um auf mich aufzupassen, und ich brauche seine Fürsorge nicht. Er ist nur da, um dafür zu sorgen, dass ich nicht fliehe, was er vielleicht von Zeit zu Zeit zu gut hinbekommt. Aber keine Angst, ich habe immer noch ein paar Asse im Ärmel.

»Wenn deine Männer zu feige sind, sich herüberzuwagen«, sage ich, »dann werde ich ihnen auf alle Fälle gern beibringen, wie man ein Schiff anständig sichert.« Herausforderung und Kränkung in einem – meine Spezialität.

»Ich riskiere lieber dein Leben als ihres. Ab mit dir. Riden, geh mit ihr.«

Ich finde es sonderbar, dass Draxen mein Leben riskieren will, obwohl er doch weiß, dass er mich als Druckmittel braucht, und ich hege den Verdacht, dass er damit wiedergutmachen will, was auf meinem Schiff passiert ist. Mir eine Lektion zu erteilen, war ihm wichtiger als das Leben seiner eigenen Männer. Jetzt demonstriert er ihnen, dass er lieber mich als sie einer Gefahr aussetzt. Gewiss ein kluger Zug. Besonders, weil es äußerst unwahrscheinlich scheint, dass noch jemand auf dem Schiff ist. Und als letzte Vorsichtsmaßnahme schickt er Riden mit.

Wir sichern die Planke zwischen den Schiffen. Das schadhafte Schiff scheint ein Frachter zu sein. Wahrscheinlich gibt es massenweise Nahrungsmittel und Wasser an Bord. Das ist eine ganz eigene Art von Schatz hier draußen.

Die Planke ist groß genug, dass man nicht balancieren muss, um sie zu passieren. Vermutlich könnte ich mit geschlossenen Augen rübergehen. Trotzdem ist die Breite gering genug, dass ich in Versuchung komme, Riden einen Stoß zu versetzen.

Als würde er spüren, was mir durch den Kopf geht, sagt er: »Denk nicht mal daran.«

»Hab ich schon.«

»Du könntest erschossen werden.«

»Deine Waffe wird kaum funktionieren, wenn sie erst nass ist.«

»Ich habe nicht gesagt, dass ich derjenige sein muss, der schießt.«

»Aber sind wir doch ehrlich, auf diesen Spaß würdest du ungern verzichten.«

Er lächelt.

Der Hauptmast des Schiffes ist sauber entzweigebrochen. Er liegt in schiefem Winkel auf dem Schiff, gestützt von der Reling an Steuerbord. Damit sitzt das Schiff eindeutig fest. Sämtliche Beiboote sind fort, was mich zu der Frage führt, wie weit wir wohl von Land entfernt sein können. Das Schiff schwimmt noch. Es hätte der Mannschaft eine Zuflucht sein können, solange der Proviant reicht, warum also wegrudern, wenn es nichts gibt, was früh genug erreichbar ist?

Das Deck ist ein einziges Durcheinander. Seile liegen kreuz und quer herum, manche verknotet, andere aufgerollt. Kleidungsstücke hier und dort, als wären sie in dem Wirrwarr aus den Taschen ihrer Eigentümer gefallen. Das Holz ist immer noch nass. Alles ist nass. Wir müssen besonders achtgeben, um nicht zu stolpern oder auszurutschen.

»Alles von Wert wird unter Deck sein«, bemerkt Riden.

»Ich weiß.«

»Worauf wartest du dann?«

Ich ziehe eine Braue hoch. »Du willst, dass ich vorausgehe?«

»Ich kann nicht riskieren, dass du mich von hinten anspringst.«

»Aber ich habe keine Waffe.«

»Das hat dich bisher auch nicht abgehalten.«

Ich kann mir ein Lächeln nicht verkneifen. »Ich meinte, wie kannst du von mir erwarten, dass ich unbewaffnet als Erste nach unten gehe?«

»Ich werde direkt hinter dir sein.«

»Das ist nicht so tröstlich, wie du glaubst.«

»Ich weiß.« Seine braunen Augen funkeln vor Vergnügen. Ich glaube, er genießt unsere kleinen Kabbeleien. Für mich sind sie Teil der Rolle, die ich zu spielen habe. Wenn ich zu viel für mich behalte, könnte er argwöhnisch werden und auf die Idee kommen, dass ich irgendetwas im Schilde führe. Also liefere ich ihm den Widerstand, den er erwartet. Der Spaß, den ich dabei habe, mit ihm zu spielen, ist ein zusätzlicher Bonus. Ich hätte es auch mit einem schlechteren Kerkermeister zu tun bekommen können. Warum er nicht der Captain der *Night Farer* ist, werde ich nie verstehen.

»Jetzt geh schon, Alosa«, sagt er.

Wasser trieft von überall herab, wie es scheint. Heute ist

der erste Tag nach der Sturmnacht, in der der Regen nachlässt. Unten ist es dunkel, was darauf hindeutet, dass niemand unter Deck ist.

Riden, stets gut vorbereitet, hat eine Laterne mitgenommen. Er zündet sie an. Dann reicht er sie mir. »Geh voran.«

Wir finden die Küche, in der neben gut gelagertem Wasser Trockenfleisch, Schiffszwieback, eingelegtes Gemüse und andere haltbare Lebensmittel in den Schränken liegen. Das alles wird zweifellos auf die *Night Farer* gebracht werden.

Wir durchqueren die Schlafquartiere. Ein paar Decken sind noch da. Der Geruch hier ist erheblich angenehmer als auf der *Night Farer*. Warum konnten Draxens Männer nicht etwas mehr Geschick in Sachen Körperhygiene zeigen? Davon würde wahrhaft jeder an Bord profitieren.

Wir sind im Begriff, den nächsten Raum zu betreten, als sich der Flammenschein in etwas auf dem Boden fängt.

Es ist ein Schwert. Gut zu wissen, dass es da ist. Wenn ich es mir nur schnappen könnte, ohne dass Riden etwas merkt, aber das ist vollkommen unmöglich. Ein Schwert wäre viel schwerer zu verstecken als ein Dolch.

Sonst gibt es auf dem Schiff nichts von Interesse. Zumindest nichts, was auf den ersten Blick sichtbar wäre. Es mögen durchaus noch ein paar versteckte Ecken und Ritzen da sein. Aber es ist genauso möglich, dass die Mannschaftsmitglieder alles, was irgendwie wertvoll ist, mitgenommen haben. Meiner Erfahrung nach denken die Männer im Fall einer Krise zuerst an all die Schätze, die sie mitnehmen können. Der Gedanke an Freunde und Schiffskameraden kommt erst an zweiter Stelle. Wenn überhaupt.

»Sieht alles sauber aus«, sagt Riden. »Ich werde mal anfangen, mich genauer umzusehen. Sei so freundlich und wink den Rest der Truppe rüber.«

»Oh, ja, ich gehe einfach die Truppe rüberwinken. Ich genieße es wirklich, den Männern zu helfen, die mich entführt haben.«

»Ich kann dich doch nicht hier unten allein lassen, während ich sie hole. Wär es dir lieber, wenn ich dich den ganzen Weg auf Deck mitschleppe? Ich weiß ja, wie gern du es hast, wenn ich Hand an dich lege.«

Schnaubend klettere ich die Stufen hinauf. Der Kerl ist schwer zu durchschauen. Im einen Augenblick scheint er auf Distanz zu mir zu gehen, im nächsten könnte ich schwören, er liebäugelt mit mir. Vermutlich will er mich einfach nur auf Trab halten, so wie ich es bei ihm auch versuche. Das Spiel von Räuber und Beute kann ganz lustig sein. Natürlich nur, wenn man selbst das Raubtier ist. Es macht Spaß, einem Gefangenen den Sieg unter die Nase zu reiben. Man schlägt sie. Man fängt sie. Das ist dein gutes Recht. Vater sagte einmal, wenn du einen Mann zur Strecke bringst und gefangen nimmst, dann kannst du mit seinem Leben machen, was immer du willst. Seine Philosophie besagt, dass man, wenn man die Macht hat, etwas zu tun, es auch tun sollte.

Auf Deck winke ich den Piraten, signalisiere ihnen, dass keine Gefahr droht.

Da ich weiter nichts zu tun habe, kehre ich unter Deck zurück. Ich kann genauso gut etwas herumlaufen und mich dehnen, ehe ich wieder in meine Zelle eingeschlossen werde. Nicht, dass ich vorhätte, heute Nacht nicht herumzustreifen.

»Sie sind unterwegs«, sage ich, als ich den Raum betrete, den Riden und ich zuletzt kontrolliert haben: einen Lagerraum.

Da packen sie mich.

Riden klebt mit dem Gesicht an einer Wand, eine Schwertspitze im Rücken, während der Besitzer des Schwerts die freie Hand an seine Schulter presst. Jetzt fällt mir auf, dass ein paar

Paneele aus der Wand auf der anderen Seite entfernt worden sind. Ein verborgener Raum. Drei Männer stehen mit Riden und mir im Lager: Einer sorgt dafür, dass Riden sich nicht von der Stelle rührt, die anderen beiden halten mich fest.

»Verdammt«, sage ich. »Hättest du keine Warnung brüllen können?«

»Während ein Schwert auf mich gerichtet ist?«, fragt Riden. »Glaube nicht.«

»Klappe!«, blafft einer der Männer, die mich festhalten. »Wie viele sind in eurer Mannschaft? Wie viele kommen hier rüber?«

»Sechzig«, sagt Riden und übertreibt um zwanzig.

»Bei den Sternen«, keucht der Mann, der Riden mit dem Schwert bedroht. »Die können wir nicht in Schach halten. Und wir können auch nicht darauf zählen, dass die anderen rechtzeitig zurück sind.«

»Dann nehmen wir die hier als Geiseln«, schlägt der letzte Mann vor. »Wir sagen ihnen, wir werden ihre Mannschaftskameraden töten, wenn sie nicht zurückbleiben. So können wir Zeit schinden.«

»Aber wird das reichen?«

»Es muss.«

»Brauchen wir denn beide? Der Mann sieht aus, als könnte er eine Menge Ärger machen. Ich sage, wir schlitzen ihn auf und behalten das Mädchen.«

Unterschätzt zu werden, ist immer zu meinem Vorteil. Aber manchmal finde ich es auch beleidigend. Und das reizt mich oft zur Gewalt. Und bringt mich auf die Frage, ob ich ihnen gestatten soll, Riden zu töten, damit ich sie grün und blau schlagen kann, ohne dass Riden es sieht. Ich darf ihm nicht zeigen, was ich ihnen antun kann. Ich hasse es, dass ich mich gerade jetzt zurückhalten muss.

Die Männer streiten weiter untereinander, während ich mir überlege, was ich tun soll.

Riden unterbricht meinen Gedankengang. »Also, Alosa, das wäre jetzt ein guter Zeitpunkt, um die Taktik anzuwenden, die du demonstriert hast, als wir uns das erste Mal begegnet sind.«

»Und du bist sicher, du willst das nicht allein übernehmen? Ich bin ja nur ›das Mädchen‹.«

»Hört auf zu reden!«, brüllt einer der Matrosen.

Aber ich höre ihm gar nicht richtig zu. Mein Blick ruht auf Riden. Seine Augen weiten sich bedeutsam und frustriert. Dann entspannt er sich. »Bitte.«

»Ich sagte …«

Vielleicht liegt es daran, dass Riden sich genau erinnert, was ich mit diesen beiden Seeleuten gemacht habe, als sie mich von meinem Schiff entführt haben. Vielleicht auch daran, dass es einfach Spaß macht. Oder an dem Gedanken, dass ich diesen Männern genau zeigen könnte, wozu ich imstande bin.

Aber wenn ich ehrlich bin … dann liegt es daran, dass er Bitte gesagt hat.

Das treibt mich auf eine Weise zur Tat, die ich nicht erklären kann.

Ich ramme dem Matrosen zu meiner Rechten den Absatz auf den Fuß. Dann fliegt meine freie Hand an die Kehle des anderen. Gleich darauf habe ich eine Hand am Hals jedes der beiden Männer. Während der eine würgt und der andere stolpert, ist es ganz einfach, ihre Köpfe miteinander in Kontakt zu bringen. Und zwar hart.

Das gehörte auf dem Schiff nicht zu meiner Vorgehensweise. Aber ein bisschen Improvisation kann viel bewirken. Außerdem ist diese Situation ein bisschen ernster. Beispielsweise, weil ich sie nicht geplant hatte.

Nur noch der Mann mit dem Schwert ist übrig. Er bleibt, wo er ist, auch wenn sich seine Augen signifikant geweitet haben. »Bleib, wo du bist, oder ich töte ihn.«

Ich verdrehe die Augen. »Nur zu. Erspart mir die Arbeit.«

Ich weiß nicht, ob ich angesichts seiner Verwirrung lachen soll oder nicht. »Was?«

»Ich werde von Piraten gefangen gehalten. Wenn du sagst, dass noch mehr von deinen Männern kommen, dann könnt ihr mir helfen. Wir können ihn als Druckmittel benutzen, ganz so, wie ihr es vorgeschlagen habt.«

Er wirft einen Blick auf seine am Boden liegenden Kameraden.

»Das tut mir leid. Ich mag es nicht, wenn man mich gegen meinen Willen festhält. Aber bitte. Sag, dass ihr mir helfen werdet.«

Der Seemann konzentriert sich auf Riden, was mir die benötigte Ablenkung liefert. Ich bücke mich zu meinem Stiefel. »Ist das, was das Mädchen sagt, wahr?«

»Glaub mir, das Mädchen macht mehr Ärger, als es wert ist, und du kannst ihm kein Wort glauben. Du wärest besser beraten, sie gleich hier zu töten.«

Ich sehe Schweiß über das Gesicht des Seemanns laufen. Die Hand am Schwert zittert. »Das reicht jetzt.« Er dreht sich in meine Richtung, bedroht Riden aber weiter mit dem Schwert. »Ich …«

Der Dolch fliegt genau dahin, wo er hinsoll, und findet sein Ziel in der Brust des Matrosen.

Den Sternen sei Dank, ich hatte ihn immer noch bei mir. Den Dolch-im-Buch-Trick werde ich nie vergessen, sollte ich mich irgendwann noch mal absichtlich entführen lassen müssen. Und es war ein Wunder, dass Riden mich nicht nach Waffen abgesucht hat, als er mich in jener Nacht dabei erwischt hat, mich auf dem Schiff herumzutreiben.

Riden richtet sich auf. Sein Mund ist leicht geöffnet, die Augen weit aufgerissen. »Ich dachte, du … ich dachte …«

»Du dachtest, ich hätte mich wirklich gegen dich gewandt. Hätte ich vermutlich auch tun sollen, aber, ojemine. Jetzt ist es dafür eh zu spät.«

Ich gehe zu Riden, als andere den Lagerraum betreten.

»Was ist hier los?«, fragt Draxen. Angesichts der Männer am Boden wirkt er weder besorgt noch verärgert.

Ich warte darauf, dass Riden mich verrät, um seine eigene Haut zu retten. Er könnte Draxen problemlos unterjubeln, dass ich ihn dem Tod hätte überlassen wollen und die Piraten rübergerufen hätte, obwohl ich wusste, dass ein Hinterhalt auf sie lauert. Das wäre zwar ein bisschen weit hergeholt, bedenkt man, dass nur drei Männer an Bord waren, aber doch plausibel genug.

»Das war mein Fehler«, sagt Riden. »Ich dachte, das Schiff wäre sicher. Ich habe dem Mädchen gesagt, es soll raufgehen und euch rüberholen. Und dann sind die aus einem versteckten Raum gekommen. Ich habe sie erledigt.«

»Bitte?«, sage ich. Er wird meine Tötungen doch nicht für sich beanspruchen. Nicht, dass ich Draxen unbedingt wissen lassen will, wozu ich imstande bin. Tatsächlich dürfte es sogar das Beste sein, wenn Draxen denkt, ich wäre es nicht gewesen.

Riden ignoriert mich. »Ich glaube, das, was außerdem noch in dem versteckten Raum ist, wird dich zufriedenstellen.«

Das lenkt mich von meinen Gedanken ab. Ich schaue über Ridens Schulter und sehe drei Truhen voller Münzen. Und es könnten durchaus noch mehr hinter den Wandtafeln versteckt sein.

Draxens Augen glühen auf, als er hinstarrt. Er geht allein rüber und macht eine Bestandsaufnahme.

»Das sind Schmuggler«, fährt Riden fort. »Sieht aus, als hätten sie gerade ihre Ladung ausgeliefert, was immer das auch gewesen ist. Ich nehme an, nach dem Sturm ist der größte Teil der Mannschaft losgezogen, um ein neues Schiff zu beschaffen und damit hierher zurückzukehren. Sie hatten bestimmt nicht vor, all diesen Reichtum aufzugeben. Diese Männer hat man hiergelassen, um den Schatz zu bewachen. Ich hätte sie vermutlich nicht entdeckt, hätte ich nicht gehört, wie sich einer von ihnen hinter der Wand bewegt hat.«

»Jaja«, sagt Draxen. Ich bezweifle, dass er auch nur eines von Ridens Worten wahrgenommen hat. Er starrt immer noch durch das Loch in der Wand. »Bring das Mädchen wieder rüber. Die Männer und ich, wir werden uns um das hier kümmern. Wir müssen schnell handeln, ehe der Rest der Mannschaft zurückkommt.« Beinahe, als wäre ihm das gerade noch eingefallen, fügt er hinzu: »Gut gemacht, Bruder.«

Riden nickt.

Und mir nichts, dir nichts heißt es für mich, zurück in die Brig.

Riden öffnet meine Zelle und stößt mich hinein.

»Was tust du?«, frage ich.

»Befehle befolgen.«

»Ich dachte, den Punkt, an dem du mich durch die Gegend schubst, hätten wir hinter uns gelassen. Hatten wir nicht festgestellt, dass ich allein gehen kann?«

Riden steht auf der Schwelle zu meiner Zelle. Noch hat er mich nicht eingesperrt. Aber er sieht mich nicht an, er starrt zu Boden. »Warum hast du das getan?«

»Was getan?«

»Du hast mich gerettet.«

»Ja, und dann hast du die Lorbeeren dafür eingestrichen. Was für eine Art von Dank soll das sein? Das war verdammt unverschämt. Ich sollte …«

»Das habe ich deinetwegen getan.«

Ich bin zu energiegeladen, um mich zu setzen. Das bin ich meistens nach einem Kampf – immer vorausgesetzt, ich verausgabe mich nicht bis zur Bewusstlosigkeit. Vater hat mich bei mehreren Gelegenheiten so weit getrieben, auf dass ich lerne, wie es sich anfühlt, so ausgelaugt zu sein, und in die Lage versetzt werde, mit meiner Kraft hauszuhalten. Es ist wichtig zu wissen, wie viel Energie ich habe, für den Fall, dass sich Rennen einmal als die bessere Option darstellen sollte. Aber bisher hat es außer meinem Vater niemand geschafft, mich über den Punkt hinauszutreiben, an dem ich das Bewusstsein verliere.

»Und inwiefern?«

Plötzlich wirkt Riden sehr ernst. »Ich weiß nicht, was du tust. Ich weiß aber, dass du da drüben die Chance hattest, uns zu entkommen, und du hast sie nicht wahrgenommen. Und du hast sie daran gehindert, mich zu töten, obwohl du keinen Grund dazu hattest. Damit bleiben zwei Erklärungen. Entweder du bist gar nicht so verachtenswert und herzlos, wie es deine vorangegangenen Taten andeuten. Oder du hast ein wie auch immer geartetes verborgenes Motiv, mich am Leben zu erhalten und auf diesem Schiff zu bleiben.«

»Ich kann immer noch nicht erkennen, inwiefern es zu meinem Vorteil sein soll, dass du meinen Erfolg für dich beanspruchst.« Riden denkt also, ich würde etwas im Schilde führen, ja? Schätze, ich werde hinsichtlich meiner Rolle noch etwas drauflegen müssen. Ich muss ihn von dem Gedanken abbringen.

»Du kennst meinen Bruder nicht. Also gestatte mir, dir etwas zu erklären. Wenn er denkt, dass du irgendetwas im Schilde führst, wird er dich auf der Stelle umbringen. Jetzt schulde ich dir mein Leben. Du kannst mein Schweigen also als Teil meiner Vergeltung betrachten.«

»Es gibt nichts zu verschweigen. Du übersiehst eine dritte Option, Riden.«

»Und die wäre?«

»Ich habe auf mich selbst aufgepasst. Es gab keine Garantie dafür, dass ich diesen Männern trauen kann. Hätten sie herausgefunden, wer ich bin, dann hätten sie mich ebenso als Druckmittel benutzen können, wie ihr es tut, umso mehr, wenn es sich, wie wir annehmen, um Schmuggler handelt. Und wenn dir etwas zugestoßen wäre, dann hätte Draxen jemand anderen geschickt, um mich auszuhorchen. Und die Wahrscheinlichkeit ist groß, dass ich den noch mehr gehasst hätte als dich.«

Riden mustert mich. Kein Amüsement. Keine Dankbarkeit. Kein gar nichts.

Was denkt er?

Endlich sagt er: »Ich schätze, daran hab ich einfach nicht gedacht. Natürlich hätte ich in Betracht ziehen müssen, dass deine Sorge nur dir selbst gilt.«

»Ich bin Piratin«, erinnere ich ihn.

»Ja. Ich kann nur nicht einordnen, ob du eine gute Piratin bist oder eine wahrhaft gute Piratin.«

»Ich bin nicht sicher, ob ich weiß, was das bedeuten soll.«

»Es reicht, wenn du weißt, was immer du vor mir verbirgst, ich werde dahinterkommen.«

Metall klirrt in gleichmäßigem Rhythmus. Aber nicht das

Metall von Schwertern, sondern das von Ketten. Ich kenne das Geräusch gut, immerhin habe ich viel Zeit damit verbracht, zu üben, wie ich mich von ihnen befreien kann.

Als das Klirren erklingt, schließt mich Riden in meiner Zelle ein. Hat er beschlossen, dass unser Gespräch nun beendet ist, oder will er nur nicht, dass Draxen sieht, wie er bei offener Tür mit mir redet?

Draxen und zwei andere Piraten – einer, den ich noch nie zuvor gesehen habe, und der dritte Pirat, der zusammen mit Enwen und Kearan geholfen hat, meine Sachen herzuschaffen – führen zwei Schmuggler, deren Hände in Eisen gelegt sind, die Stufen herab. Der Schlag an die Birne, den ich beiden verpasst habe, hat offenbar nicht gereicht, um sie umzubringen. Pech für die beiden, denn der Tod wäre wahrscheinlich besser gewesen, als was immer die Piraten für sie in petto haben.

Ich mag zwar auch eine Gefangene sein, aber mich brauchen sie lebend und bei guter Gesundheit, wenn sie meinem Vater ein Lösegeld abpressen wollen. Diese beiden Schmuggler müssen sie jedoch nicht als Handelsware schonen, und sie brauchen auch keine Informationen von ihnen, denn das Gold wurde längst gefunden. Die Tatsache, dass sie lebend an Bord gebracht wurden, verheißt folglich Schlimmes für sie.

»Was soll das?«, fragt Riden.

»Ulgin wird ein bisschen zapplig«, entgegnet Draxen. »Ich dachte, das könnte ihm helfen.«

Riden nickt, sieht aber nicht besonders beglückt aus ... über das, was nun passieren muss. Dennoch öffnet er eine andere Zelle, weit entfernt von meiner. Der Pirat, den ich für Ulgin halte, führt die Schmuggler hinein.

»Und ich bin heruntergekommen, um dich zu holen«, fährt der Captain fort. »Angesichts dieses Glücksfunds dachte ich mir, die Männer könnten einen Zahltag an Land vertragen. Es gibt eine Menge Gold zu verprassen. Ich möchte, dass du die Verteilung der Anteile für jeden der Männer überwachst. Bis zum Anbruch der Abenddämmerung sollten wir die Küste erreichen.«

Ich wusste, wir sind nicht weit von Land entfernt, auch wenn man versucht hat, mich zu täuschen. Die Schmuggler, die ihre Kameraden auf dem kaputten Schiff zurückgelassen haben, haben Zeit gebraucht, um ein neues Schiff zu beschaffen und dann die Stelle zu finden, zu der ihr altes inzwischen getrieben ist. Kein Wunder, dass sie noch nicht zurück waren. Und großes Glück für Draxen und seine Männer, dass sie darüber gestolpert sind.

»Was sollen wir mit der Prinzessin machen?«

»Nichts. Deshalb habe ich Sheck hier runtergebracht. Er wird sie bewachen, bis wir die Küste erreichen.«

»Ist das wirklich so eine gute …«

»Ich denke, der ist es schon viel zu gut ergangen, Riden. Wird Zeit, dass wir sie daran erinnern, wer wir sind. Ich weiß nicht, warum du unter all den Männern in der Mannschaft ausgerechnet Kearan und Enwen als vorrangige Bewacher ausgewählt hast. Hätten die nicht ihre besonderen Fähigkeiten, ich hätte sie schon vor langer Zeit über Bord geworfen. Die sind fast völlig nutzlos.«

Riden sieht aus, als wollte er Widerworte erheben. Dringend. Aber er tut es nicht. »Dann kümmern wir uns mal um das Gold«, sagt er stattdessen.

Zum ersten Mal widme ich Sheck meine Aufmerksamkeit. Und mache beinahe einen Satz nach hinten.

Er presst sich an die Gitterstäbe und stiert mich gierig an. Mir ist, als krabbelten Ratten über meine Haut. Eigentlich, so denke ich, würde ich es sogar vorziehen, wären das nur Ratten, die über meine Haut krabbeln.

Als ich klein war und mich jeden Tag einer neuen Herausforderung stellen musste, habe ich mich oft Hilfe suchend zu meinem Vater umgeschaut. Er hat mir Anweisungen erteilt und mich dann in die Feuergrube geschickt – metaphorisch gesprochen. Ich habe mich immer verbrannt. Und schnell gelernt, dass es sinnlos war, ihn um Hilfe zu bitten. Er hat mir nie beigestanden. Ich habe meine Aufgabe entweder bewältigt oder die Konsequenzen meines Versagens erduldet. Eine Alternative gab es nicht. Lange danach bekam ich vielleicht mal einen Rat oder eine Ermunterung. Manchmal sogar Trost. Aber in dem Augenblick selbst hatte ich keinerlei Unterstützung. Es dauerte nicht lange und ich hatte gelernt, mich nicht Hilfe suchend nach anderen umzusehen. Das ist niemals eine Option, also denke ich gar nicht erst darüber nach.

Was auch der Grund dafür ist, dass meine erste Reaktion beim Anblick des heißblütigen Piraten nicht ist, mich zu Riden umzuschauen. Oder Draxen zu bitten, mir eine andere Wache zuzuweisen. Nein, ich kümmere mich selbst um meine Schwierigkeiten, weil das nun mal der Lauf der Dinge ist.

»Gibt es irgendein Problem, Alosa?«, fragt Draxen mit giftigem Spott.

»Ich habe noch nie ein Problem gehabt, mit dem ich nicht fertiggeworden wäre«, entgegne ich.

Kapitel 6

Zwar umfasste der Zeitraum, den ich mit Sheck und Ulgin verbracht habe, nur ein paar Stunden, aber er fühlte sich viel, viel länger an.

Es begann damit, dass Sheck vor meiner Zelle auf und ab ging, ohne mich je aus den Augen zu lassen. Gelegentlich griff er durch die Gitterstäbe, als könnte er mich packen. Er versuchte, mich zu einer Reaktion zu provozieren. Mich ängstlich zu sehen. Die Befriedigung bekam er aber nicht. Ich blieb die ganze Zeit am hinteren Ende meiner Zelle. Zwar war ich müde und hätte gut etwas Schlaf vertragen können, ehe ich mich heute Nacht wieder hinausschleichen würde, aber ich blieb wach. Ich konnte das Risiko nicht eingehen, mich im Schlaf herumzuwälzen und so in die Reichweite von Shecks suchenden Händen zu geraten.

Aber das war nicht das Einzige, was mich vom Schlafen abhielt. Da gab es auch noch die Schreie. Ulgin ist wie Sheck ein Pirat, der leicht zu durchschauen ist. Jeder Pirat hat seine Schwäche. Bei manchen ist es die Trinkerei, bei anderen das Glücksspiel, und bei solchen wie Sheck ist es ein erzwungenes Vergnügen mit einer sich verzweifelt wehrenden Frau.

Aber Ulgin – er weidet sich am Schmerz anderer. Also sitze ich da, den Blick abgewandt, während Ulgin diese Schmuggler zu Tode foltert.

Draxen hat ein paar abscheuliche Kerle in seiner Mannschaft, aber das überrascht mich wenig und bereitet mir auch kein besonderes Kopfzerbrechen. Mein Vater hat einige weit schlimmere Männer zu seiner Verfügung. Ich weiß, dass manche von ihnen den Geschmack menschlichen Fleisches schätzen, direkt vom lebenden Leib.

Unter meinen Leuten gibt es aber keine derartigen Kreaturen. Ich schätze andere Eigenschaften höher als die Vorliebe für Folter und Macht über jene, die schwächer sind als man selbst. Ich ziehe brillante Köpfe vor, ehrliche Seelen und Leute mit großer Ausdauer. Ich schmiede Beziehungen, basierend auf Vertrauen und gegenseitigem Respekt, nicht auf Furcht und Kontrolle.

Empathie gegenüber dem menschlichen Leben ist etwas, das mir mein Vater mit Prügeln auszutreiben versucht hat. Er glaubt, er hätte es geschafft. Die meisten glauben das. Doch wenngleich ich ohne einen Hauch von Schuldgefühl töten kann, schmerzt mich das Leiden anderer ebenso wie sie. Es tut weh, aber ich habe das im Griff. Schlimme Dinge widerfahren Menschen, die solch eine Strafe vielleicht nicht verdient haben. Davon geht die Welt nicht unter. Ich gehe auch nicht unter. Denn selbst wenn ich sonst nichts bin, ich bin doch eine Überlebende.

Folglich erfüllt mich der Anblick der toten Schmuggler mit Erleichterung. Ihr Schmerz ist endlich vorüber.

Kurz darauf kommt Riden mit zwei Piraten herunter, denen ich noch nicht begegnet bin.

»Du wirst abgelöst, Sheck. Geh mit den anderen an Land. Du kannst auch gehen, Ulgin, sobald du hier sauber gemacht hast.« Ridens Haltung ist steif, und er sieht Sheck dermaßen angewidert an – mich erstaunt, dass sich seine Gefühle nicht in seinem Ton niederschlagen.

Sheck hat während der ganzen Zeit, die er hier unten verbracht hat, kein Wort gesagt. Ich frage mich, ob er überhaupt sprechen kann. Er mustert mich ein letztes Mal vom Scheitel bis zur Sohle, als wollte er sich jeden Zoll von mir einprägen.

Als Nächstes wendet sich Riden mit ausdrucksloser Miene mir zu. »Das sind Azek und Jolek. Sie werden dich bewachen, während ich auch an Land gehe.« Riden tritt direkt an die Gitterstäbe und versucht, außer Hörweite aller anderen zu gelangen. »Ich weiß, dass ich mit einem Fluchtversuch deinerseits rechnen muss, jetzt, da wir so nah an der Küste sind. Also lass mich dir die Mühe ersparen. Auf Deck halten fünf Männer Wache. Sie wissen, dass sie Ausschau nach dir halten müssen.«

Ein gleitendes Geräusch ertönt; Riden und ich drehen uns um und sehen Ulgin, der ein Laken aus der Brig zerrt, auf dem die Leichen der beiden Schmuggler liegen.

Dann sieht Riden wieder mich an, und vielleicht liegt es an dem schlechten Licht, aber ich schwöre, seine Augen sehen feuchter aus als sonst. Er ist nicht ansatzweise den Tränen nahe, aber er könnte … etwas fühlen.

»Tut mir leid«, flüstert er.

Und dann ist er weg.

Er leistet Abbitte, als wäre er für Sheck und Ulgin irgendwie verantwortlich. Vielleicht hat er auch aus irgendeinem anderen Grund ein schlechtes Gewissen. Bei Riden weiß ich nie, woran ich bin. Manchmal scheint es so, als würde er versuchen, mir zu helfen. Zu anderen Gelegenheiten tut er offensichtlich das Gegenteil. Er hat mich Sheck und Ulgin ausgeliefert, mir aber nie befohlen, ihm meinen Dolch auszuhändigen. Ich weiß, dass er gesehen hat, wie ich ihn mir von dem toten Schmuggler auf dem anderen Schiff zurückgeholt habe. Hat er das vergessen?

Oder wollte er, dass ich ihn bei mir habe, solange ich mit diesen beiden unter Deck bin?

Wie dem auch sei, ich weiß immer noch nicht, was ich von Riden halten soll.

Aber das ist zurzeit sowieso nicht wichtig. Ich habe ein dringenderes Problem. Riden nimmt an, dass ich auf irgendeine Weise versuchen werde, vom Schiff zu fliehen. Er hegt bereits den Verdacht, dass ich etwas im Schilde führe. Dass ich mehr bin als nur eine Gefangene auf diesem Schiff. Er weiß, dass ich etwas verberge.

Was bedeutet, dass ich, wenn ich den Schein wahren will, von diesem Schiff fliehen muss.

Um mich dann absichtlich wieder fangen zu lassen.

Oh, diese idiotischen Dinge, die man zu tun hat, wenn man Pirat ist.

Die beiden Piraten, die zu meiner Bewachung abgestellt wurden, setzen sich vor meine Zelle und machen ein Würfelspiel. Ich vermute, da es ihnen nicht gestattet ist, an die Küste zu gehen und ihr Geld dort auszugeben, liefert Glücksspiel die zweitbeste Möglichkeit. Ich selbst spiele auch gern, nur nicht um Geld.

»Sechsen schlagen Siebenen, oder?«, fragt Azek.

»Klar. Aber Neunen schlagen alles«, sagt Jolek.

»Wie kommt es dann, dass du mehr Punkte hast als ich?«

»Das liegt daran, dass ich besser mit Zahlen bin.«

Ehrlich, es sieht nicht so aus, als könnte einer von beiden besonders gut zählen. Aber jedes Mal, wenn einer den anderen hinter sich zu lassen droht, geht eine solche Diskussion los.

Die zwei sind so auf ihr Spiel konzentriert, dass sie mir gar keine Aufmerksamkeit widmen, was mir ausgesprochen entgegenkommt.

Ich gehe zu einer meiner Taschen, der mit den Büchern, und hole ein Buch über das Segeln heraus – noch ein Thema, das ich abgehakt habe. Im Buchrücken verbergen sich meine Dietriche.

Eine unausweichliche Tatsache ist es, dass Riden jedes Mal, wenn ich aus meiner Zelle ausbreche und erwischt werde, entschlossen sein wird herauszufinden, wie ich das angestellt habe. Mein Schlüsseltauschtrick sollte nur so lange funktionieren, bis Riden versucht, den falschen Schlüssel zu benutzen. Nun bediene ich mich schon seit einigen Tagen einer zweiten Methode, die Zelle zu verlassen. Das ist tatsächlich recht einfach gewesen, weil Kearan und Enwen schnell eingeschlafen sind und Kearans Schnarchen das Klicken des Schlosses übertönt hat.

Azek und Jolek blicken nicht auf, bis sich die Tür knarrend öffnet. Dann stehen sie von ihren Stühlen auf und starren mich an.

»Hätte nicht gedacht, dass sie das hinkriegt«, bemerkt Azek.

»Du denkst gar nicht«, sagt Jolek. »Du tust nur so.«

Statt den beiden den ersten Schritt zu überlassen, packe ich sie im Nacken am Kragen. Es ist leichter, zuzuschlagen, als auszuweichen, sagt Vater. Ich wende den gleichen Kopfschlagtrick an wie zuvor auf dem Schmugglerschiff, achte aber darauf, keinem der Männer das Genick zu brechen – und sei es auch nur, weil sie mich nicht so lüstern beäugt haben wie Sheck.

Als ich oben ankomme, ist das Deck beinahe verlassen. Möglicherweise lehnen sich in der Nähe des Bugs ein paar Männer an die Reling. Ich frage mich, ob Riden bei der Anzahl der Männer, die das Schiff bewachen, übertrieben hat oder ob ein paar der Piraten ihren Posten verlassen haben. Zurückgelassen werden ist für keinen Piraten erstrebenswert, wenn es Gold zu verprassen gilt.

Voraus kann ich die Küste sehen. Sie ist nicht weit, aber ich werde trotzdem ein Boot brauchen.

»Du brichst deine Mission ab?«, fragt eine Stimme hinter mir.

Ich wirbele herum und sehe Theris lässig dort stehen, eine Münze zwischen zwei Fingerknöcheln. Ein Blick zum Bug verrät mir, dass mich die anderen Männer auf Deck noch nicht bemerkt haben.

»Ich habe an Land zu tun«, sage ich rasch.

»Hast du also erledigt, weshalb du hergeschickt wurdest?«

Es fällt mir schwer, mit ruhiger Stimme zu sprechen, obwohl ich ihm am liebsten eine reinhauen will. »Nein – nicht, dass das deine Angelegenheit wäre. Ich bin bald wieder zurück.«

»Ich habe meine Befehle, und einer davon ist, dich zu meiner Angelegenheit zu machen.«

Zum Henker mit meinem Vater. Kann er nicht einfach mal darauf vertrauen, dass ich das allein hinkriege? »Das ist nett, aber ich brauche und will deine Hilfe gar nicht, also geh mir aus dem Weg.«

»Ich werde noch mehr tun als das. Ich lenke die Männer ab, damit du unbemerkt an Land gehen kannst.«

»Ist nicht nötig …«

»Ich werde es trotzdem tun.«

Ich werfe einen Blick zum Himmel. Dann greife ich nach dem Flaschenzug, um eines der Beiboote zu Wasser zu lassen.

»Du willst nicht schwimmen?«, fragt Theris.

Ich sehe mich über die Schulter um und kneife die Augen zusammen. »Warum sollte ich?«

»Ich hab nur gedacht, das wäre leichter für dich. Ist das falsch?«

Was mag er über mich wissen oder zu wissen glauben? Wie viel hat mein Vater ihm erzählt?

»Ich dachte, du würdest die Männer für mich ablenken.«

»Und ich dachte, du brauchst meine Hilfe nicht.«

Ich ignoriere ihn, als ich das leise Plätschern höre, mit dem das Boot auf der Wasseroberfläche aufkommt. Seine Schritte entfernen sich endlich, als ich mithilfe eines anderen Seils hineinsteige. Ich verdränge Theris aus meinem Kopf und fange an zu rudern. Das ist nicht gerade meine Lieblingsbeschäftigung. Wann immer ich mit meiner Mannschaft an die Küste gehe, schiebe ich das Rudern auf jemand anderen ab.

Das sind die Privilegien eines Captains.

Es kann nicht mehr als ein paar Minuten kosten, zur Küste zu kommen. Es ist Nacht und niemand patrouilliert am Kai. Was gut ist, denn ich habe kein Geld bei mir.

Nicht, dass ich mir nicht einfach welches hätte besorgen können, aber das braucht Zeit und auch ein bisschen Planung.

Ich wickele mich fester in meinen Mantel. Die Nachtluft ist so frisch, wie es im Herbst meist der Fall ist. Auf einigen der südlicheren Inseln von Maneria ist es das ganze Jahr über warm, aber hier im Nordosten sind Wind und Wasser immer kalt, wenn nicht gerade Hochsommer ist.

Ich ziehe weiter landeinwärts, versuche, ein Gespür dafür zu bekommen, wo ich bin. Ich weiß, dass wir, als ich gefangen genommen wurde, über zwei Tagesreisen von der Südküste von Naula entfernt waren. Wir waren gerade etwa sieben Tage auf See gewesen. Wir könnten einfach auf die andere Seite der Insel gefahren sein. Was clever wäre. Die meisten Leute würden annehmen, dass die Täter nach meiner Entführung so weit wie möglich von dem Ort weggewollt hätten, an dem sich das Verbrechen ereignet hat.

Inzwischen muss die Nachricht, dass es mir gelungen ist, an Bord der *Night Farer* zu gelangen, zu meinem Vater vorgedrungen sein. Ich bin sicher, er möchte so bald wie möglich einen Bericht, also kann ich ihm auch gleich einen schreiben, nun, da ich an Land bin. Wer weiß, wann sich wieder eine Gelegenheit ergibt? Außerdem ist es das Beste, eine Weile abzuwarten, ehe ich mich von den Piraten bei meinem »Fluchtversuch« erwischen lasse. Schließlich darf ich es ihnen nicht zu einfach machen.

Ich wollte nicht, dass Theris mich verrät. Ich weiß, der ganze Sinn dieses Ausflugs ist es, mich erwischen zu lassen, aber das Theris zu überlassen, würde sich anfühlen, als würde ich doch auf seine Hilfe zurückgreifen. Und das werde ich nicht tun.

Ich gehe weiter landeinwärts. Im Piratenquartier des Ortes muss es jemanden geben, der für meinen Vater arbeitet. Es gibt immer jemanden. Vater hat in jeder wichtigen Hafenstadt aller Siebzehn Inseln einen Mann. Das Problem ist, herauszufinden, wer jeweils derjenige ist. Ich kann die Signale benutzen, mit denen sich die Männer in den Diensten meines Vaters verständigen. Aber wie ich dem Mann meines Vaters etwas signalisieren soll, ohne gleich von allen Piraten aus Draxens Mannschaft erwischt zu werden, die aller Wahrscheinlichkeit nach ebenfalls dort sind, ist eine etwas knifflige Frage.

Während ich durch die Straßen der Stadt gehe, fängt mein Nacken allmählich zu kribbeln an.

Ich werde verfolgt.

Ist es einer aus Draxens Mannschaft? Würde mir gar nicht gefallen, jetzt schon geschnappt zu werden. Aber es wäre auch nicht das Schlimmste auf Erden, sollte Vater keinen Brief von mir bekommen.

Solange es nur nicht Theris ist, der versucht, ein Auge auf mich zu haben. Sollte er mir zu lästig werden, schlage ich notfalls mit Gewalt zurück.

Wie beiläufig blicke ich mich so um, als würde ich nur den Nachthimmel betrachten oder irgendetwas anderes, an dem ich Gefallen finde. Da verbirgt sich definitiv eine Gestalt in den Schatten. Vielleicht mehr als eine.

Wir befinden uns zwischen zwei Häusern. Ich stehe nicht auf der Straße, sondern auf einer grasbewachsenen Fläche zwischen den beiden Häusern. Das Gras ist feucht, weich vom Regen der letzten paar Tage. Abgesehen von dem Dolch in meinem Stiefel bin ich unbewaffnet.

Allzu viele können es nicht sein, sonst hätte ich sie schon früher bemerkt. Wahrscheinlich werde ich mit ihnen fertig. Dann kann ich es genauso gut auch gleich riskieren.

Ich klopfe meine Taschen ab, als hätte ich gerade bemerkt, dass ich etwas vergessen habe. Dann wirbele ich im feuchten Gras herum und mache leise Quietschgeräusche mit meinen Stiefeln. Das unterstreicht meine Unbekümmertheit. Ich bemühe mich gar nicht erst, leise zu sein. Meine Verfolger werden nicht damit rechnen, dass ich sie entdeckt habe.

Ich schlage die Richtung ein, aus der ich gekommen bin. Als ich auf der Höhe der Ecken beider Häuser bin, springe ich in den Schatten vorn links von mir. Genau dahin, wo das Dach des Hauses das spärliche Licht des Mondes blockiert.

»Ah!«, ruft eine Frauenstimme. Ich klatsche ihr die Hände auf den Mund, um ihrem Geschrei ein Ende zu machen. Wir dürfen auf keinen Fall riskieren, dass der ganze Stadtteil aufwacht und uns entdeckt.

»Mandsy, bist du das?«, frage ich.

»Hallo, Captain.«

Seufzend blicke ich zum Himmel empor, obwohl mich niemand sehen kann. »Also gut, kommt raus. Alle.«

Sie sind zu dritt – die drei Mitglieder meiner Mannschaft,

die ich vor nicht allzu langer Zeit zum letzten Mal gesehen habe: Mandsy, Zimah und Sorinda. Ich bin erleichtert, dass sie es sicher an Land geschafft haben, lasse mir das aber nicht anmerken.

»Ich hab dir ja gesagt, sie wird dich entdecken«, sagt Zimah zu Mandsy. »Du bist furchtbar schlecht, wenn es darum geht, dich zu verstecken. Oder leise zu sein.« Für einen Moment begegnet sie meinem Blick, ehe sie zu Boden sieht, beschämt, an Land erwischt worden zu sein, obwohl sie eigentlich doch auf dem Schiff sein sollten.

»Was macht ihr hier?«, frage ich.

»Wir sind dir gefolgt«, sagt Mandsy mit einem strahlenden Lächeln. Ihre Zähne leuchten, nun, da sie ins Mondlicht getreten ist. »Zimah ist dir auf der Spur geblieben. Wir waren besorgt, Captain. Wollten uns nur vergewissern, dass bei dir alles in Ordnung ist. Der Gedanke, dass du mit diesem Haufen auf einem Schiff festsitzt, gefällt mir gar nicht.«

»Wie ihr seht«, sage ich, »geht es mir ganz gut. Ernsthaft, das war unüberlegt von euch. Was, wenn Draxens Männer euch gesehen hätten? Ihr hättet meine Tarnung auffliegen lassen können.«

»Wir waren aber vorsichtig. Niemand hat uns entdeckt, darauf hat Zimah geachtet.«

»Ich habe euch entdeckt.«

»Das liegt nur daran, dass wir uns keine so große Mühe gegeben haben, uns vor dir zu verstecken«, kontert Zimah abwehrend, als stünden ihre Fähigkeiten infrage. »Wir wollten mit dir reden. Ist einsam auf dem Schiff ohne dich, Captain.«

Ich kann mir ein Lächeln nicht verkneifen. »Ich schätze, bei euch zweien hätte ich mit so etwas rechnen müssen. Aber, Sorinda, was in aller Meere von Maneria Namen tust du denn hier?«

Bis jetzt totenstill, sagt Sorinda nun auch etwas: »Niridia hat mir befohlen, mit ihnen zu gehen.«

Sorinda ist die beste Schwertkämpferin in meiner Mannschaft. Sie ist eine hervorragende Mörderin. Und da sie zu meiner Mannschaft gehört, auch eine hervorragende Beschützerin.

»Was bedeutet, dass Niridias Schiff in der Nähe ist?« Niridia ist mein Erster Maat und eine geschätzte Vertraute. Ich habe sie vorübergehend zum Captain ernannt, also für die Zeit, in der mich meine Mission auf die *Night Farer* führt.

»Aye.«

Ich schlage die Hände vor den Kopf. »Bei mir ist alles bestens, aber ihr seid zu sorglos.«

»Wie ist das, Captain?«, fragt Mandsy. »Auf dem Schiff dieses Piratenlords zu sein? Behandeln sie dich gut? Es hat doch niemand Hand an dich gelegt, oder?«

»Nein«, lüge ich. »Und wir werden später noch eine Menge Zeit zum Geschichtenerzählen haben. Jetzt kehrt ihr erst mal zur *Ava-lee* zurück. Und sagt Niridia, dass ich Befehl gegeben habe, das Schiff zum Treffpunkt zu segeln und dort auf mich zu warten. Also kein Hinter-mir-Herschleichen mehr. Das ist mein Ernst.« Ich sehe jeder direkt in die Augen. Mandsy nickt kleinlaut, Zimah wirkt enttäuscht. Sorinda hingegen erweckt den Anschein, als könnte ihr das gar nicht gleichgültiger sein. Aber so sieht sie immer aus.

»Aye, Captain«, sagt Mandsy seufzend. »Aber was machst du eigentlich hier? Warum bist du nicht auf dem Schiff? Können wir bei irgendetwas behilflich sein?« Sie kann den Eifer und die Begeisterung nicht aus ihrer Stimme fernhalten. So ist Mandsy eben. Immer zuversichtlich und hilfsbereit. Was den Rest der Mannschaft bisweilen in den Wahnsinn treibt.

»Nein, ich bin … Moment mal. Ihr könnt mir doch helfen. Ich muss meinem Vater eine Nachricht zukommen lassen.«

»Wie lautet sie?«, fragt Zimah. Sie hat ein ausgezeichnetes Gedächtnis. Wenn sie ein Gespräch belauscht, kann sie mir davon mehrere Minuten am Stück vortragen.

»Sagt ihm, unser Vorhaben, mich an Bord der *Night Farer* zu bringen, verläuft nach Plan. Ich habe angefangen, nach der Karte zu suchen. Niemand hegt einen Verdacht. Ich glaube, Draxen weiß nicht mal, dass sie an Bord des Schiffes ist, denn er hat sie nicht in seinem Quartier versteckt. Den Rest des Schiffes zu durchsuchen, sollte mich nicht allzu viel Zeit kosten. Haltet euch am Treffpunkt bereit. Ich werde das Schiff bald zu ihm bringen.«

»Verstanden«, sagt Zimah. »Gibt es noch etwas, das wir der Mannschaft von dir ausrichten sollen?«

»Sag ihnen, ich vermisse sie alle und werde bald wieder zu Hause sein.«

»Schön zu hören«, bemerkt Mandsy.

»Jaja, aber jetzt haut ab. Und macht schnell.«

»Aye«, sagen sie prompt alle auf einmal und hasten in Richtung Küste.

Ein Teil von mir wünscht sich, ich könnte mit ihnen gehen. Ein anderer Teil ist immer noch im Jagdfieber, giert danach, die Beute in Form der Karte aufzuspüren. Ich sehne mich nach dem Triumph, etwas zu ergattern, das für meinen Vater so wichtig ist. Er wird sich ziemlich freuen, wenn ich zurück bin.

Und ich freue mich, dass ich die Nachricht an meinen Vater leichter weiterreichen konnte als erwartet.

Nun kann ich mich gleich dem Teil zuwenden, in dem ich mich erwischen lasse. Wenn ich Draxens Mannschaft erst aufgestöbert habe, sollte das ganz einfach sein. Das Schwierige daran ist nur, es auch wie ein Versehen aussehen zu lassen. Sie werden zweifellos misstrauisch werden, wenn ich mich ihnen einfach so ausliefere. Das Letzte, was ich brauche, ist, dass Ridens Neugier hinsichtlich meiner Absichten noch weiter zunimmt. Ich mache mir keine allzu großen Sorgen, bin aber auch nicht sorglos. Ich mag meinem Vater gegenüber unehrlich gewesen sein, weil ich so getan habe, als begegne mir niemand mit Misstrauen, aber mit Riden werde ich spielend fertig. Vater muss gar nichts von ihm erfahren.

Ich passiere die großen Anwesen der Reichen und muss den Drang niederringen, ihre Wertsachen auszuspionieren. Zum einen werden sie viele Männer im Haus haben, die ihren Reichtum vor all den Piraten schützen, die derzeit in ihrem Hafen ankern. (Dank dem Regime meines Vaters gehen immer mehrere Mannschaften in jeder Hafenstadt an Land, um ihre Beute zu verprassen.) Derlei Entmutigung erzielt bei mir aber meistens keine Wirkung, außer, dass sie mir sagt, ein Diebstahl würde mehr Planung und Zeit erfordern, als ich habe.

Und zweitens hätte ich keinen Platz, um die Wertgegenstände zu verstecken, wenn ich sie erst einmal hätte. Ein neuer Edelstein an meinem Hals würde Riden sicher auffallen und er würde ihn mir sofort wieder abnehmen.

Schließlich erreiche ich eine lautere Gegend, die, die erst erwacht, wenn der Rest der Stadt längst schon schläft. Der Lärm verrät, dass es sich um ein zwielichtiges Viertel handelt. Musik schallt aus den Fenstern auf die Straße hinaus. Schüsse hallen. Männer und Frauen lachen. Tische kippen um. Die Straßen sind vom Schein der Laternen geflutet.

Hier kann man jedes beliebige Verbrechen begehen und ist doch sicher vor dem Gesetz des Landes. Das gehört zu dem Abkommen, das mein Vater mit dem Landmonarchen getroffen hat. Die Piraten bekommen einen Bezirk an Land, frei von der Bürde der Gesetze, und mein Vater bläst keines seiner Schiffe vom Meer.

Ich weiß sofort, dass ich am richtigen Ort bin. Da gibt es eine Taverne auf der einen Straßenseite und ein Hurenhaus auf der anderen. Dies ist der Ort, an dem der größte Teil der Piraten seine ganze Beute verschleudert. Diesen Männern steht der Sinn nach einfachen Vergnügungen. Auch ich genieße von Zeit zu Zeit ein gutes Fläschchen Rum, aber ich erfreue mich auch an Annehmlichkeiten, die länger vorhalten. Meinen Gewinn investiere ich in gute Kleidung und Schminke. Das Erscheinungsbild ist wichtig. Ich bezahle für Informationen über bedeutende Akteure auf verschiedenen Inseln. Ich genieße es, neue Leute zu treffen und mir ihre Geschichten anzuhören. Die interessantesten werden Mitglieder meiner Mannschaft. Aber am Ende bemühe ich mich immer, die Anerkennung meines Vaters zu erringen, um meine Position als seine Erbin zu festigen und eines Tages die Königin der Seediebe zu werden. Ich kann mir nichts Spaßigeres vorstellen, als biedere Landadlige zu demütigen, wenn sie den Ozean überqueren. Meinen Ozean.

Zuerst gehe ich zu der Taverne, denn die Männer im Hurenhaus werden mich über ihre Aktivitäten hinweg kaum wahrnehmen. Also, wie lasse ich mich nun schnappen, ohne mich allzu offensichtlich auszuliefern?

Ich gehe um die Ecke und spähe durch ein schmutziges Fenster an der Seite des Gebäudes hinein. Die Taverne ist proppenvoll, ich kann mehrere Männer aus Draxens Mannschaft sehen. Sie sitzen an Tischen, trinken und spielen und reden. Mir fällt auf, dass Draxen selbst nicht hier ist. Vermutlich ist er drüben im Hurenhaus. Riden muss auch dort sein – Augenblick, Riden ist hier.

Ich sehe ihn mit einem Häufchen Männer an einem Tisch sitzen. Er hat Karten in der einen Hand und eine Frau, die auf seinem Schoß sitzt, im anderen Arm.

Mir entfleucht ein Schnauben. Und er hat gesagt, er würde nicht für weibliche Gesellschaft bezahlen. Obwohl … ich kneife die Augen zusammen und gehe näher an die Scheibe heran, ohne sie gleich zu berühren. Sie ist gar nicht wie eine Hure gekleidet. Ihr Gesicht ist nicht übermäßig bemalt …

Die Tavernentür ächzt, als sie weit geöffnet wird. Sterne am Himmel, ich hätte auf die Tür achten sollen!

Eine Gestalt kommt heraus und geht zu der Seite, auf der ich stehe. Nach einigen Augenblicken erkenne ich Kearan in ihr.

Gehen ist vielleicht zu viel gesagt. Stolpern trifft es eher. Der große Tölpel schwankt im Zickzack geradewegs an mir vorbei. Dann bleibt er stehen und stützt sich an die Wand.

Zeit, zu handeln.

Ich zwicke mir in die Wangen, um ihnen Farbe zu geben, senke den Kopf und zerzause mein Haar. Dann noch ein kleines Zittern am ganzen Leib und ich stürme voran und lehne mich direkt neben ihm an die Wand.

»Kearan. Du musst mir helfen. Bitte. Hilf mir, hier wegzukommen.«

Er dreht den Kopf ein kleines Stück weit in meine Richtung, sagt aber nichts.

»Bitte«, wiederhole ich. »Ich weiß, tief im Herzen bist du kein böser Mann. Bitte, hol mich hier raus.«

Meine Absicht ist, ihm den Eindruck zu vermitteln, dass ich mein Vertrauen der falschen Person schenke. Er soll mich zum Schiff zurückschleifen.

Stattdessen übergibt er sich und bricht zusammen.

Das hätte mich nicht überraschen sollen.

In diesem Augenblick werde ich von hinten gepackt. Oh, hervorragend! Ich hatte schon befürchtet, ich müsste …

Ich spüre heißen Atem an meinem Ohr. Er riecht nach Rum. Die Brust an meinem Rücken hebt und senkt sich in schnellem Takt. Und dann stehen mir die Haare zu Berge, als eine feuchte Zunge anfängt, über mein Kinn und die Wange weiter emporzugleiten.

Alle Sterne, das ist Sheck.

Warum muss ausgerechnet der mich erwischen?

Er schlingt beide Arme um mich und presst meine eigenen flach an meine Seiten. Ich warte darauf, dass er mich umdreht und zu Riden oder Draxen schleppt, aber er tut nichts dergleichen.

Er stößt mich an die Wand der Taverne. Ich spüre eine Hand in meinem Kreuz, sie sinkt tiefer.

Sheck hat gar nicht die Absicht, mich zu Riden zu bringen – zumindest nicht sofort. Und ich habe nicht die Absicht, darauf zu warten, dass er so weit ist.

»Du wirst mich jetzt wieder loslassen wollen«, sage ich und gebe ihm eine Chance, wegzugehen, obwohl er die nicht verdient.

Er sagt nichts. Warum sollte er auch? Er ist mehr Bestie als Mann.

Ich springe in die Luft, presse die Füße fest an die Wand und stoße mich kraftvoll ab. Sheck versucht, sich abzufangen. Aber seine Wahl lautete, mich gehen zu lassen oder auf dem Hintern zu landen.

Überraschenderweise wählt er Zweiteres.

Mein Körper ist zu leicht, um ihm den Atem aus dem Leib zu treiben, aber ich bin sicher, der Sturz hat geschmerzt. Das tröstet mich ein wenig.

Ich will mich von ihm wegrollen, aber sein Griff ist zu fest. Mir wird bewusst, dass er das schon viele Male zuvor getan hat.

Der Gedanke spornt mich an. Ich hebe den Kopf so hoch wie möglich, spanne den Hals an. Dann reiße ich den Kopf nach hinten. Ich spüre, wie mein Hinterkopf mit lautem Knirschen mit seiner Nase kollidiert.

Das veranlasst ihn nun doch, seinen Griff zu lockern.

Einen Augenblick später stehe ich, aber ehe ich einen Schritt tun kann, umfasst Shecks Hand mein Fußgelenk.

Ich drehe mich um und trete ihm mit dem freien Fuß ins Gesicht.

Besagtes Gesicht ist jetzt eine blutige Masse. Ich kann Nase, Augen und Mund nicht mehr erkennen. Er kann doch in diesem Zustand kein Verlangen mehr empfinden, oder? Ich hoffe nicht, aber in meinem Metier muss ich immer vom Schlimmsten ausgehen. Außerdem wirken manche Schmerzen auf Männer sonderbar erregend. Vermutlich gehört Sheck dazu.

Kearan stöhnt am Boden, wo er ohnmächtig in seinem eigenen Erbrochenen liegt. Er riecht schlimmer als Sheck. Aber ich muss ihn gar nicht berühren, ich muss nur sein Schwert zu packen kriegen. Ich könnte auch den Dolch aus meinem Stiefel ziehen, aber sein Einsatz erfordert engen Kontakt und ich will nie wieder in die Nähe von Sheck kommen.

Hinter mir höre ich ein Knurren. Das ist der erste Laut, den ich Sheck überhaupt von sich geben höre. Es ist ein hässliches, widerliches Geräusch, das meinen Fluchtinstinkt weckt, aber diesen Impuls habe ich schon mein ganzes Leben lang bekämpft. Schließlich musste ich. Das war die einzige Möglichkeit, meinen Vater zu beeindrucken.

Außerdem hat dieser Kerl verdient zu sterben, und ich bin nur zu gern bereit, diejenige zu sein, die dafür sorgt. Ich schnappe mir den Entersäbel und drehe mich um. Sheck hat sein Schwert nicht gezogen. Vermutlich ist er es nicht gewohnt, dass Frauen kämpfen, statt einen Fluchtversuch zu unternehmen.

Ich glaube, er nimmt gar nicht wahr, dass ich eine Waffe in der Hand halte, bis ich sie ihm in den Bauch steche. Dann schreit er auf. Er bewegt sich immer noch. Er leidet nicht halb so sehr, wie er es bei dem Leben, das er führt, verdient hätte, aber immerhin genug, damit ich mich etwas besser fühle. Ich warte nicht erst ein paar Herzschläge ab, ehe ich die Waffe herausziehe und noch einmal zustoße, dieses Mal höher in Richtung Herz. Er versucht noch, sich zu befreien, aber dadurch läuft das Blut nur schneller aus ihm heraus. Binnen Sekunden ist er tot.

Ich atme ein paarmal tief durch, ehe ich das Schwert neben Kearan lege. Ein Monster weniger auf der Welt.

Aber ich muss mich immer noch fangen lassen. Es kann doch nicht so schwer sein, Gefangene auf einem Piratenschiff zu bleiben. Das ist das zweite Mal, dass ich meine eigene Gefangennahme inszenieren muss. Irre.

Ich drehe mich zu der Taverne um und überlege, wie ich jemanden von da drin dazu bringe, mich zu schnappen, ohne es allzu offensichtlich zu machen, als ich jemanden in der Lücke zwischen der Taverne und dem nächsten Gebäude stehen sehe.

Es ist Riden.

Kapitel 7

Er hat die Arme verschränkt und ein Bein über das andere geschlagen.

Ich schätze, ich sollte jetzt Fersengeld geben, damit es aussieht, als wollte ich fliehen, aber wozu die Mühe?

»Wie viel hast du gesehen?«, frage ich stattdessen.

»Alles.«

Ich bin nicht sicher, was ich nach dieser Antwort empfinden soll. Wut, weil er zugelassen hat, dass Sheck versucht, mich zu überwältigen? Verwirrung, weil er seinem Mannschaftsmitglied nicht geholfen hat? Sorge, weil er auch Zeuge der Schauspielerei geworden sein könnte, die ich an Kearan ausprobiert habe? Weiß er, dass ich versuche, mich erwischen zu lassen? Das ist unmöglich festzustellen. Im Licht der Straße gibt sein Gesicht nichts preis.

Ich muss etwas tun. Ich kann nicht einfach herumstehen und darauf warten, dass er mich packt. Das passt nicht zu der Rolle, die ich für ihn gespielt habe. Also greife ich erneut zu Kearans Entersäbel.

»Du willst kämpfen?«, fragt er.

»Ich gehe nicht zurück auf das Schiff«, sage ich.

»Tut mir leid, Alosa, aber du musst.« Er zieht sein eigenes Schwert aus der Scheide.

Also gut. Ich werde es ihm leicht machen. Soll er mich ruhig rasch entwaffnen, damit wir es hinter uns bringen können.

»Willst du das wirklich tun?«, fragt er. »Ich war gerade ziemlich beschäftigt, als ich eine Balgerei draußen gehört habe. Du hast mich in die passende Stimmung gebracht. Ich würde mich jetzt lieber nicht auf die Probe stellen.«

Verächtlich schnaube ich. »Ich habe deine Freundin gesehen. Sah aus, als wärest du längst in Stimmung gewesen.«

»Eine Nacht an Land nach Monaten auf See, und du musst sie mir verderben.«

»Und was ist mit mir? Ich war unterwegs in einer wichtigen Mission für meinen Vater, als ihr mich geschnappt habt. Ihr habt mir die ganze Woche verdorben. Dafür sollte ich dir ein Ohr abschneiden.«

»Du schneidest mir kein Ohr ab. Das würde es mir schwer machen, dein Gejammer zu hören. Und ich weiß doch, wie sehr du das liebst.«

Was soll's, dann eben nicht schnell. Ich will ihm erst ein bisschen wehtun.

Ich stürze voran und ziele auf seinen Bauch. Riden wehrt den Hieb ab und schlägt mit seinem Schwert nach meinen Beinen, aber ich mache einen Satz rückwärts.

»Warum hast du mich nicht davon abgehalten?«, frage ich und lasse einen Hagel an Säbelhieben auf ihn niederprasseln.

»Wovon abgehalten?« Flink wehrt er jeden Angriff ab, aber ich setze immer weiter nach, während wir reden.

»Du hast gesehen, dass ich gegen ihn gekämpft habe. Du weißt, dass dein Captain nicht will, dass ich misshandelt werde, und trotzdem hast du zugelassen, dass er versucht, mir Gewalt anzutun. Du hast einfach nur dagestanden. Und … oh.«

Er hat seinen Stand gefunden und geht jetzt in die Offensive. Mir gefällt, dass ich auf diese Weise lernen kann, wie er vorgeht. Dieses Wissen wird mir helfen, ihn zu schlagen. Später, natürlich. Heute Nacht muss ich ihn gewinnen lassen.

»Du hast gewollt, dass ich ihn töte«, konstatiere ich. »Natürlich. Du hasst, was er tut. Weil du ja so ehrenwert bist und so. Aber du konntest ihn nicht selbst töten, weil du deinem Bruder gegenüber aus irgendeinem Grund loyal bist und dich nicht dabei erwischen lassen darfst, Angehörige seiner Mannschaft umzubringen. Ich werde diese Loyalität nie verstehen; du scheinst alles zu verabscheuen, was Draxen tut.«

Ich erwische ihn am Arm. Riden lässt es ein wenig locker angehen, weil er mich eigentlich nicht verletzen will. Das räumt mir definitiv einen Vorteil ein. Natürlich möchte ich ihn auch nicht töten – ihm wehtun, ja. Ein Teil dessen, was ich kürzlich zu ihm gesagt habe, ist wahr. Ich will Riden nicht tot sehen, denn ich ziehe es vor, wenn er derjenige ist, der mich befragt. Draxen würde nur dann jemanden, der schlimmer ist, zu meiner Bewachung abstellen, wenn Riden nicht zur Verfügung stünde.

»Darum warst du an dem Tag, an dem ihr mich gefangen genommen habt, so wütend«, sage ich, als mich die Erkenntnis überfällt. »Ich habe das Schlechteste in deinem Bruder ans Licht gebracht, indem ich ihn herausgefordert habe, indem ich Angehörige seiner Mannschaft getötet habe. Du musstest dazwischengehen und ihn an seine Menschlichkeit erinnern. Aber die zu finden, scheint ihm immer schwerzufallen, nicht wahr? Er ist in dem Punkt mehr wie euer Vater.«

Ich keuche auf, als ein brennender Schmerz über mein Bein rast. Er hat mich doch tatsächlich mit dem Schwert erwischt. Ich muss wohl einen Punkt getroffen haben, der ihm nahegeht.

»Du hast meine Kniehose ruiniert.«

»Halt die Klappe, Mädchen«, sagt Riden.

»Aber warum hast du das getan?«, frage ich, ohne weiter an meine Kleidung zu denken. »Du fühlst dich in der Mannschaft ohne Zweifel nicht besonders wohl. Vermutlich hast du nicht mal Freude an der Piraterie! Aber warum bleibst du dann dabei?«

Ich verpasse ihm eine weitere Schnittwunde, dieses Mal an der Seite. Ich achte darauf, dass sie nur oberflächlich ist. Ein siegreiches Lächeln zupft an meinen Lippen, aber dann tut Riden das Undenkbare. Statt vor meinem Schwert zurückzuzucken, beugt er sich vor, packt mit der freien Hand mein Handgelenk und hebt sein Schwert an meinen Hals. Ehe ich auch nur blinzeln kann, entwindet die Hand an meinem Handgelenk mir das Schwert und plötzlich richtet er beide Klingen gegen mich.

Verdattert starre ich ihn an. Er hat zugelassen, dass ich ihn verletze, damit er mir die Waffe abnehmen kann. Das ist ein ebenso kühner wie dummer Zug.

Gefällt mir.

Ich bin so beeindruckt, ich schaffe es nicht einmal, das richtige Maß an Wut aufzubringen. Ich habe Riden unterschätzt.

Er schiebt seine Klinge in die Scheide und wirft Kearans zu der schlafenden Gestalt, und dann packt er meinen Oberarm. »Ich bleibe, weil er mein Bruder ist. Weil er das einzige Familienmitglied ist, das mich bedingungslos liebt. Das ist etwas, das du nie verstehen wirst.«

Ich möchte widersprechen, möchte meine Beziehung zu meinem Vater verteidigen. Aber mir fehlen die Worte. Also schlage ich ihm mit der freien Hand auf die Stelle, an der ihn zuvor mein Schwert erwischt hat. Er zuckt vor Schmerz zusammen und schiebt mich auf seine andere Seite.

»Wie es scheint, haben wir beide es fertiggebracht, Dinge

aufzudecken, die besser begraben geblieben wären. Und jetzt lass uns dich zurück zum Schiff schaffen.«

Meine Beine pulsieren bei jedem Schritt, aber das ist nichts im Vergleich zu dem Feuer in meiner Brust, das seine Worte entfacht haben. Er macht mich immer noch wütend. Verdammt wütend. Ich will ihn noch mehr schlagen. Es kostet mich all meine Kraft, mich von ihm zurück auf dieses verfluchte Schiff bringen zu lassen.

Ich versuche sogar einmal, aus dem Rettungsboot zu springen, aber Riden tritt mich und ich tue so, als wäre sämtliche Luft aus meiner Brust entwichen. Als man uns eine Strickleiter herunterlässt, damit wir an Bord klettern können, boxe ich Riden ins Gesicht und versuche, ins Wasser zu springen, aber er fängt mich ab und trägt mich die Leiter rauf. Er ist stärker, als er aussieht.

Diese vorgetäuschten Fluchtversuche sind die einzige Befriedigung, die ich mir zum Ausgleich seiner messerscharfen Worte gestatte.

Riden bringt mich in meine Zelle zurück. Er achtet gar nicht auf Azek und Jolek, als die versuchen, ihm zu erklären, wie ich habe entkommen können. Er befiehlt ihnen nur zu verschwinden.

Riden selbst verlässt die Brig bloß für einen Augenblick. Dann kommt er zurück und überrascht mich damit, sich mit mir in die Zelle zu sperren.

»Bist du zu dem Schluss gekommen, dass du es verdienst, ebenfalls hinter Gittern zu sitzen?«, frage ich.

»Zu dem Schluss bin ich schon vor langer Zeit gekommen, aber darum bin ich nicht hier.«

Nun fallen mir das saubere Leinen und die Bandagen auf. Kurze Zeit später bringt ein anderer Pirat einen Kübel mit heißem Wasser und verschwindet dann wieder.

»Soll ich etwa deine Wunden säubern?«, frage ich prustend.

»Natürlich nicht. Schließlich bin ich hier, um deine zu säubern.«

»Ich kann dir nicht folgen.«

»Dem Captain würde es nicht gefallen, wüsste er, dass ich dich verletzt habe.«

»Ich habe dich angestachelt.«

»Das ist egal. Ich sollte besser sein.«

»Pirat«, erinnere ich ihn.

»Es ist immer noch egal. Jetzt …« Er hebt mich hoch und packt mich auf den Tisch, und ich sitze da, das verletzte Bein vor mir ausgestreckt.

»Ich kann mich schon allein hinsetzen«, sage ich, völlig aus dem Gleichgewicht gebracht davon, wie mühelos er mich hochgehoben hat.

»Ich weiß, aber so hat es mehr Spaß gemacht. Jetzt zieh die Kniehose aus.«

»Ha! Keine Chance.«

»Da gibt es nichts, was ich nicht schon früher gesehen hätte.«

»Du hast mich noch nicht gesehen. Und das wirst du auch nicht.«

Riden bedenkt mich mit seinem teuflischen Lächeln. Wie schnell er das doch herbeizaubern kann.

»Ich habe eine bessere Idee«, sage ich, strecke die Hand aus, fasse in den blutgetränkten Riss in der Hose und ziehe. Der Stoff gibt nach, löst sich von meinem Oberschenkel, und ich zucke zusammen.

»Und ich hätte fast gedacht, du kannst keinen Schmerz spüren.«

»Halt den Mund, Riden.«

Er schweigt, aber ich weiß, dass das nichts mit meinen Worten zu tun hat. Stattdessen starrt er mein Bein an, wie ich feststelle. Nein, nicht mein Bein. Meine Narben. Sie bedecken meine Arme und Beine.

»Was ist passiert?«, fragt er.

»Ich bin das Kind eines Piratenkönigs.«

Er streckt die Hand aus und ist drauf und dran, einem der vielen dünnen weißen Male zu folgen.

»Nicht«, sage ich. »Ich musste gerade erst Sheck abwehren. Ich kann es nicht brauchen, dass irgendjemand anders mich jetzt anrührt.«

»Natürlich«, sagt er hastig. »Verzeih. Aber ich wollte nicht …« Er bricht ab und beendet den unbehaglichen Moment, indem er sich herabbeugt und gleich darauf mit einer Wundsalbe und einem sauberen Lappen wedelt.

»Gib mir das«, sage ich. »Ich mach das lieber selbst.«

»Und darum werde ich es für dich machen. Du bist eine Gefangene und hast zu fliehen versucht. Es steht dir nicht zu, weitere Forderungen zu stellen.«

»Ich könnte dich einfach schlagen.«

»Und ich könnte diese Wundreinigung schmerzhafter als nötig machen.«

Ich sitze still, aber ich sehe ihn nicht an, als er eine übel riechende Flüssigkeit auf meinem Bein verreibt. Blasen steigen aus der Schnittwunde auf und der Schmerz ist geradezu sengend. Ich packe Ridens Arm und drücke mit aller Kraft zu, um nicht aufzuschreien.

»Schon gut, Alosa. Es ist fast vorbei.«

Sein besänftigender Ton überrascht mich. Er klingt ganz ähnlich wie der, den Mandsy nutzt, wenn sie mich zusammenflickt. Sonderbar, ihn aus dem Mund eines Mannes zu hören.

Er wischt die überschüssige Flüssigkeit von der Wunde. Das Tuch verfärbt sich rosarot. Mit ruhigen Händen schneidet er einen Streifen Verbandsmaterial zu und wickelt es um mein Bein. Seine Hände fühlen sich in der eisigen Zelle warm an.

»Das war's«, sagt er. »Es dürfte schnell heilen. Das ist nur eine kleine Schnittwunde.«

»Ja, ich weiß. Wie du selbst sehen konntest, ist das nicht meine erste Verletzung.«

»Warum musst du immer so schroff sein? Ich habe dir geholfen.«

»Ja, und was für ein Opfer das für dich gewesen sein muss. Ich bin sicher, jeder Augenblick war ein Vergnügen.«

Lächelnd beugt er sich ein Stück vor. »Du bist tatsächlich die unterhaltsamste Gefangene, die je an Bord dieses Schiffes war.«

»Ich kann dir versichern, dass ich mich kein bisschen bemühe, das zu sein.«

Sein Lächeln verblasst und ein ernsthafter Ausdruck tritt in seine Augen. »Ich weiß.«

Ridens Hand liegt auf meinem entblößten Bein. Seine Augen fangen meinen Blick ein. Ich schlucke, lecke mir über die plötzlich trockenen Lippen.

Riden legt eine Hand an meine Wange. »Alosa.«

»Ja?«

Unsicherheit huscht über seine Züge und er lässt die Hand sinken. »Wie bist du aus deiner Zelle rausgekommen?«

Statt zu antworten, zucke ich nur mit den Schultern, vor allem, weil ich einen Augenblick brauche, um meine Stimme wiederzufinden.

Riden weicht einen Schritt zurück und beobachtet mich aufmerksam. »Du bist gewitzt, Alosa. Auf eine Art, die für einen

Piraten recht außergewöhnlich ist. Und du bist begabt. Daran kann kein Zweifel bestehen. Ich wusste schon immer, dass du etwas verheimlichst. Aber nun bekomme ich das Gefühl, dir liegt mehr daran, auf diesem Schiff zu sein, als mir.«

»Mir liegt daran?«, frage ich ungläubig. »Wenn dir das Sorgen macht, dann lass mich doch einfach gehen.«

»Warum sonst solltest du ganz allein ins Piratenviertel der Stadt gehen? Du musstest doch wissen, dass wir dort sein würden.«

»Du machst Witze, oder? Du hast mich eingesperrt und dann Sheck und Ulgin hier runtergeschickt. Weißt du, was ich erdulden musste? Ich bin losgezogen, um die zwei zu suchen und zu töten, ehe ich abhaue. Das sind keine Männer. Sie verdienen nicht zu leben.«

»Ich weiß. Darum habe ich dich ja auch Sheck töten lassen. Weil ich es nicht selbst tun konnte. Aber wozu das Risiko eingehen? Du hättest mühelos entkommen können, wenn du einfach nur abgehauen wärest.«

»Es fällt mir nie leicht, loszulassen. Ich wollte nicht gehen, ehe ich alles in Ordnung gebracht habe.«

Ich kann nicht erkennen, ob er mir glaubt. Er versucht immer noch, in meinem Gesicht zu lesen.

Aber dann wandert sein Blick hinunter zu meinen Taschen.

Ich stelle mich beschützend vor sie. »Was siehst du da an?«

»Du weißt, ich werde deine Sachen durchsuchen müssen. Es sei denn, natürlich, du willst mir erzählen, wie du hier rausgekommen bist.«

»Ich bin eben rausgekommen, in Ordnung? Lass mich und meine Sachen in Ruhe.«

»Das kann ich nicht. Jetzt geh aus dem Weg.«

»Nein.«

Er tritt näher und greift nach mir, versucht, mich mit Gewalt wegzuschieben.

Ich trete ihm mit dem unverletzten Bein direkt in die Brust. Gewaltsam genug, dass er auf dem Hinterteil landet. O nein. Ich habe viel zu viel Kraft aufgewandt. Ich verrate ihm praktisch alle meine Geheimnisse. Er ist derjenige, der mir am misstrauischsten begegnet. Ich muss mich zurückhalten. Aber er hat meine Kleider bedroht! Die sind alles, was ich auf diesem Schiff habe, und ich hänge ziemlich an ihnen. Und ich nehme an, es wäre auch nicht so gut, würde er sich meine Bücher allzu genau ansehen.

Als Riden wieder aufsteht, sieht er mich mit einem neuen Verständnis an. »Du hast mich hinters Licht geführt.«

»Der war nicht übel, was?« Ich versuche, es so klingen zu lassen, als hätte ich nur Glück gehabt, aber ich weiß nicht, ob er darauf hereinfällt.

»Ich will dir nicht wehtun, aber ich werde, wenn ich muss.«

Ha. Als könnte er das, wenn ich mich ernsthaft zur Wehr setzen würde. Aber diese Denkart ist gefährlich. Ich entspanne mein Gesicht, bemühe mich, eine Spur von Furcht hinzuzufügen. Und obwohl es all meinen Instinkten zuwiderläuft, mache ich den Weg frei.

Riden beugt sich auf eine Weise über meine Kleidung, die es ihm gestattet, mich zugleich im Auge zu behalten. Er wird mir keine Chance lassen, ihn von hinten anzuspringen. Er lernt dazu.

Er durchsucht meine Kleidung. Mir fällt auf, dass er rasch meine Unterwäsche betrachtet und darauf achtet, sie nicht anzurühren. Interessant. Die größeren Kleidungsstücke mit den Taschen untersucht er hingegen überaus gründlich. Logischerweise findet er nichts außer ein paar spitzen Haarnadeln, die er in die Tasche steckt. Dann geht er rasch die Bücher durch.

Bis er zu einem Band mit dem Titel: *Etikette: Anleitung zur Aufzucht anständiger Damen* kommt. Den auszuhöhlen, hat mir keine Schwierigkeiten bereitet. Das ganze Konzept ist lächerlich. Bedauerlicherweise denkt Riden genauso.

»Was ist das?«, fragt er.

»Ein Buch«, sage ich blitzschnell.

»Und ich soll glauben, du würdest tatsächlich ein solches Buch lesen? Du bist ein Pirat.«

»Und eine Dame.«

»Das glaube ich nicht.« Er blättert in dem Buch. Als sich das als fruchtlos erweist, zerrt er daran herum, bis sich die Bindung vom Buchrücken löst.

Bei den Sternen!

Ein kleines Fläschchen mit einer purpurnen Flüssigkeit fällt in seine Hand.

»Was haben wir denn hier?«

»Das ist ein Tonikum gegen Seekrankheit.«

»Und warum hast du es versteckt?«

»Weil es mir peinlich ist.«

»Das ist interessant, denn die Flüssigkeit hat die gleiche Farbe wie ein Tonikum, das beim Einschlafen hilft. Wenn es eingeatmet wird, verliert die Person, die das tut, beinahe augenblicklich das Bewusstsein.«

»Was für ein Zufall«, sage ich.

»Ja, bestimmt.« Er fängt an, den Rest meiner Bücher auseinanderzunehmen, und findet diverse Waffen. Miniaturwurfmesser, Würgedraht, mehr Gifte und noch jede Menge andere Dinge.

Mit übervollen Taschen richtet sich Riden auf und geht zur Tür.

»Wo bringst du das hin?«, frage ich.
»Ich werde es an einem sicheren Ort verwahren.«
»Auch bekannt als der Grund des Ozeans?«
Er grinst, ehe er verschwindet.
Allmählich fange ich an, den Mann zu verabscheuen.

Kapitel 8

Enwen und ein anderer Pirat kommen herunter in die Brig, nicht lange nachdem Riden gegangen ist. Ich bin sicher, sie haben Ersatz gebraucht, weil Kearan immer noch irgendwo seinen Rausch ausschläft.

»Das ist Belor«, sagt Enwen. »Er unterstützt mich bei deiner Bewachung. Ein guter Pirat, der Mann. Er versteht, wie wichtig es ist, einen gesunden Aberglauben zu pflegen.«

»Bestimmt«, sage ich, obwohl Belor viel mehr Interesse an dem Sack Münzen zu haben scheint, der an Enwens Gürtel hängt.

Die Nacht ist jung. Die meisten Piraten werden immer noch in der Stadt sein und ihren Suff ausschlafen. Die heutige Nacht ist dazu geeignet, ein bisschen herumzuschnüffeln. Ich muss diese Karte finden. Ich bin bereit, dieses Schiff und seinen überheblichen Ersten Maat hinter mir zu lassen. Ich kann immer noch nicht fassen, dass es ihm gelungen ist, mich zu verwunden. Mehr als alles andere hat er meinen Stolz verletzt.

»Das einzige Glück, das man finden kann, besteht aus kaltem, hartem Gold«, doziert Belor. »Wenn du das hast, kannst du dir alles Glück kaufen, das du brauchst.«

»Deshalb habe ich diese Perlen hier gekauft«, sagt Enwen und zieht seine Halskette hervor.

Enwen erzählt, wie er zu den Perlen gekommen ist. Ich bezweifle, dass Belor auch nur ein Wort mitbekommt, denn er starrt immer noch unentwegt Enwens Geldbeutel an. Keiner der Piraten achtet auf mich. Die machen mir die Flucht wirklich leicht. Nicht eine Seele in meiner Mannschaft wäre je so nachlässig. Nicht einmal die kleine Roslyn, die Jüngste in meiner Mannschaft mit ihren gerade sechs Jahren. Natürlich würde ich sie auch nie Gefangene bewachen lassen. Sie bleibt meistens in der Takelage, in der sie geschickter klettert, als ein Affe es könnte.

So leise ich es vermag, kippe ich den Tisch um und greife nach dem Bein unten links in der Ecke. Das habe ich mit meinem Dolch ausgehöhlt und die Dietriche hineingesteckt, gleich nachdem ich Azek und Jolek ausgeschaltet hatte. Was für ein Pech, dass Riden gar nicht auf die Idee gekommen ist, dort nachzusehen.

»Weißt du, ich habe vielleicht etwas, das dir gefällt, Enwen.« Belor zieht etwas aus der Tasche, das wie eine Lederschnur aussieht. »Der Mann, der mir das gegeben hat, hat mir erzählt, es würde vom Handgelenk einer Sirene stammen. Es soll den Träger auf See beschützen.«

Enwen betrachtet die Schnur ehrfürchtig, aber ich bin ziemlich sicher, dass Belor sie einfach aus seinem Stiefel gezogen hat, als niemand hingeschaut hat.

»Ich überlasse sie dir für drei Goldstücke«, sagt Belor.

Da habe ich die Tür bereits entriegelt. Ich stehe vor den beiden Piraten. »Das ist ein mieser Handel, Enwen. Der Mann lügt. Er will nur dein Gold.«

»Aber was, wenn er nicht lügt? Wie kann ich mir einen solchen Handel entgehen lassen? Kein Leid mehr auf See, Miss Alosa!«

»Warum um alles in der Welt sollte er dir das Ding dann für nur drei Goldmünzen überlassen?«

»Du hast recht. Ich sollte ihm fünf dafür geben.«

Nun endlich löst Belor den Blick von dem Beutel Gold und die Aussicht auf mehr Geld bringt seine Augen zum Leuchten. »He! Was tust du außerhalb deiner Zelle?«

»Dafür sorgen, dass du den armen Enwen nicht übers Ohr haust.« Obwohl Enwen, wenn ich so darüber nachdenke, vermutlich ohnehin die Absicht hat, das Gold Stück für Stück im Lauf der nächsten Tage zurückzuklauen.

»Ich weiß die Hilfe zu schätzen, Miss Alosa, aber du gehst jetzt besser in deine Zelle zurück«, sagt er und greift nach seinem Schwert.

»Das kann ich nicht. Tut mir leid, Enwen. Ich mag dich eigentlich ganz gern.«

Einen Augenblick später haue ich sie beide um. Enwen wird genauso viel Wasser trinken wollen wie Kearan, um sich nach dem Aufwachen von seinen Kopfschmerzen zu befreien. Ich fühle mich ehrlich schlecht, aber ich habe keine Zeit, um darauf zu warten, dass die zwei einschlafen. Das könnte eine ganze Weile dauern und ich muss den Vorteil des nahezu leeren Schiffes nutzen.

Sobald ich oben bin, sehe ich mir alles ganz genau an. Die beiden Piraten, die das Deck bewacht haben, sind verschwunden und Theris ist auch nirgendwo zu sehen. Vermutlich hat man ihnen gestattet, an Land zu gehen, nun, da Riden an Bord ist. Was für ein Jammer. Besser, ich geh ihm aus dem Weg. Vermutlich ist er jetzt in seinem Quartier. Lautlos schleiche ich daran vorbei und zu der Reling hinüber, an der ich meine Suche in der Nacht zuvor beendet habe. Ich streiche mit den Händen darüber, klopfe die hölzernen Planken so vorsichtig ich kann mit den Füßen ab, suche nach Hohlräumen.

»Hallo, Alosa.«

Seufzend blicke ich himmelwärts, ehe ich mich umdrehe.

»Hallo, Riden.«

»Ich habe schon darauf gewartet, dass du raufkommst. Du hast mich nicht enttäuscht.« Riden tritt aus dem Schatten des Niedergangs zur zweiten Ebene. Kein Wunder, dass ich ihn nicht gesehen habe.

»Du wusstest, dass ich wieder zu fliehen versuchen würde?«

»Es sind nur drei Piraten auf dem Schiff geblieben, immer vorausgesetzt, du hast Enwen und Belor am Leben gelassen. Wir sind nah an der Küste. Und ich konnte nicht finden, was immer du beim letzten Mal benutzt hast, um aus deiner Zelle zu kommen. Also, ja, ich habe angenommen, du würdest noch mal versuchen zu fliehen.«

»Dann bist du also nicht mehr davon überzeugt, dass ich noch Übleres im Sinn habe?«

»Ich hätte meine Zweifel weiter gepflegt, wärest du nicht geradewegs zur Reling gegangen.«

Den Sternen sei Dank, dass ich dort zuerst hingegangen bin. Wer weiß, was passiert wäre, wenn Riden mich dabei erwischt hätte, das Schiff zu durchsuchen.

»Hör mal, Riden, es gibt keinen Grund, warum du mich nicht gehen lassen solltest. Du kannst deinem geliebten Captain doch erzählen, ich wäre aufgrund deiner eigenen Dummheit entkommen. Das zu glauben, dürfte ihm nicht so schwerfallen.«

»Ich fürchte, das wird nichts, Alosa.«

»Bitte, steck mich nicht wieder in diese Zelle. Ich hasse es da unten. Der Gestank ist abscheulich.«

»Dann sollten wir vielleicht eine andere Unterkunft für dich finden.«

Mir gefällt nicht, wie sich das anhört. »Wie meinst du das?«

»Gestatte mir, dir Geleit zu geben, Prinzessin.« Er packt mich und wirft mich über seine Schulter.

»Was bildest du dir ein? Lass mich sofort runter!« Ich stemme mich hoch und greife nach seinem Kopf. Er trägt das Haar zurückgebunden, wie immer, hübsch und lang.

Perfekt zum Ziehen.

»Au!«

Er öffnet eine Tür. Ich konzentriere mich zu sehr auf ihn, um mitzubekommen, wo wir sind, aber einen Moment später wirft er mich auf ein Bett. Dann umklammert er mein Handgelenk mit eisernem Griff und zwingt mich, seine Haare loszulassen.

Ich weiß nicht, woran es liegt, aber es ist sehr schwer, die bezwungene Gefangene zu spielen. Ich kann es nicht ertragen, zu leicht aufzugeben, ganz egal, wie oft ich mich ermahne, dass ich meinen Aufenthalt auf diesem Schiff ungewollt wirken lassen muss.

Was auch der Grund dafür ist, dass ich nicht passiv auf dem Bett liegen bleibe. Riden steht über mir und hält immer noch mein Handgelenk gefangen. Mein Knie tritt in Kontakt mit seinem Bauch, woraufhin er sich ein Stück tiefer über mich beugt. Ich packe sein anderes Handgelenk und ziehe ihn über mich, ehe ich ihn auf das Bett stoße. Dann rolle ich mich ab und stehe auf, um ihm gegenüber eine höhere Position einzunehmen.

Aber schon einen Augenblick später schießt er hoch. Ich habe nicht damit gerechnet, dass er sich so schnell erholt, darum gelingt es ihm, meine Taille zu packen und mich auf dem Bett festzunageln. Das ist die letzte Lage, in der ich sein mag.

»Du bist stärker, als du sein solltest«, sagt er.

»Was soll das heißen?«

»Nur, dass du keine große Frau bist und trotzdem imstande warst, mich von den Füßen zu reißen.«

Und diese Worte sind der einzige Grund, warum ich seinen jämmerlichen Arsch nicht einfach von mir wegschubse. Ich muss daran denken, mich zurückzuhalten. Aber das ist so verdammt schwer! Wenn dies hier vorbei ist, werde ich ihn umbringen, und sei es nur aus purer Gehässigkeit.

»Dafür muss ich dem rigorosen Training meines Vaters danken, der mich schwere Lasten hat heben lassen.«

»Bestimmt.«

»Runter von mir.«

Er sieht auf mich herab und sein Blick wandert von meinen Augen zu meinem Mund. Endlos langsam. »Bist du sicher, dass du das willst?«

»Ganz sicher«, sage ich, aber die Worte kommen nicht so energisch heraus wie beabsichtigt.

Er beugt sich noch tiefer herab, sodass seine Nase gleich neben meiner ist. »Und jetzt?«, flüstert er.

Er ist großspuriger, als gut für ihn ist, aber ich gebe zu, er sieht gut aus. Und er bringt mein Blut zum Kochen, vorwiegend vor Wut. Innerlich ist er ein anständiger Kerl. Aber er ist entschlossen, das nach außen hin nicht zu sein. Was macht das aus ihm?

Ich will ihm gerade sagen, er solle abschieben, da spüre ich seine Lippen an meiner Wange. Er küsst mich nicht, berührt die Wange nur mit den Lippen. Und dann gleiten sie hinab zu meinem Kinn.

Ich muss mir ernsthaft Mühe geben, ruhig zu atmen. Regelmäßig. Absolut unaufgeregt. Jetzt ist nicht die Zeit, um kribbelig zu werden. Ich habe eine Aufgabe zu erledigen.

Aber seine Lippen. Ich kann sie mir ausgezeichnet vorstellen, wenn ich die Augen schließe. Sie sind dunkelrosa. Voll und makellos. Und für einen Piraten sind sie im Moment unerhört weich.

Als er mich endlich küsst, tut er das an der empfindlichen Stelle unter meinem Ohr.

Und wandert tiefer. Seine Lippen gleiten seitlich über meinen Hals und dann zurück zur Mitte. Er küsst die Seite meines Kinns und verweilt danach erwartungsvoll über meinem Mund.

Er möchte, dass ich ihn küsse, dass ich diejenige bin, die sich vorbeugt und die Initiative ergreift.

Natürlich will er das. Männer wie Riden leben von der Aufregung des Sieges.

Zu seinem Pech tue ich das auch.

Er lockert seinen Griff, sodass es mir leichtfällt, ihn von mir zu stoßen und mich über ihn zu kauern. Kraftvoll umfassen seine Hände meine Oberarme. Er fürchtet, dass ich ihn schlagen oder irgendwie würgen könnte. Was ich vermutlich tun sollte.

Stattdessen führe ich meine Lippen an sein Ohr. Meine Zähne streichen über sein Ohrläppchen und seine Hände spannen sich auf eine ganz andere Art. Sie wandern zu meinem Rücken, pressen sich darauf, versuchen, mich näher heranzuziehen.

Als ich mich seinem Hals nähere, greift er mit beiden Händen nach meinem Haar und lässt seine Finger durch die Strähnen gleiten.

»Du bist so schön«, sagt er. »Wie eine seegeborene Göttin.«

Das ist es, was mich wieder zu Sinnen bringt, diese unverkennbar überzogene Äußerung. Er will Antworten von mir. Er wird alles sagen und tun, um sie zu bekommen. Für ihn bin ich nur irgendein hübsches Gesicht. Und das ist auch alles, was er für mich ist. Ich habe keine Zeit für bedeutungsloses Vergnügen. Das macht mir die Arbeit nur schwerer. Außerdem, wie kann ich vergessen, wie ich Riden vorgefunden habe, als ich durch das Fenster der Taverne geschaut habe? Er hat mir selbst gesagt, er hätte Monate auf See verbracht und ich hätte seine einzige Nacht an Land unterbrochen. Jetzt erwartet er, dass ich es wiedergutmache.

Dieser dumme Pirat. Ich lasse mich nicht von Männern einwickeln, denen es nur darum geht, mich auf ihre Eroberungsliste zu setzen. Ich nehme an, ich wäre eine recht beachtliche Beute, immerhin bin ich die Tochter des berüchtigtsten Piraten aller Zeiten.

Ich stehe auf und entferne mich von dem Bett. »Ich will jetzt in meine Zelle.«

Für einen Augenblick wirkt Riden verwirrt, dann schüttelt er es ab. »Du gehst nicht zurück in deine Zelle. Deine ständigen Fluchtversuche lassen mir keine andere Wahl, als dich woanders unterzubringen.«

»Wo denn?«

»In meinem Quartier.« Und damit geht er und schließt die Tür hinter sich. Ich höre einen Schlüssel ins Schloss gleiten und dann ein Klicken.

Mir fällt auf, dass er immer noch auf der anderen Seite der Tür ist. Ich kann seinen Schatten durch den Spalt am unteren Ende sehen. Ich presse die Wange an die Tür, halte die Luft an und warte.

Er seufzt. »Was tust du?« Er spricht mit sich selbst.

Dann ist er weg.

Interessant.

Ich drehe mich um und inspiziere den Raum. Dazu hatte ich bisher keine Gelegenheit, weil … na ja, mein Kopf war halt mit anderen Dingen beschäftigt. Aber nun wünschte ich, ich wäre früher dazu gekommen. Und sei es auch nur, weil ich das hätte nutzen können, um Riden zu verspotten.

Denn der Raum ist sauber. Makellos sauber. Und nun, da ich mir das Bett ansehe, erkenne ich, dass es gemacht wurde. Auf seinem aufgeräumten Schreibtisch liegt ein ordentlicher Stapel Pergament. Federn liegen gleich daneben, verteilt in gleichmäßigen Abständen. Er hat ein Bücherregal, und – ja, tatsächlich, die Bücher sind alphabetisch geordnet. Die Teppiche auf dem Boden sind frei von Staub und Schmutz, als würden sie regelmäßig ausgeklopft werden. Seine Stiefel sind samt und sonders poliert und paarweise aufgereiht. Seine Kleidung ist flach ausgebreitet, damit sie keine Knitterfalten bekommt.

Es wird schwer sein, diesen Raum zu durchsuchen, ohne dass Riden etwas merkt. Aber durchsuchen muss ich ihn. Draxen traut Riden ohne Zweifel mehr als jedem anderen, also warum die Karte nicht Riden zur Aufbewahrung geben? Wenn die Karte nicht in Draxens Quartier ist, dann ist Ridens die nächste Wahl. Da ich weiß, was für einen leichten Schlaf Riden hat, war es schwer für mich, eine Gelegenheit zu finden, um seinen Raum in der Nacht zu durchwühlen. Aber nun kann ich daraus, dass ich hier festsitze, das Beste machen. Wenn ich die Tür nicht aufbreche, komme ich hier nicht raus. Meine Dietriche habe ich zurück in das Tischbein geschoben, nachdem ich Enwen und Belor lahmgelegt hatte.

Ich mache mich an die Arbeit, öffne Schubladen, kontrolliere Taschen. Schwer zu sagen, was ich bereits durchsucht habe, weil ich alles gleich wieder ordentlich an seinen Platz lege, sobald ich fertig bin. Ich versuche, an einem bestimmten Punkt anzufangen und mich dann im Kreis durch den Raum zu bewegen.

Mehr als eine Stunde muss vergangen sein und ich habe nichts gefunden.

Wo hast du sie versteckt, Jeskor? Wem hast du sie gegeben, wenn keiner deiner Söhne sie hat?

Sie muss ganz einfach irgendwo anders auf dem Schiff sein.

Wie bin ich überhaupt auf die Idee gekommen, Riden könnte sie haben? Er hat sich klar als der am wenigsten wohlgelittene Sohn Jeskors dargestellt. Ich weiß nicht, ob ich im Moment sagen könnte, welcher von Jeskors Söhnen bei mir am wenigsten wohlgelitten ist.

Riden ist ein verdammter Trottel. Sperrt mich hier ein, versucht, mit mir zu spielen, benutzt mich, um einen Piraten zu töten, den er nicht selbst umbringen konnte. Manchmal denke ich, er ist ein Feigling. Nicht, weil er sich fürchtet, sondern weil er sich entschieden hat, ein Feigling zu sein. Was ist schlimmer?

Ich habe mich gezielt auf die Suche konzentriert, aber nun, da sie vorüber ist, steht es meinem Geist frei, auf Wanderschaft zu gehen. Und er stürzt sich direkt auf das, was ich eine Stunde zuvor mit Riden gemacht habe.

Manchmal bin ich eine Idiotin. Ich balle die Faust, ehe ich dem Tisch einen kräftigen Hieb verpasse.

Ich spüre den Druck in meiner Hand, dann höre ich das Poltern auf dem Schreibtisch und das Splittern von Glas.

Bei den Sternen!

Neben Karten, Kompassen und noch anderen Navigationswerkzeugen hat Riden auch ein Stundenglas auf dem Tisch.

Hatte ein Stundenglas auf dem Tisch.

Jetzt liegt es zerbrochen zu meinen Füßen.

Ich hoffe, es hatte keinen ideellen Wert.

Eigentlich … doch, ich hoffe, es hatte einen ideellen Wert für ihn. Ganz viel davon. Geschieht ihm recht. Und wenn ich mal dabei bin, warum sollte ich mit dem Stundenglas schon aufhören?

Riden will mich in seinem Quartier gefangen halten. Tja, dann sollte er besser auch auf die Konsequenzen vorbereitet sein. Ich ordne seine Schuhe neu an, sodass jeder linke Stiefel neben dem falschen rechten steht. Ich werfe seine Klamotten haufenweise auf den Boden. Aber das reicht nicht. Ich kann nicht anders, ich muss darauf herumspringen. Ich hoffe, jede Menge Schmutz ist unter meinen Stiefeln.

Ich sortiere die Bücher um. Ich zerknittere seine Papiere. Ich werfe alles um, was aufrecht steht.

Ich werde die schlimmste Nervensäge sein, mit der Riden es je zu tun bekommen hat. Das geschieht ihm recht.

Als die Tür eine Weile später geöffnet wird, sitze ich an Ridens Schreibtisch und male mit einer in Tinte getauchten Feder Bilder von Seelebewesen auf all seine Karten.

»Was zur Hölle …?«

»Mir war langweilig«, sage ich, ohne mir die Mühe zu machen, ihn anzusehen.

»Was hast du getan?«

»Ich habe was für dich getan. Schau, hier. Ich habe diesem Tintenfisch dein Gesicht gegeben.«

Erst Stille, dann: »Alosa, ich werde dich umbringen.«

»Es wird verdammt schwer werden, ein Lösegeld von meinem Vater zu bekommen, wenn ich tot bin.«

»Bist du sicher, dass der Mann dich nicht auch loswerden will? Wir haben bisher nichts von ihm gehört. Allmählich glaube ich, wir haben ihm einen enormen Gefallen erwiesen. Sein Verlust war unser verdammter Untergang.«

Ich lege die Feder weg und blicke auf. »Ich habe kein Pergament mehr. Gibt es noch welches auf dem Schiff?«

Riden ballt die Fäuste. Sieht aus, als könnten ihm jeden Moment die Augen aus dem Kopf fallen. Sein Gesicht ist krebsrot.

»Du siehst nicht gut aus«, stelle ich fest.

»Ich möchte, dass du weißt, dass es mich jeden Fitzel meiner Selbstkontrolle kostet, dich jetzt nicht zu verprügeln.«

»Ich kann mir gar nicht vorstellen, was nötig ist, um dich kleinzukriegen. Sag mir, Riden, juckt deine Haut, wenn du deinen Raum so schmuddelig vorfindest?«

»Ich geh zu Bett. Morgen früh wirst du dir wünschen, du hättest das nicht getan.«

»Mmm, mit dem Bett wäre ich vorsichtig. Ich habe vorhin ein paar Glasscherben darin gesehen. Du solltest wirklich aufpassen, was du darin anstellst.«

Riden reißt die Laken weg und schüttelt die Decken aus. Tatsächlich fällt Glas zu Boden. Er nimmt sich die Zeit, es komplett aufzufegen und über Bord zu werfen. Zumindest nehme ich an, dass er das tut. Ganz sicher kann ich nicht sein, denn ich bin in seinem Quartier eingesperrt, während er fort ist.

Als er zurückkommt, frage ich: »Wo schlafe ich?«

Zum ersten Mal seit einer ganzen Weile grinst er. »Ich werde in meinem Bett schlafen. Es steht dir frei, dich zu mir zu gesellen. Aber etwas sagt mir, dass du den Boden vorziehen wirst. Zu schade, dass dort nicht viel Platz für dich ist, nun, da all meine Sachen darauf herumliegen.«

Riden verriegelt die Tür von innen. Dann steckt er den Schlüssel in die Tasche. Er zieht Stiefel und Hemd aus, ehe er ins Bett klettert.

»Du willst ernsthaft schlafen, während du hier mit mir allein bist? Hast du keine Angst, dass ich dich abmurkse?«

»Ich habe schon dafür gesorgt, dass es in diesem Raum keine Waffen gibt. Außerdem habe ich einen sehr leichten Schlaf. Du wirst es nicht schaffen, auch nur einen Schritt zu tun, ohne dass ich wach werde.«

»Tatsächlich?«, frage ich vergnügt.

Riden macht ein langes Gesicht, als er meinen Ton wahrnimmt. Er weiß, das kann nichts Gutes verheißen.

Diese Nacht ist jetzt schon eine der besten seit einiger Zeit. Zuerst habe ich Ridens Quartier verwüstet und zugesehen, wie er deswegen in die Luft gegangen ist. Nun bekomme ich die Gelegenheit, ihn in den Wahnsinn zu treiben, während er zu schlafen versucht.

Er senkt den Blick, schließt die Augen. Ich warte ein paar Minuten. Dann stampfe ich mit dem Fuß auf. Schlagartig öffnet Riden die Augen. Er setzt sich auf, vergewissert sich, dass ich nicht im Begriff bin, irgendetwas anzustellen. Dann schläft er wieder ein.

Den Prozess wiederhole ich dreimal, bis Riden endlich aufsteht. Er marschiert direkt zu mir und baut sich dicht vor mir auf. »Mach das noch mal und ich schlage dich bewusstlos.«

Ich höre auf zu pochen und fange stattdessen zu summen an.

Das scheint Riden allerdings nicht zu stören. Seine Augen bleiben geschlossen. Wenn überhaupt, dann kuschelt er sich noch behaglicher in sein Bett. Ich wechsele von Summen zu Singen. Ich verwende keine Wörter, erprobe nur unterschiedliche Noten und singe eine Zufallsmelodie.

Augenblicke später schnarcht Riden leise.

Ich hatte gehofft, er würde, wenn ich ihn eine Weile wach halte, später umso tiefer schlafen.

Zögernd mache ich einen Schritt voran. Riden rührt sich nicht. Am Bett angelangt, schiebe ich auf der Suche nach seinem Schlüssel die Hände in seine Tasche. Immer noch keine Regung. Ich finde ihn rasch. Und dann bin ich an der Tür, trete hinaus und schließe sie hinter mir.

Dies ist die erste Nacht, in der ich ungestört das Schiff

durchstöbern kann. Bis auf drei sind alle Männer an Land. Und die habe ich schlafen gelegt. Ich gebe die geordnete Suche auf und stürme einfach los. Normalerweise sind Wachen auf Deck unterwegs und heute ist vielleicht meine einzige Chance, mich hier frei zu bewegen. Ich suche bis spät in der Nacht, bis ich Wasser plätschern und Männer lachen höre. Ein paar sind endlich zurückgekehrt, um sich vom Feiern zu erholen.

Sosehr meine Augen auch brennen, weil es so anstrengend ist, sie offen zu halten, bin ich doch enttäuscht, dass ich die Karte heute Nacht nicht finden werde.

Aber ich komme der Sache näher. Und das reicht für den Moment.

Kapitel 9

Als ich zurück bin, versuche ich, auf dem Boden zu schlafen. Ich versuche es wirklich. Aber nach so vielen Nächten auf dem kalten Holzboden meiner Zelle ist Ridens Bett einfach zu verlockend. Selbst wenn er drin liegt.

Außerdem schläft er ja. Er war die ganze Zeit, während ich auf Deck herumgestöbert habe, fort. Dann wird er auch nicht aufwachen, wenn ich mich ans Bettende schleiche.

Ich passe kaum in den freien Platz und ich spüre die Hitze, die von Ridens Rücken ausgeht. Der Mann ist furchtbar warm. Ich glaube nicht, dass er diese Decke braucht.

Also schnappe ich sie mir und stecke den Schlüssel zurück in die Tasche seiner Kniehose, ehe ich abdrifte.

Mein erster Gedanke beim Aufwachen ist, dass mir so warm ist. Ich bin eingehüllt von Wärme, als wäre ich gefangen in einem riesigen erhitzten Kokon. Das fühlt sich so gut an, dass ich mit geschlossenen Augen liegen bleibe. Mir egal, wo ich bin oder was ich tue. Das ist einfach zu schön, um es mit etwas so Drastischem wie einer kleinen Bewegung zu ruinieren.

Ich spüre Lippen auf meiner Stirn. Und jetzt schnüffelt jemand an meinem Hals.

»Du hast meine Decke geklaut, Alosa«, flüstert eine Stimme an meinem Ohr.

Ich müsste diese Stimme kennen, aber ich bin immer noch vom Schlaf benebelt.

»Das ist in Ordnung. Es macht mir nichts aus, sie zu teilen. Du hast mich letzte Nacht warm genug gehalten.«

»Mmm«, ist alles, was ich zur Antwort hervorbringe.

»Das ist lustig, aber wir müssen jetzt aufstehen. Du hast heute etwas zu tun.«

»Hör auf zu reden.«

Leise lacht er. Eine Hand streicht mir das Haar aus dem Gesicht. »Ich liebe dieses Haar. Feurig-rot. Wie dein Temperament.«

Endlich reiße ich die Augen auf. Riden hat sich halb auf mich gerollt und den Kopf auf die linke Hand gestützt. Die rechte spielt immer noch mit meinem Haar.

Ich rolle mich aus dem Bett und lande hart auf dem Boden. »Au.« Einen Augenblick später bin ich auf den Beinen. »Was tust du?«

»Na ja, ich habe in meinem Bett geschlafen. Keine Ahnung, was du getan hast. Wie hast du es überhaupt geschafft, in mein Bett zu steigen, ohne mich zu wecken?«

»Muss schlafgewandelt sein.«

»Bestimmt.«

Ich reibe mir die Augen und streiche meine Kleidung glatt.

»Nicht nötig«, bemerkt er. »Ich bin sicher, niemand wird einen falschen Eindruck bekommen, wenn du hier rausgehst.«

»In der Tat«, sage ich und knirsche mit den Zähnen. Aber als ich mich im Zimmer umsehe, bessert sich meine Stimmung. »Sollen wir denen zeigen, was ich mit diesem Raum gemacht habe?«

Riden setzt sich auf und verzieht das Gesicht. »Was das betrifft … ich bin zu dem Schluss gekommen, dass wir dein

Potenzial verschwenden, wenn wir dich die ganze Zeit in der Zelle eingesperrt lassen. Du hast viel zu viel Energie für Fluchtversuche und dafür, meine Räumlichkeiten auf den Kopf zu stellen. Ich glaube, es wird langsam Zeit, dass wir deine Fähigkeiten nutzen.«

»Was soll das heißen?«

»Das wirst du bald sehen. Ich bin gleich wieder da.« Er wirft sich in Hemd und Stiefel, ehe er geht. Ein Schwall kalter Luft dringt in den Raum, als er die Tür öffnet. Das reicht, um mich ganz wach werden zu lassen.

Ich mache ein paar Dehnübungen, ziehe meine Stiefel wieder an und versuche, mich nicht von der Tatsache entmutigen zu lassen, dass ich die Karte nach wie vor nicht gefunden habe. Ich muss immer noch den Rest des Achterkastells und das Krähennest kontrollieren. Und dann sind auch noch haufenweise Stellen unter Deck, die durchsucht werden müssen. Ich glaube kaum, dass Draxen die Karte an einem Ort aufbewahren würde, an dem die Mannschaft darüber stolpern könnte – aber da ich mich an den verborgenen Raum auf dem Schmugglerschiff erinnere, muss ich einräumen, dass es unter Deck noch eine Menge guter Verstecke geben könnte.

Riden unterbricht meinen Gedankengang, als er Augenblicke später wieder hereinkommt. Und nicht mit leeren Händen. Er hat Handeisen dabei.

»Du willst mich in Eisen schlagen, ja?«, frage ich. »Wozu?«

»Jede Menge Fluchtversuche, Verwundung des Ersten Maats und mehrerer Mannschaftsangehöriger, Tod eines Piraten … und um dich zu demütigen.«

»Dabei fällt mir ein: Ob es Draxen wohl interessieren würde, zu hören, dass du mich einen Angehörigen seiner Mannschaft hast töten lassen?«

»Mädchen, meinst du wirklich, er würde dir mehr glauben als mir?«

»Das kommt drauf an, inwieweit Draxen dich bereits im Verdacht hat, der Feigling zu sein, der du bist.«

Ridens Züge verhärten. »Das reicht jetzt.« Er legt mir die Ketten an und mir entgeht nicht, dass er daran viel zu viel Freude hat. Er hat recht: Die Demütigung wird grässlich. Ich will nicht da rausgehen und mich dem Rest der Mannschaft stellen.

Ich wende mich ihm direkt zu. »Wenn ich erst mal von diesem Schiff weg bin, werde ich meine Mannschaft nehmen und euch alle zur Strecke bringen. Ich werde nicht aufhören, ehe jeder Pirat auf diesem Schiff tot ist.«

»Wir zittern alle vor Furcht.«

»Das solltet ihr auch. Ich habe einige der besten Späher aus der ganzen Welt auf meinem Schiff.« Mein Herz wird ganz warm vor Stolz beim Gedanken an Zimah.

»Sind das auch feurige Rotschöpfe?«

»Nein.«

»Zu schade. Und jetzt lass uns gehen. Du willst doch nicht zu spät kommen.«

»Zu spät wofür?«

Riden führt mich nach draußen. Naula ist nun in weiter Ferne, nur noch ein Fleck am Horizont. Ich frage mich, was wohl unser nächstes Ziel sein mag.

Die Männer sind überall, schrubben und feudeln das Deck. Schleppen Ladung umher. Kümmern sich um die Segel. Draxen steht beim Ruder und überwacht die Navigation. Er hat die Hände am Gürtel, die Beine gespreizt und das stets präsente spöttische Grinsen im Gesicht. Und er blickt nach unten.

»Ah, Prinzessin. Wie gefällt dir die Reise?«

Ich bin in Versuchung, auf Deck zu spucken, aber ich spucke nicht. Das ist widerlich. »Recht gut, Captain. Aber ich freue mich noch mehr auf das, was nach dieser Reise kommt.«

»Ja, ich bin sicher, wir werden heute noch viele Todesdrohungen von dir zu hören bekommen. Aber vorerst wirst du deinen Pflichten nachkommen.«

»Pflichten?«, frage ich und blicke zwischen ihm und Riden hin und her.

»Du wirst der Mannschaft beim Deckschrubben zur Seite stehen«, erklärt mir Riden.

»Ha! Das glaube ich kaum.«

»Du hast bereits bewiesen, dass man dich nicht allein lassen kann. Aus diversen Gründen.« Ich sehe ihm an, dass er in Gedanken bei dem Durcheinander in seinem Quartier ist. »Und ich möchte nicht, dass du mir nachläufst und auf die Nerven gehst. Also wirst du dich nützlich machen.«

»Und wie genau willst du mich dazu bringen?«

»Liomen?«

»Aye, Master Riden?«, ruft eine entfernte Stimme.

»Bring mir ein Seil und einen Haken.«

»Ja, Sir«, antwortet die Stimme vergnügt.

Ich weiß genau, was das heißt, aber die Aussicht bereitet mir keine Sorgen. Solche Haken können an diversen Stellen an den Schiffsmasten hängen und sie passen wunderbar zu der Kette, die die beiden Eisenschellen verbindet.

Nach einer Weile wird von oben ein Haken abgelassen. Riden schiebt ihn durch eines der mittleren Kettenglieder meiner Handfesseln.

Er zögert einen Augenblick, als würde er darauf warten, dass ich klein beigebe. Dass ich mich einverstanden erkläre zu arbeiten, damit er den Haken wieder entfernen kann.

Aber ich sage nichts. Ich wende sogar den Blick von ihm ab, als hätte ich keine Lust mehr, ihn anzusehen.

»Zieh sie hoch«, sagt Riden schließlich mit einem gewissen Eifer in der Stimme. Seine Zögerlichkeit scheint jetzt vollends verschwunden.

Ich weiß nicht, was Theater ist und was nicht: Ist es die Zögerlichkeit für mich oder der Eifer für Draxen? Vielleicht beides. Vielleicht keins von beidem. Ich werde einfach nicht schlau aus ihm. Er scheint ständig hin und her zu schwanken, als wüsste er selbst nicht recht, was er will. Versucht er, sich irgendwie vor seinem Bruder zu beweisen? Aber warum sollte er das nötig haben? Besonders, wenn sein Bruder ihn so bedingungslos liebt, wie Riden behauptet hat.

Vielleicht kann Riden die Wahrheit nicht einmal vor sich selbst eingestehen.

Ich ergreife die Ketten auf beiden Seiten gleich oberhalb der Schellen an meinen Handgelenken. Wenn ich zulasse, dass mein ganzes Gewicht an meinen Handgelenken zerrt, wird sich das Metall in meine Haut graben, und das wird wehtun. Da ist es besser, ich nehme mein Gewicht in die gespannten Fäuste.

Riden zuckt mit keiner Wimper. Draxen sieht sich das Spektakel interessiert an. Die Piraten sind alle ganz begierig. Also wollen sie was sehen? Dann werde ich ihnen was zu sehen geben.

Statt Liomen zu gestatten, mich in die Luft zu ziehen, zerre ich ruckartig an dem Seil, ehe meine Füße auch nur annähernd in Gefahr sind, den Bodenkontakt zu verlieren.

Liomen, der entweder nicht mit so etwas gerechnet hat oder nicht imstande war, etwas dagegen zu tun, stürzt vom Großmast. Ein paar Piraten springen hastig aus dem Weg, bevor Liomen auf Deck aufschlägt und sein Schrei abreißt.

Ich höre Stöhnen. Vermutlich hat er sich einen oder beide Arme gebrochen. Vielleicht ein Bein. Schwer zu sagen, wenn jemand so schnell abstürzt.

Ein paar Piraten lachen. Andere, das müssen seine Freunde sein, versammeln sich um ihn herum.

Sein Stöhnen steigert sich rasch zu einem Strom der Obszönitäten, die alle mir gelten.

Ich kann es dem Burschen nicht vorwerfen. Ich würde auch fluchen, wäre ich an seiner Stelle.

Draxen steigt vom Achterdeck herab und baut sich vor mir auf. Er mustert mich eingehend, ehe er die Namen dreier weiterer Piraten ruft. »Rauf auf den Mast mit euch. Ich will sie von den Planken haben. Sofort!«

Sie klettern schnell, beeilen sich, dem Befehl Folge zu leisten. Gelangweilt warte ich. Wenn diese Piraten einen Fehler haben, dann ist es zweifellos ihre Einfalt.

Die drei Männer kommen oben an. Sie sind äußerst vorsichtig, wickeln sich den Strick mehrfach um die Handgelenke, ehe sie mich hochziehen. Ich versuche gar nicht erst, sie runterzureißen. Das würde nur mehr Theatralik meinerseits erfordern.

Nicht, dass ich etwas gegen Theatralik hätte. Ich habe nur gerade etwas Besseres im Sinn.

Sie hören auf, als ich fünf Fuß über dem Boden baumele. Dann zurren sie das Seil fest, während ich an meinen Ketten hänge. Ein Spektakel für die Piraten. Sie haben mich geraubt. Ich bin Beute für sie, aufgehängt, damit alle mich sehen können.

Aber ich bin auch stärker, als sie es zu sehen gewohnt sind.

Draxen kommt nahe genug heran, um mein Gesicht erkennen zu können. »Du hast gestern einen meiner besten Männer getötet. Ich sollte dich Ulgin überlassen. Aber wäre nicht gut, wenn die Tochter des Piratenkönigs nicht mehr zu erkennen ist, während wir sie gegen das Lösegeld austauschen, also wird das reichen müssen.«

Ich achte nicht auf ihn und konzentriere mich stattdessen auf die drei Piraten, die nun wieder herunterkommen. Ich warte darauf, dass sie mit der Menge verschmelzen, um sicherzustellen, dass sie mich auf dem Weg nach oben nicht überholen können.

Darüber hätte ich mir keine Sorgen machen müssen. Alle sind viel zu verdattert, um irgendetwas zu tun, als ich zu klettern beginne.

»He, das kann sie doch nicht tun«, ruft einer der Piraten.

Ich mache mir nicht die Mühe, mich zu ihnen umzusehen; mich interessiert nur die Bewegung meiner Arme. Eine Hand über die andere, lockerlassen, ziehen. Andere Hand, lockerlassen, ziehen. Die Länge der Kette gestattet mir zwar nicht, besonders viel Seil pro Zug gutzumachen, aber es reicht. Ich kann trotzdem klettern.

Und das tue ich, bis ganz nach oben. Ich hake ein Bein um die Rah. Dann setze ich mich mit gegrätschten Beinen auf das Holz. Ich bin nicht mal außer Atem. Wenn mir doch nur ein brillanter Plan dafür einfiele, die Ketten loszuwerden. Aber hier oben habe ich nichts, womit ich arbeiten könnte.

»Holt sie runter!«, ruft Draxen mit hochrotem Kopf – nicht, dass ich das so genau sehen könnte, aber es macht Spaß, ihn mir vorzustellen, leuchtend rot, mit aufgeblasenen Wangen und schäumend vor Zorn.

Mehr und mehr Männer klettern den Mast hinauf. Aber ich habe nicht vor zuzulassen, dass irgendein Pirat Hand an mich legt. Also klettere ich wieder runter.

Auf halbem Weg halte ich inne. Die Piraten sind oben und

zögern, offenbar will niemand runterklettern und sich zu mir gesellen.

Riden tritt an Draxen heran und legt ihm beruhigend eine Hand auf die Schulter. »Alosa!«, brüllt Riden. »Komm hier runter, oder ich gebe Befehl, das Seil zu kappen!«

Seufzend verdrehe ich die Augen. Riden, Riden. Es ist wirklich traurig, dass sie sich alle so anstrengen müssen, damit ich mich benehme.

Aber ich tue, was er sagt. Ich habe nicht die Absicht, mir Brüche oder Prellungen zuzuziehen.

Ich habe nur wirklich keine Lust, das Deck zu schrubben.

Am Ende des Seils hängend, warte ich. Das ist der einzige Trick, der mir noch geblieben ist. In Augenblicken wie diesen bin ich wahrhaft dankbar für die Ausdauerprüfungen meines Vaters. Sie haben mich stark gemacht. Und sie haben mich gelehrt zu erkennen, wie viel ich aushalten kann.

Und niemand war je imstande, mich zu übertreffen, wenn es darum ging, das eigene Körpergewicht zu halten.

Minuten vergehen, und ich hänge immer noch. Alle beobachten mich, warten darauf, dass ich vor Erschöpfung nachlasse. Sind neugierig darauf, wie lange ich wohl dranbleibe.

Riden hustet. »Captain, vielleicht sollten die Männer wieder an die Arbeit gehen, während die Prinzessin ihre Strafe erduldet.«

»Aye«, sagt Draxen.

»Ihr habt den Captain gehört. Zurück auf eure Posten. Weitermachen. Wer weiß, womöglich ist sie immer noch bei Bewusstsein, wenn ihr fertig seid?«

Die Männer lachen und verteilen sich auf die verschiedenen Bereiche des Schiffes. Die Muskeln in meinen Armen und meinem Bauch fangen an zu brennen.

Wenigstens habe ich jetzt nicht mehr so viel Publikum. Hauptsächlich besteht es aus Riden und Draxen. Letzterer beobachtet mich zufrieden. Und Riden – Riden sieht … ich kann's nicht sagen. Er sieht halt hin.

Die Sonne zieht über den Himmel. Der Wind wechselt die Richtung. Mein Körper fängt an zu zittern. Das Atmen fällt mir schwer.

Und dann kann ich nicht mehr. Ich lasse mich fallen. Das Eisen schneidet in meine Haut, bohrt sich in meine Knochen. Es tut zwar teuflisch weh, aber ich gebe keinen Klagelaut von mir. Selbst wenn ich zustimmen würde, das Deck zu schrubben, würde mich der Captain jetzt hier hängen lassen. Er will mich für das, was mit Sheck passiert ist, leiden sehen. Für mich wird es nun eine ganze Weile keine Erleichterung geben.

Endlich ziehen Riden und der Captain weiter. Sie haben auch ihre Pflichten zu erfüllen. Ich nehme an, sie beraten sich jetzt im Kapitänsquartier, aber das ist schwer zu sagen. Den Kopf zu drehen, erfordert zu viel Mühe.

»Miss Alosa«, wispert eine Stimme.

»Ja, Enwen? Kann ich etwas für dich tun?«

Er lächelt, wohl wissend, dass ich in meiner derzeitigen Lage gar nichts tun kann. »Um dir den Mut zu nehmen, braucht es einen Hurrikan, Mädchen. Ich habe was für dich.«

»Was denn?«

»Das Sirenenarmband. Ich habe es Belor abgekauft, als wir wieder von dem Schlag an den Kopf erwacht sind, den du uns verpasst hast.«

»Das tut mir wirklich leid.«

»Du hattest dich doch schon entschuldigt, Miss, weißt du noch? Der Versuch, dir deine Freiheit zu erkämpfen, kann nicht schaden. Es ist eine edle Sache. Ich kann dir das nicht zum Vorwurf machen. Hätte genau das Gleiche getan. Also, hier.«

Er bindet mir die Lederschnur um das Fußgelenk.

»Das ist ein Schnürsenkel, Enwen.«

»Vielleicht. Aber vielleicht auch nicht. Das Wichtige ist sowieso, dass du es jetzt hast.«

»Warum willst du mir etwas geben, das du für dich gekauft hast?«

»Ich habe etwas von deinem Haar gestohlen. Und ich musste dein Gefängniswärter sein. Frauen zu entführen und zu misshandeln, ist nicht der Grund, warum ich Pirat geworden bin. Ich bin ein anständiger Dieb und geschickt mit dem Messer. Weiter nichts. Mir behagt nicht, was wir mit Eurer Hoheit tun. Außerdem klaue ich die Münzen heute Nacht von Belor zurück.«

Er tritt näher und flüstert so leise, dass ich ihn kaum hören kann. »Und unter uns, die Männer haben mich furchtbar ausgelacht. Das Einzige, was mir dieses Armband eingebracht hat, war Spott.«

»Hm, dann haben sich seine Kräfte offenbar schon auf mich ausgewirkt, ehe du es mir umgebunden hast.«

»Nein, nein, Miss Alosa. Darüber habe ich bereits nachgedacht. Es ist ein Armband. Armbänder sind was für Frauen. Dich wird es vor der See schützen, mich aber nicht.«

Ich lache leise. »Dann vielen Dank, Enwen.«

»Ist mir ein Vergnügen, Miss. Wir sehen uns.«

Blut läuft mir die Arme hinunter. Bäh, nun sind meine Kleider befleckt.

Immer mal wieder probiere ich aus, ob sich meine Kraft ausreichend erholt hat, damit ich meine Handgelenke für einen Augenblick von dem Druck befreien kann. Aber ich ende immer da, wo ich bin, baumele über einem Schiff voller Barbaren. Abgesehen von Enwen.

Und vielleicht Kearan. Er reckt eine Flasche hoch. Der Geste wohnt eine Frage inne. Der Blick, mit dem ich reagiere, muss ungefähr besagen: Wie soll ich von hier oben aus was trinken?

Er zuckt mit den Schultern und kippt den Rum selbst hinunter. Ich glaube, der Gedanke ist das, was zählt.

Irgendwann sehe ich Theris in der Menge der arbeitsamen Piraten. Er blickt ein paarmal zu mir herauf. Ich erkenne weder Mitgefühl noch Besorgnis in seinen Zügen, nur Neugier. Wie all die anderen Piraten fragt sich vermutlich auch er, welchen Irrsinn ich als Nächstes veranstalten werde.

Derweil kann ich an nichts anderes denken als an die Frage, wann der Schmerz aufhört.

Das wahrhaft Erstaunliche ist, dass ich mich durchaus befreien könnte. Wenn ich nicht verheimlichen müsste, wozu ich in der Lage bin, könnte ich im Handumdrehen hier rauskommen. Aber ich muss noch länger auf dem Schiff bleiben. Ich darf mich nicht verraten.

Nach einer Weile fällt mir das Denken schwer. Das Sehen. Das Schlucken. Alles wird diffus. Menschen werden zu verschwommenen Schemen. Ich versuche, über das Schiff hinaus in die Ferne zu sehen. So, wie es ein neues Ziel weit jenseits des momentanen gibt, wird es eine Zeit weit nach dieser geben, eine Zeit, in der kein Schmerz existiert, nur die Erinnerung daran. Während ich mich bemühe, diesen Gedanken festzuhalten, glaube ich, einen schwarzen Fleck am Horizont zu sehen. Ein Schiff. Aber dann blinzele ich und es ist fort.

Erst, als es Zeit für die Mannschaft wird, in die Koje zu schlüpfen, werde ich endlich runtergelassen.

»Kappt das Seil«, kommandiert Draxen.

Nach einem Tag ohne Essen oder Wasser oder festen Boden unter den Füßen ist mein ganzer Körper geschwächt. Sogar meine Beine. Ich kann mich nicht abfangen, also lande ich auf dem Rücken.

»Bei deinem nächsten Fehler, Prinzessin, lasse ich dich an den Füßen aufhängen. Wir werden sehen, wie lange es dauert, bis das Blut deinen Kopf zum Explodieren bringt. Schaff sie mir aus den Augen, Riden.«

»Aye, Captain.«

»Versuch, nicht zu viel Spaß mit ihr zu haben, während sie in deinem Quartier untergebracht ist. Sie darf in keinem schlechten Zustand sein, wenn wir den Piratenkönig treffen.«

»Bei mir ist sie sicher.«

»Dann ab mit dir.«

Riden hebt mich mit einer geschmeidigen Bewegung hoch. Irgendwie schafft er es, mir dabei keine unnötigen zusätzlichen Schmerzen zu bereiten. Er ist ausgesprochen sanft zu mir und hält mich dicht an seine Brust. Ich glaube, mir wäre lieber gewesen, er hätte meinen Kopf über den Boden schleifen lassen, aber ich habe nicht die Kraft, mich zu rühren.

Er trägt mich in sein Quartier, schließt die Tür und legt mich aufs Bett. Einen Moment später sind die Ketten weg, und angesichts des Schmerzes, den ihre Entfernung verursacht, keuche ich auf.

»Pst«, macht Riden besänftigend. »Ich weiß, Alosa. Nur einen Augenblick. Ich mache was drauf. Bleib erst mal hier.«

Wo sollte ich wohl hingehen? Ich kann mich nicht bewegen.

Er streicht durch den Raum, sucht irgendwas. »Das wäre einfacher, wenn du nicht alles umgeräumt oder zerstört hättest.«

Ich klappe den Mund auf, aber ich glaube, es kommt nur so etwas wie ein Krächzen heraus anstelle von Wörtern.

»Was hast du gesagt?«, fragt Riden.

Ich huste und versuche es erneut. »Ich glaube, ich erinnere mich, etwas unter das Bett getreten zu haben.«

Seufzend sinkt er auf die Knie.

»Da scheint es zu sein«, sagt er.

Als er sich setzt, sackt das Bett unter seinem Gewicht herab. Er schiebt mir die Hände in die Achselhöhlen und zieht mich hoch.

Ich zische durch zusammengebissene Zähne.

»Tut mir leid. Wir haben es gleich geschafft.«

Ich sitze auf seinem Schoß, den Rücken an seine Brust gelehnt. Sein Kopf lugt um meinen Hals herum, damit er meine Hände sehen kann, während er irgendeine Salbe aufträgt.

»Oh«, seufze ich zufrieden.

»Ich wette, das fühlt sich besser an.«

Er lässt die Salbe einige Minuten auf meinen Handgelenken und trägt dann noch mehr auf. Anschließend wickelt er Bandagen um meine wunde, aufgerissene Haut.

Ich bemühe mich, nur ans Atmen zu denken. Nicht an Schmerz und Weh. Nur Atmen. Riden ist fertig. Trotzdem sitzt er immer noch da und hält mich. Eine ganze Weile.

»Tut mir leid, ich hatte keine Ahnung, dass er dich so lange da würde hängen lassen.«

»Wenn ich mich recht erinnere, warst du derjenige, der vorgeschlagen hat, mich da aufzuhängen.«

»Das war ein Versuch, dich zu überzeugen, das zu tun, was der Captain wollte. Ich hatte angenommen, du würdest dich mit der Arbeit einverstanden erklären, ehe das Seil auch nur festgezurrt wurde. Du hättest eben nicht so stur sein sollen.«

»Du hättest es besser wissen müssen«, kontere ich.

»Ja, stimmt, das hätte ich. Tut mir wirklich leid.«

Aus irgendeinem Grund frustriert mich seine Abbitte. Vollkommen ruhig sage ich zu ihm: »Wenn dir etwas leidtut, dann bedeutet das, du wünschst dir Vergebung. Geht es dir darum?«

Er schweigt. Ehe er doch noch antworten kann, ergreife ich erneut das Wort. »Wenn du Vergebung wünschst, dann bedeutet das, du willst die Dinge in Ordnung bringen. Und wenn du die Dinge in Ordnung bringen willst, dann bedeutet das, dass du nicht die Absicht hast, mich erneut einer Gefahr auszusetzen. Wenn du also sagst, es tut dir leid, dann glaube ich, dass du nicht verstehst, was das beinhaltet.«

»Ich hatte keine Wahl«, sagt er.

»Natürlich hattest du eine Wahl, Riden. Eine schwierige Wahl, und du hast dich für die einfache Lösung entschieden, die lautete, gar nichts zu tun.«

»Einfach? Du denkst, dass es einfach für mich war, dir zuzusehen? Dich da oben zu sehen und zu wissen, welche Schmerzen du erdulden musst … das hat sich angefühlt – es hätte weniger wehgetan, hätte ich selbst dort oben gehangen. Ich habe mich für das, was passiert ist, gehasst. Und die einzige Möglichkeit, mich dafür zu bestrafen, war, mich zu zwingen, dir in deinem Schmerz zuzusehen. Das war meine Strafe.«

Riden fängt an, mein Haar zu streicheln. Ich bin in Versuchung, das Gespräch fallen zu lassen, tiefer in seine Arme zu sinken und zu schlafen. Aber obwohl er sich nun um mich kümmert, bin ich immer noch wütend auf ihn.

»Was für eine nette Geste«, sage ich. »Aber Worte bedeuten nur dann etwas, wenn ihnen auch Taten folgen. Selbst wenn alles, was du sagst, wahr wäre, wärest du immer noch zu feige, jemals das zu tun, was du tun willst. Und mir scheint, solange du dich nicht von deinem Bruder löst, wirst du nie imstande sein, irgendetwas zu tun.«

Die Hand an meinem Haar kommt zur Ruhe. »Das sagst ausgerechnet du. Du dienst einem Tyrannen, einem Mann, der praktisch die ganze Welt beherrscht. Wir sind aber nur Piraten, keine Politiker. Menschen unserer Art sind nicht zum Regieren geschaffen. Wir brauchen eine Ordnung, die wir stören können. Wenn es keine Ordnung gibt, wo bleiben dann wir? Die Welt hat sich in den letzten Jahren verändert. Und du hast beschlossen, diese Änderung zu unterstützen. Jedoch nicht zum Besseren. Wir stehen vor der Wahl, auszusterben oder uns dem Piratenkönig anzuschließen. Warum dienst du Kalligan? Damit Papa dich lieb hat?«

»Du weißt rein gar nichts über mich oder meinen Vater. Du solltest aufhören, so zu tun, als wäre es anders. Und jetzt lass mich los.« Ich versuche, von ihm abzurücken, aber er hält mich nur noch fester.

»Nein.«

»Lass mich los. Ich will nicht, dass du mich anfasst. Du widerst mich an.«

»Mädchen, du bist zu schwach, um mich zu zwingen. Lass mich dich für eine Weile umsorgen. Das ist alles, was ich für dich tun kann, also lass es mich tun. Du magst denken, du hättest mich durchschaut, aber das hast du nicht. Ich habe meine eigenen Gründe, um mir zu wünschen, dass Draxen Erfolg hat. Wir brauchen dich. So ist es das Beste. Dich über dem Deck baumeln zu lassen, das hätte nie passieren dürfen. Ich werde tun, was ich kann, um deine Sicherheit zu gewährleisten, wenn du mir versprechen kannst, nicht mehr so verdammt stur zu sein.«

Ich will nicht mehr mit ihm reden, also tue ich so, als wäre ich eingeschlafen.

Er schnaubt leise. »Genauso gut könnte ich einem Fisch das Schwimmen verbieten.«

Kapitel 10

Zum zweiten Mal erwache ich in Ridens Armen.

Er schläft noch, und mir gefällt, dass ich so die Chance habe, sein Gesicht anzustarren, solange ich will. Volle Lippen, gerade Nase, eine Narbe, die auf der linken Seite seines Gesichts jenseits des Haaransatzes verschwindet. Das muss ein ziemlich derber Schlag an den Kopf gewesen sein. Ich frage mich, ob sein Vater dafür verantwortlich war. Riden scheint nicht über ihn sprechen zu wollen. Mag daran liegen, wie sein Vater ihn behandelt hat, oder daran, dass Riden ihn getötet hat. Oder an beidem.

Nun regt er sich. Rasch senke ich den Blick zu meinen Handgelenken, um mich nicht beim Anstarren erwischen zu lassen. Plötzlich überkommt mich das Bedürfnis, die Verbände abzureißen.

Ridens Hand schießt vor und packt meine Rechte direkt unterhalb der Verletzung. »Noch nicht. Lass die Bandagen dran. Du musst die Wunden eine Weile sauber halten.«

»Das juckt aber … sehr.«

»Ich weiß, und es wird noch schlimmer werden, aber du darfst nicht kratzen.«

»Und ich nehme an, du hast auch schon mal solche Schellen getragen?«

»Jeder auf diesem Schiff hat das.«

»Gleichzeitig?«, hake ich nach. Seine Antwort klingt ein bisschen sonderbar, so voller Erbitterung und Kummer.

»Ja.«

»Was ist passiert?«

Ridens Hand liegt immer noch auf meinem Arm und er hat angefangen, mit den Fingerspitzen meine Haut zu streicheln. Ich halte ihn nicht davon ab, denn es lindert den Juckreiz.

»Ich sag dir was, Alosa. Ich biete dir eine Geschichte im Austausch gegen eine Geschichte an.«

»Was willst du wissen?«

»Erzähl mir von deinen Narben.«

»Das sind viele Geschichten.«

»Aber ich bin sicher, etwas kannst du mir schon liefern.«

»Ich glaube, das könnte ich, aber du zuerst.«

Riden denkt einen Augenblick nach. Dann stützt er den Kopf auf die freie Hand, während die andere immer noch über meine Haut streicht. »Also gut, ich vertraue dir. Ich fange an.«

Er vertraut mir? Was genau soll das bedeuten? Ist er ein Trottel? Ich habe ihm doch keinen Grund gegeben, mir zu vertrauen. Es liegt wohl mehr daran, dass er sich nach den gestrigen Ereignissen und alldem verpflichtet fühlt, den Anfang zu machen.

Es gibt jede Menge Arten von Piraten, aber vor Riden ist mir noch nie einer begegnet, der Reue über seine Seeräuberei empfindet. Vielleicht finde ich ihn deshalb so interessant. Und ich bin mir sicher, er behandelt mich besser, als es irgendein anderer Pirat mit einem Gefangenen tun würde.

»Vor ungefähr einem Jahr«, beginnt er, »hatte mein Vater, Lord Jeskor, noch das Kommando über dieses Schiff. Draxen und ich haben praktisch unser ganzes Leben auf der *Night Farer* zugebracht. Ich bin sicher, das kannst du nachempfinden.

Piratenlords brauchen Söhne, um ihr Vermächtnis weiterzugeben. Oder, in deinem Fall, eine Tochter. Merkwürdig, diese Geschichte. Eines Tages musst du mir mal erklären, wie das alles angefangen hat.«

»Nein, muss ich nicht«, sage ich.

Er lächelt. »Vermutlich, aber ich wüsste es trotzdem gern.«

»Deine Geschichte?«

»Richtig. Also, viele von uns auf dem Schiff sind die Söhne der ursprünglichen Mannschaftsangehörigen. Andere sind junge Diebe und Mörder, die wir unterwegs aufgesammelt haben. Wir haben eine neue Mannschaft zusammengestellt, als das Schiff unser war.«

»Und wie ist es zu eurem geworden? Wo kommen die Eisen ins Spiel?«

Er legt einen Finger an die Lippen. »Pst. Dazu komme ich noch. Du kannst manchmal wirklich richtig ungeduldig sein.«

Unter dem Druck seiner Finger runzele ich die Stirn. Er nimmt sie weg und legt die Hand auf das Bett.

»Mein Vater wurde etwas sorglos. Er und seine Männer haben viel zu viel Zeit an Land verbracht und immer weniger auf See bei der Piraterie. Sie waren faul, versoffen und laut – die ganze Zeit über. Wir, ihre Söhne und Mannschaftskameraden, wurden dann mehr oder weniger vergessen. Also haben wir beschlossen, ihnen das Schiff abzunehmen.«

Skeptisch ziehe ich eine Braue hoch. »Du erwartest, dass ich dir glaube, dein Vater, ein Piratenlord, wäre faul geworden, und das hätte euch alle dazu motiviert, das Schiff zu übernehmen?«

»Du weißt, wie es ist, wenn man von Piraten großgezogen wird – ich habe deine Narben gesehen. Unsere sind weniger gut erkennbar. Sie haben uns kaum zu essen gegeben. Sie haben uns während unserer Raubzüge und Plünderungen die gefährlicheren Aufgaben übertragen. Wir wurden geschlagen, wann immer sie sich gelangweilt haben, was ziemlich regelmäßig geschah. Irgendwann hatten wir aber genug. Und dann haben wir versucht, das Schiff zu übernehmen.«

»Und versagt.«

»Ja, richtig, wir haben versagt. Sie haben uns in Ketten gelegt und in die Brig gesperrt, und dann haben sie beschlossen, uns einen nach dem anderen wegen Meuterei zu töten.«

»Offensichtlich haben sie das aber nicht geschafft.«

Riden schüttelt den Kopf. »Nein, aber sie waren nah dran. Mein Vater wollte mit mir anfangen. Ich war für ihn … eine Enttäuschung. Ich hatte mich nicht so entwickelt, wie er sich das vorgestellt hatte. Ich sah ihm auch nicht ähnlich. Ich sprach, ging und trank nicht wie er. Ich glaube, mein Vater hat das dem Umstand zugeschrieben, dass wir verschiedene Mütter haben – aber woran es auch liegt, Draxen ist ihm jedenfalls ähnlicher. Hast du noch irgendwelche Brüder oder Schwestern, Alosa?«

»Ich bin sicher, inzwischen werden es Hunderte sein. Mein Vater hat ziemlich viel … Appetit. Aber ich bin das einzige Kind, bei dem er die Vaterschaft geltend gemacht hat. Wenn es also noch andere gibt, weiß ich nichts von ihnen.«

»Ich verstehe. Ich wurde zusammen mit Draxen großgezogen. Wir haben alles gemeinsam gemacht. Gespielt und gekämpft. Er hat als älterer Bruder immer auf mich aufgepasst. Wenn mich mein Vater angeschrien und geschlagen hat, ist er zu meiner Verteidigung gekommen. In jüngeren Jahren war er mein Beschützer, damals, als er größer war als ich. Dann sind wir herangewachsen, und im Gegenzug konnte ich anfangen, auf ihn aufzupassen.«

Normalerweise wäre dies die Stelle, an der ich eine abfällige Bemerkung einwerfen würde. Ridens Geschichte ist ziemlich rührselig. Aber sonderbarerweise habe ich das Bedürfnis, zu schweigen. Zuzuhören.

»Wir haben eine starke Bindung. Etwas Stärkeres kenne ich in meinem Leben nicht. Und ich würde nie etwas tun, um sie zu zerreißen, denn mein ganzes Leben ist darauf aufgebaut. Ohne sie wüsste ich gar nicht, was ich bin. Nichts Gutes jedenfalls.«

Ich überlege, wie es wohl sein mag, so etwas zu haben. Jemanden, dem man vertrauen und den man seit der Kindheit seinen Freund nennen kann. Ich habe in meiner Mannschaft viele gute Frauen, denen ich auch vertraue und die ich sogar als Freundinnen bezeichne. Aber sie sind alle erst seit Kurzem bei mir. Innerhalb der letzten fünf Jahre oder so dazugestoßen. Es gibt allerdings nichts, woran ich mich schon seit ich klein war festhalten kann.

Abgesehen natürlich von meinem Vater.

»Mein Vater war im Begriff, mich zu töten – zur Strafe für das, was er als meine letzte enttäuschende Tat bezeichnet hat. Aber dann war Draxen da. Er hat sich von den Männern losgerissen, die ihn festgehalten haben, und ist gekommen, um mich zu retten. Wieder einmal. Diese Tat hat auch wirklich mein Leben gerettet. Als es am wichtigsten war, hat Draxen mich unserem Vater vorgezogen. Ich schulde ihm mein Leben und meine Treue. Er ist das Beste, was ich habe, und ich würde ihn nie verletzen oder hintergehen. Draxen hat sich dann im Schwertkampf mit unserem Vater gemessen. Aber Vater war hervorragend mit der Klinge, ob besoffen und faul oder nicht. Er hat Draxen entwaffnet und wollte ihn gerade töten, doch da habe ich das heruntergefallene Schwert meines Bruders aufgehoben. Und ihn … getötet.«

»Und was ist danach passiert?«, frage ich.

»Unseren Vater zu töten, hatte eine sonderbare Wirkung auf Draxen und mich. Wir fühlten uns freier, als er weg war, auch stärker. Wir haben uns den Weg zu den Zellen freigekämpft und alle rausgelassen. Und wir haben das Schiff übernommen.«

»Einfach so?«

»Na ja, ich habe den Teil mit den Kämpfen ausgelassen, aber ich bin sicher, du weißt, wie ein Kampf aussieht oder klingt.«

Und riecht und sich anfühlt und schmeckt.

»Jetzt erzähl mir aber von deinen Narben«, sagt Riden.

Geschäft ist Geschäft. Also erzähle ich es ihm. Aber ich möchte nicht, dass er mich bemitleidet. Also berichte ich alles ganz nüchtern und sachlich. Keine Gefühle. Keine Reue. Ich erzähle ihm von meinen Ausdauertests. Meinem rigorosen Kampftraining. Den regelmäßigen Prüfungen, die mein Vater mir auferlegte. Ich gehe nicht allzu sehr ins Detail. Er muss nur einen groben Eindruck von dem Leben mit meinem Vater bekommen, um das Gefühl zu haben, dass ich ihn nicht belogen habe, als ich mich bereit erklärt habe, ebenfalls zu erzählen, wenn er es tut.

Am Ende fragt Riden: »Werden alle Männer deines Vaters so ausgebildet?«

»Na ja, ich bin die Einzige, die er persönlich ausgebildet hat, aber …« Ich breche hastig ab.

»Aber was?«

»Warum willst du etwas über ihre Ausbildung erfahren? Ist das nur wieder so ein verdammtes Verhör?« Ich springe augenblicklich aus dem Bett und schubse dabei die Hälfte von Ridens Gewicht von mir. »Ich kann dir nicht trauen. Was zum Teufel machst du, Riden? Zeigst dich mir gegenüber freundlich und erwartest, dass ich mich dir öffne, ist es das?«

Riden zuckt mit den Schultern. »Du bist eine Frau und

außerdem die Tochter des Piratenkönigs. Etwas sagt mir, dass du selbst Folter widerstehen würdest. Wir mussten es auf einem anderen Weg versuchen.«

»Verflucht sollst du sein. Du und deine verdammte Mannschaft. Ist irgendetwas von all dem echt?«

Riden setzt sich auf und mustert mich voller Ernst. »Ist irgendetwas von was echt?«

»Deine Geschichte? Das Ganze hier?« Mit einer Geste erfasse ich den Raum. »All die Nettigkeiten. Ist das bloß eine Möglichkeit für dich, mich zum Reden zu bringen?«

Er steht auf und legt mir die Hände auf die Schultern. »Das meiste ist echt, Alosa, auch wenn es das nicht sein sollte.«

Ich stoße ihn weg und zucke vor Schmerz zusammen. »Was soll das nun wieder heißen? Du spielst nur eine Rolle. Die des konfliktbeladenen Ersten Maats. Also bist du nichts als eine Lüge.«

»Du doch auch. Warum erzählst du mir nicht, was du wirklich auf diesem Schiff machst?«

»Ich mache gar nichts«, schreie ich. »Lass mich einfach gehen. Ich will hier sofort weg!«

Es ist schwer, den Anschein zu wahren, wenn ich so wütend bin, aber es muss sein.

»Das kann ich nicht zulassen. Es sei denn, du verrätst mir, wo das Versteck deines Vaters ist. Dann bringen wir dich direkt zu ihm.«

Ich spüre, wie sich mein ganzer Körper versteift. Ich werde explodieren, wenn ich jetzt nicht irgendwo draufschlage.

»Ah«, macht Riden. »Den Blick kann ich inzwischen deuten. Ich lasse dich mal für eine Weile allein.«

Er verschwindet einen Augenblick, bevor mein Fuß auf die Tür trifft.

Ich versuche, mir zu sagen, dass es egal ist. Was kümmert es mich, wenn Riden versucht, Informationen von mir zu erhalten? Ich wusste doch schon längst, dass er das tut. Ich hatte nur nicht damit gerechnet, dass er es auf eine so sentimentale Art probieren würde.

Nichts hat sich geändert. Ich will immer noch die Karte finden. Und solange ich den Aufenthaltsort meines Vaters geheim halte, kann ich auch weiter danach suchen. Also wen kümmert es, wenn Riden mir dann und wann ein bisschen komisch kommt? Er kann mir nichts anhaben.

Ich sitze auf der Kante von Ridens Bett und warte darauf, dass der Tag vergeht, als die Tür geöffnet wird. War es zu viel gehofft, dass es nicht Riden wäre?

Er packt meinen Oberarm. »Der Captain will dich sehen.«

Ich versuche, ihm in den Bauch zu boxen, aber damit hat er schon gerechnet. Er fängt meine Faust ab. »Komm, Alosa. Hören wir uns an, was er will.«

»Ich möchte gar nicht wissen, was er will. Immer, wenn ich Draxen begegne, passiert irgendwas Schlimmes. Ich will meine Ruhe. Ich bin fertig mit dir, und ich bin auch fertig damit, auf diesem Schiff zu sein.«

»Komm jetzt.« Er schleift mich zur Tür. »Nichts Schlimmes wird passieren.«

Ich bedenke ihn mit einem vielsagenden Blick.

»Vermutlich wird nichts Schlimmes passieren. Gib Draxen einfach, was immer er will.«

»Wie wäre es, wenn ich Draxen gäbe, was er verdient?«

Er lacht, während er mich auf dem Rest des Weges mitzerrt. Den Niedergang hinauf. In Draxens Quartier.

»Ah, da ist sie ja«, sagt Draxen. Ein paar Männer sind bereits bei ihm: Kearan und Ulgin. Ich unterdrücke einen Schauder.

»Ich glaube, es ist das Beste, die Prinzessin bleibt in Ketten, wenn sie nicht eingesperrt ist.« Er nickt Ulgin zu, der ein Paar Eisenschellen von seinem Gürtel nimmt.

»Von gestern ist sie immer noch geschwächt, Captain«, sagt Riden und deutet mit einer Kopfbewegung auf meine Handgelenke. »Ich glaube nicht, dass das notwendig ist.«

»Wenn du es sagst, Riden. Alosa, setz dich.«

»Ich glaube, ich stehe lieber.«

»Das war keine Bitte.«

Riden schiebt mich vor einen Stuhl und übt Druck auf meine Schultern aus. Widerwillig nehme ich Platz. Wenn mir nicht gefällt, was als Nächstes kommt, kann ich immer noch aufstehen.

»Wir haben gestern Nachricht von deinem Vater erhalten.«

»Wie das? Mir wurde erzählt, niemand kenne unsere Position.«

»Wir haben Yanovögel benutzt.«

Damit hatte ich nicht gerechnet. Yanovögel werden dazu benutzt, Botschaften hinaus auf See zu tragen. Sie sind äußerst schnell und hervorragende Navigatoren. Und sie sind ausgezeichnet geeignet für stille Kommunikation, weil sie keinen Ton singen. Aber sie sind auch enorm selten. Mein Vater selbst hat nur fünf von ihnen.

»Wie seid ihr an die gekommen?«, frage ich.

»Ich habe eine Mannschaft mit lauter Männern, die sehr geschickt darin sind, Dinge zu erledigen. Deine Sorge sollte der Frage gelten, was in den nächsten fünf Minuten mit dir passiert. Ich will wissen, wo die Festung deines Vaters ist.«

»Hat er dir das in seinem Brief nicht erzählt? Schockierend!«

Draxen runzelt die Stirn, als er meinen Ton hört.

»Was genau hat er denn geschrieben?«, frage ich.

»Er ist bereit, über das Lösegeld zu verhandeln. Ich muss nur eine Summe und einen Ort nennen.«

»Dann tu das doch.«

Draxen lächelt sein böses Lächeln und bleckt den Goldzahn. Das ist ein berechnendes, niederträchtiges Lächeln, gepaart mit kalten Augen. So anders als Ridens Lächeln, wenn er glaubt, er hätte mir gegenüber die Oberhand. Riden ist siegestrunken, sogar überheblich, sicher, aber auch irgendwie harmlos. Draxen aber – sein Lächeln ist mit Gift gespickt.

»Schau«, sagt Draxen, »ich habe das Gefühl, wenn ich dort auftauche, werde ich von zehn Schiffen deines Vaters umzingelt sein. Ich glaube, es wäre viel besser, ihn zu überraschen und mit ihm zu verhandeln, wenn er unvorbereitet ist, meinst du nicht?«

»Reicht ein Friedensversprechen meines Vaters nicht, um dich zu überzeugen?«

»Riden hat mir gesagt, dass du für deinen Vater etwas ganz Besonderes bist. Mir scheint, wenn es um dich geht, können wir uns nicht auf Versprechungen verlassen. Wir brauchen etwas mehr, womit wir arbeiten können. Ich habe dir gesagt, was passiert, wenn du dich Riden gegenüber weiter so unkooperativ zeigst. Ich brauche den Aufenthaltsort deines Vaters. Sofort.«

»Ich werde ihn dir aber nicht verraten.«

Draxen knirscht mit den Zähnen und reißt ruckartig den Kopf zur Seite. »Eigentlich hatte ich vor, dich Ulgin zu überlassen, wenn du nicht mitspielst, aber ich stelle fest, dass ich viel zu viel Lust habe, dieses Verhör selbst durchzuführen.«

Das wird nicht schön werden.

Draxen tritt hinter mich und reißt meinen Kopf an meinem Haar zurück. Vor Schmerz verziehe ich das Gesicht. Er versetzt mir mit geschlossener Faust einen seitlichen Hieb gegen das Gesicht.

»Wo ist Kalligans Festung, Mädchen?«

Ich antworte nicht. Er schlägt mich erneut.

»Draxen.« Das ist Riden.

»Was?«

»Das gefällt mir nicht.«

»Dann geh weg. Es muss getan werden, und das weißt du.«

Ich bekomme noch einen Schlag an den Kopf. Meine Nase fängt zu bluten an.

Du darfst nicht zurückschlagen, sage ich mir. Du kannst Draxen immer noch umbringen, wenn das alles vorbei ist, aber du darfst jetzt nicht zurückschlagen. Das ist die Stimme meines Vaters in meinem Kopf.

»Draxen, bitte«, versucht Riden es erneut.

»Ich sagte ›geh‹, Riden.« Draxen schlägt mit der anderen Hand zu. Dieser Hieb hinterlässt einen tieferen Schmerz. Ich glaube, es ist seine Ringhand, die, an der er das Siegel der Allemos-Familie trägt. Es schneidet mir in die Wange.

»Bruder«, versucht Riden es noch einmal, dieses Mal mit mehr Nachdruck. So viel Rückgrat habe ich bisher nie von ihm gesehen.

Draxens Augen müssen jetzt vor Blutdurst nur so leuchten. Aber bei diesem Wort hält er inne und seufzt, als wollte er einen klaren Kopf bekommen. »Schön, Riden, wenn du darauf bestehst. Und … bist du jetzt bereit zu reden, Prinzessin?«

Ich schweige.

»Was meinst du, Riden?«, fragt Draxen und seine neue Tonlage gefällt mir gar nicht. »Der Piratenkönig braucht doch keine Tochter mit Haaren, oder?«

Ich höre, wie ein Messer aus einer Scheide gleitet.

Dieses Mal erhebt Riden keine Einwände. Warum sollte er auch. Es tut ja nicht weh, Haare abzuschneiden, aber er scheint auch nicht zu begreifen, wie kostbar einer Frau ihr Haar ist.

Und ich habe keineswegs die Absicht, meines zu verlieren. »Aufhören!« Blutstropfen spritzen durch die Luft, als ich spreche. Das Blut aus meiner Nase ist mir in den Mund gelaufen.

Kearan neigt den Kopf zur Seite und sagt zum ersten Mal auch etwas. »Das ist alles, was nötig ist? Ihr verdammtes Haar?«

»Um eine Frau zu verhören, muss man denken wie eine Frau«, klärt Draxen ihn auf.

»Was dir erstaunlich leichtfällt«, kommentiere ich.

Trotz Ridens vorangegangenem Protest schlägt Draxen mich erneut, aber das ist mir egal. Das war es wert. Die anderen Piraten im Raum haben genug Verstand, nicht zu lachen.

»Der Standort, Alosa«, fordert Draxen.

»Lycon's Peak. Kennst du das?«, frage ich.

»Aye.« Kearan ist der, der antwortet. Logisch. Enwen hat mir erzählt, dass Kearan früher einmal Reisender und Abenteurer war.

»Die Festung steht zwei Segelwochen nordöstlich von dort.«

»Ist das möglich?«, fragt Draxen. »Gibt es weiter oben überhaupt noch was?«

»Da können schon noch ein paar kleinere Inseln sein«, sagt Kearan.

Draxen lässt mein Haar los und baut sich vor mir auf. »Wenn du lügst, Mädchen, nehme ich dir dein Haar und eine Hand.«

»Glaubst du ernsthaft, du würdest es schaffen, dich in die Festung meines Vaters zu schleichen? Wenn ihr dort seid, wird mein Vater euch alle aufknüpfen.«

»Das Risiko gehen wir ein. Riden, schaff die Gefangene zurück in ihr Quartier. Und bring mir dann gleich eine Karte.

Kearan, du stößt am Ruder zu uns, damit wir einen Kurs setzen können.«

Wenige Augenblicke später bin ich wieder in Ridens Quartier und halte mir ein Handtuch an die Nase, während Riden in dem Kartenstapel wühlt.

Er kann mein breites Grinsen unter dem Handtuch nicht sehen. Und ich grinse nicht nur, weil ich seine Karten mehr oder weniger vernichtet habe. Ich musste auch den Standort von Vaters Festung nicht preisgeben. Nein, den Ort, den ich ihnen genannt habe, das ist der, auf den mein Vater und ich uns geeinigt haben, ehe ich zu meiner Mission aufgebrochen bin. Mein Vater und viele Männer werden dort darauf warten, dass ich mit der Karte zu ihnen zurückkehre. Wir wussten, dass Draxen versuchen würde, die Festung meines Vaters ausfindig zu machen. Und so hatten wir schon längst eine Stelle im Kopf, die ich ihm nennen könnte, sollte etwas schiefgehen.

Das einzige Problem ist, dass ich jetzt eine begrenzte Frist habe, um die Karte zu finden. Aber ich muss sie haben, ehe wir bei meinem Vater eintreffen. Andernfalls wird er gar nicht erfreut sein.

Und es geschehen schlimme Dinge, wenn er nicht erfreut ist.

Kapitel 11

An diesem Tag lässt mich Riden mehrere Stunden allein. Zwar schmerzt mein Gesicht nicht mehr (ich hatte schon immer gutes Heilfleisch), aber mein Bauch tut ziemlich übel weh vor Hunger. Es sind schon eineinhalb Tage vergangen, seit ich zum letzten Mal etwas gegessen habe.

Ich versuche, mir vorzustellen, ich wäre zu Hause in der Festung und nähme an einem der großen Bankette meines Vaters teil. Da gibt es jede vorstellbare Fleischsorte, von Schwein über Rind bis hin zu Geflügel. Mir läuft das Wasser im Munde zusammen, als ich den Geschmack dampfend heißen Gemüses und gesüßter Früchte heraufbeschwöre. Kuchen und Wein. Brot und Käse. Wenn die mir heute nichts zu essen geben, werde ich es riskieren müssen, mich bei Nacht in die Küche hinunterzuschleichen.

Aber darüber hätte ich mir keine Sorgen machen müssen.

Heißes und Köstliches kann ich von der anderen Seite der Tür riechen.

Kaum tritt Riden ein, reiße ich ihm schon eine der Schalen aus der Hand.

»Vorsichtig«, sagt er. »Ist noch heiß.«

Mir egal. Ich verbrenne mir die Zunge, als ich die ersten Schlucke Suppe nehme. Ich kann sie kaum schmecken, als sich die Flüssigkeit den ganzen Weg zu meinem Magen hinuntersengt. Als mein Teller leer ist, nehme ich Riden den anderen ab und stürze mich darauf.

»Tut mir leid. Mir war nicht bewusst, wie lange es her ist, seit du etwas gegessen hast. Du hättest was sagen sollen.«

Ich sehe ihn nicht an, während ich esse. Inzwischen habe ich genug Nahrung im Körper, um die Geduld aufzubringen, mit dem Löffel zu essen und auf die Suppe zu pusten. Dennoch gieren meine Zähne danach, in das enthaltene Gemüse und die Kartoffeln zu beißen.

Als ich mit dem zweiten Teller fertig bin, lasse ich ihn zu Boden fallen und ziehe mich ins Bett zurück. Ich fühle mich ungewohnt schwach. Es mag gerade Mittag sein, aber etwas sagt mir, ich könnte jetzt auch einfach abdriften und bis zum nächsten Morgen durchschlafen. Zu viele Nächte mit zu wenig Schlaf.

Meine Augen sind geschlossen, aber ich kann hören, wie Riden sich im Raum bewegt. »Was tust du?«

»Ich versuche, das Chaos aufzuräumen, das du veranstaltet hast.«

»Könntest du das etwas leiser machen? Ich versuche zu schlafen. Ich habe ein paar harte Tage hinter mir, weißt du?«

Er schnaubt, aber das Rascheln, das seine Aufräumerei begleitet, hält vor.

»Gute Idee, dass du alles wieder in Ordnung bringst«, sage ich. »Morgen brauche ich ja auch was zu tun.«

Ein lauter Knall ertönt, als er, was immer er in der Hand hatte, zu Boden wirft, und ich reiße abrupt die Augen auf, als er mich an den Armen hochzieht.

»Was tust du da?«, herrsche ich ihn an. »Du sollst mich nicht einfach ständig anfassen, als wäre ich ein kleines Kind, das du schnappen und irgendwo anders hinpacken kannst, wann immer du willst.«

»Wenn du darauf bestehst, dich ständig wie ein Kind zu benehmen, dann gibt es keinen Grund für mich, dich nicht wie eines zu behandeln.«

»Wovon in Maneria redest du?«

»Mein Quartier!« Er ist wütend. »Sieh dir das an. Es ist ruiniert. Die Hälfte meiner Sachen ist hin, dank deiner verdammten Zeichnungen. Ich sollte dich über Bord werfen.«

»Du hast mich hier eingesperrt! Was hast du gedacht, würde passieren? Du solltest dich selbst über Bord werfen, weil du so ein Idiot warst. Und wenn du mich bestraft sehen willst, dann hättest du mich einfach dem Captain überlassen sollen, statt ihn zu bitten, mich in Ruhe zu lassen!«

»Du beklagst dich, weil ich dir geholfen habe?«

»Ich hatte alles unter Kontrolle.«

»Gestern erst hast du einen Aufstand gemacht, weil ich dir nicht beigestanden habe. Beides kannst du nicht haben. Entscheide dich.«

»Was interessiert es dich, was ich will? Warum hast du nicht die Eier, zu tun, was du willst?«

Seufzend verdreht Riden die Augen himmelwärts. »Hör damit auf.«

»Womit?«

»Du bist eine Frau. Benimm dich auch wie eine. Du solltest nicht so unflätig …«

»Ich sage, was ich will. Ich bin keine Dame, ich bin Piratin!«

»Tja, und das solltest du lieber nicht sein.«

»Ach, und warum? Ich bin sehr gut darin.«

»Weil Piraten nicht aussehen sollten, wie du aussiehst, und nicht reden sollten, wie du redest, und nicht tun sollten, was du tust. Du bist verwirrend und das bringt mich durcheinander.«

»Inwiefern ist das meine Schuld? Ich bin sicher, in deinem

Kopf gab es schon genug Durcheinander, bevor ich aufgetaucht bin.«

Ich kann Ridens Atem in meinem Gesicht spüren. Er ist so nah und so wütend, ich möchte beinahe lachen.

»Nein, das hat es nicht gegeben«, beharrt er.

Und dann küsst er mich.

Was zum … Ich habe völlig falsch eingeschätzt, welche Richtung das nimmt. Ich wollte ihn ärgern. Ihm unter die Haut gehen. Mich mit ihm anlegen, weil er für den Feind arbeitet. Ich hatte nicht damit gerechnet, dass ihn das stattdessen eher … erregt.

Andererseits trifft erregt es auch nicht wirklich.

Das ist der pure Zorn und er schafft sich in einem physischen Bedürfnis Ausdruck. Interessant.

Ich habe viele Männer geküsst, Piraten und Landbewohner gleichermaßen. Normalerweise passiert das, kurz bevor ich ihnen etwas stehle. Oder wenn ich gelangweilt bin.

Im Augenblick weiß ich nicht so recht, ob ich eine Ausrede habe. Eigentlich bin ich sogar ziemlich sicher, dass es mehrere Gründe gibt, warum ich ihn nicht küssen sollte. Nur fallen sie mir im Augenblick nicht ein.

Vielleicht liegt es daran, dass Ridens Lippen besser schmecken, als ich es mir hätte vorstellen können. Oder daran, dass seine Hände meine Haut zum Kribbeln bringen, während sie mein Gesicht umfassen. Vielleicht ist es auch nur die Aufregung, etwas zu tun, was mein Vater gar nicht gutheißen würde. Ich meine, er ist nicht gerade überfürsorglich. Aber er wäre ganz bestimmt sauer, wenn er wüsste, dass ich den Feind küsse, umso mehr, wenn ich dabei nichts zu gewinnen habe. Nein, halt, das ist nicht wahr. Es könnte mir schon nützen, den Ersten Maat um den Finger zu wickeln.

Als Ridens Lippen sich meinen Hals hinabbewegen, vergesse

ich meinen Vater vollends. Da ist nichts mehr außer Hitze und Frösteln zugleich. Er erreicht die Kuhle an meinem Hals und mir entfleucht ein sanfter Seufzer.

Mit neuer Intensität kehrt er zu meinen Lippen zurück. Die Stelle an der Zunge, die ich mir verbrüht habe, prickelt, als er sie mit seiner eigenen berührt. Ich reiße das Band fort, mit dem er sein Haar gebunden hat, und wühle mit den Fingern in seinem Schopf.

Der Moment ist wunderbar.

Aber dieser Gedanke trifft mich wie ein Hammerschlag: Das sollte überhaupt nicht wunderbar sein. Und das ist es auch nicht. Ich habe zu lange nicht ausreichend geschlafen oder gegessen. Deshalb benehme ich mich wie ein dummes Schankmädchen. Ich kann das nicht tun. Ich habe einen Diebstahl zu begehen.

Es kostet mich wirklich große Mühe, Riden wegzuschieben, und zwar nicht auf physische Art.

Seine Brust hebt und senkt sich. Ich bin sicher, meine tut das auch.

»Das reicht jetzt«, sage ich.

»Du blutest wieder«, sagt Riden und berührt eine Stelle an meiner Wange.

Ich habe gar nicht gespürt, dass die Wunde erneut aufgegangen ist. »Wahrscheinlich deine Schuld.«

»Wie, da bin ich sicher, die meisten Dinge in deinen Augen.«

»Natürlich.«

Er lächelt und macht Anstalten, mir schon wieder näher zu kommen, und ich bin so sehr in Versuchung, es zuzulassen. Es wäre nicht so schlimm, wäre er nicht so gut darin. Aber ich bleibe hart: »Ich sagte, das reicht.«

Hastig weicht er vor mir zurück, als würde er sich so dicht bei mir selbst nicht über den Weg trauen.

»Ich habe Pflichten, um die ich mich kümmern muss«, sagt er und macht kehrt.

»Davon bin ich überzeugt.«

Ich wünschte, ich müsste nicht bis zur Nacht warten, bis ich mit der Durchsuchung des Schiffes fortfahren kann. Alles, was ich zu tun habe, während ich allein bin, ist denken. Und denken ist das Letzte, wonach mir jetzt der Sinn steht.

Lieber würde ich auf etwas einprügeln.

Enwen kommt später, um mir eine weitere Mahlzeit zu bringen. Ich lächele, als er wieder fort ist. Riden ist ein solcher Feigling. Er will mir nicht gegenübertreten. Vielleicht war der Kuss eine gute Idee. Es wird auf jeden Fall Spaß machen, später dabei zuzusehen, wie er sich windet.

Ich gönne mir ein kurzes Schläfchen, damit ich bei Einbruch der Nacht bereit bin. Die Vorstellung, einfach weiterzuschlafen, ist verlockend, als ich wieder erwache, aber ich habe keine Zeit zu vergeuden, nun, da Draxen und seine Mannschaft unterwegs zu meinem Vater sind.

Als Riden zurückkommt, ist es schon spät. Er scheint überrascht zu sein, mich wach zu sehen. »Oh, ich dachte, du würdest längst schlafen.«

»Du meinst, das hast du gehofft«, entgegne ich lächelnd.

»Um zu verpassen, was immer du an schnippischen Bemerkungen für mich bereithältst? Auf keinen Fall.«

»Ich halte keine schnippischen Bemerkungen bereit.«

»Zu schade. Ich hatte gehofft, wir könnten das wiederholen, was nach der letzten passiert ist.«

»Das kann ich mir denken. Zu deinem Pech bin ich ein bisschen müde.«

»Warum schläfst du dann nicht?«

»Ich war im Begriff.«

»Sieht eher so aus, als hättest du auf mich gewartet.«

Oh, bitte. Vielleicht sollte ich ihn einfach umhauen. Aber das kann ich nicht machen. Am Morgen würde er sich daran erinnern, und ich hätte keine Erklärung, warum ich ihn umgehauen habe und dann auf dem Schiff geblieben bin. Aber ich kann nicht verschwinden, solange ich die verfluchte Karte nicht habe.

»Leg dich einfach schlafen, Riden. Hier«, sage ich, stehe vom Bett auf und setze mich auf den Stuhl.

»Willst du da schlafen?«

»Ja.«

»Warum?«

»Weil ich es will, in Ordnung? Was soll die Fragerei?«

»Es ist meine Aufgabe, dich zu verhören, schon vergessen?«

»Zurzeit bist du außer Dienst, also geh schlafen.«

»Warum bist du so erpicht darauf, dass ich schlafe? Hoffst du, du kannst heimlich in mein Bett steigen, wenn ich erst mal weg bin?«

»Eigentlich freu ich mich auf die Stille, die dann eintritt.«

Riden sieht sich im Raum um. »Weißt du, es ist wirklich schwer für mich, zu schlafen, wenn ich weiß, dass in meinem Quartier ein solches Chaos herrscht. Vielleicht bleibe ich wach, bis du umfällst.«

Ich habe für all das keine Zeit. Und ich kann nicht riskieren, so zu tun, als würde ich schlafen, bis er einschläft. Womöglich dämmere ich wirklich weg und dann wäre die ganze Nacht vergeudet.

Ich bin gereizt. Und wenn ich nicht so gereizt gewesen wäre, dann hätte ich mich vielleicht nicht so schnell auf diese Möglichkeit gestürzt. Aber ich bin ungeduldig, nachdem ich den ganzen Tag herumgesessen habe. Mein Gesicht ist zerschlagen. Wegen des Mangels an Schlaf bin ich immer noch mürrisch, und, ehrlich, ich habe immer noch Hunger.

Also fange ich an zu singen. Die Melodie ist sanft und beruhigend. Ich kann meinen ganzen Körper unter der Energie vibrieren fühlen, als sie aus mir hinausfließt. Ich kann jede Stelle im Raum spüren. Die Art, wie die Weise vom Holz zurückprallt, in die Decken sickert und in Ridens Ohren dringt.

Er tritt näher, versucht, genauer hinzuhören. Ich tue ihm den Gefallen und verringere die Distanz meinerseits. Ich nehme seine Hand und führe ihn zum Bett. Er folgt mir, gefangen von meinem Zauber. Ich weiß, was Riden sich vom Leben wünscht. Liebe und Anerkennung. Beides webe ich in meine Melodie, während ich ihm zugleich befehle, zu schlafen und zu vergessen, dass er mich je hat singen hören.

Er hat keine andere Wahl, als zu gehorchen.

Kapitel 12

Ich spüre die erwartete Sehnsucht nach dem Meer. Die empfinde ich jedes Mal, wenn ich meinen Gesang genutzt habe. Meine Brust schmerzt. Sie brennt, lechzt danach, unter Wasser zu gehen, dorthin, wo sie besänftigt und genährt werden kann. Doch ich brauche die Kraft des Ozeans nicht, um zu überleben, nur um meinen Gesang zu erneuern – um den Teil von mir zu stärken, den ich versteckt zu halten suche. Aber meine Fähigkeiten zu erneuern, zeitigt ganz eigene Konsequenzen. Der andere Teil von mir versucht, die Kontrolle zu übernehmen, und das kann ich nicht riskieren, ehe ich meine Mission abgeschlossen habe.

Ich bin überwiegend menschlich. Aber wenn ich mir gestatte, auf die Gaben zurückzugreifen, die ich meiner Mutter verdanke, werde ich zu etwas anderem. Und jedes Mal, wenn ich mich dessen erwehren muss, tötet mich das innerlich ein kleines bisschen.

Kurz vor Sonnenaufgang schleiche ich in Ridens Quartier zurück. Ich muss den Schlüssel zu seiner Tür wieder in seine Tasche schmuggeln.

Aber Riden setzt sich ächzend im Bett auf. Ich entferne mich hastig von der Tür und lasse mich auf den Stuhl an seinem Schreibtisch fallen.

»Was ist passiert?«, fragt er und legt eine Hand an seinen Kopf.

»Hast du Kopfschmerzen?«, frage ich. »Du hast ganz schön gestöhnt im Schlaf.«

»Nein, er tut nicht weh. Er fühlt sich …«

Ich habe in der Vergangenheit zu vielen Männern gesungen. Jene, denen ich gestattet habe, ihre Erinnerung an diese Erfahrung zu behalten, haben mir zu erklären versucht, wie sich das anfühlt. Ich habe gehört, es würde euphorisch machen. Dass es ein Vergnügen ist, Glück, alles in einem. Wenn ich sie zum Einschlafen bringe, träumen sie die ganze Nacht von mir. Als ich aufgewachsen bin, gab es nicht viele Männer, die mich meinen Gesang an ihnen haben üben lassen. Ich habe aber trotzdem geübt. Es war ja nicht so, als wäre meine Mutter da gewesen, um mich anzuleiten. Vater gelang es schließlich, dafür zu sorgen, dass meine Fähigkeit nur einer auserwählten Gruppe bekannt wurde. Er wollte nicht, dass seine Rivalen erfahren, welche Macht ich besitze. Schon die Kampffähigkeiten, die er mir vermittelt hat, machen mich zu einer Gefahr. Und eine halbe Sirene zu sein – tja, das macht mich zu einer tödlichen Gefahr.

»Es fühlt sich wie an?«, frage ich.

»Es ist nichts«, sagt er rasch. Er hat sich in seinen Geist zurückgezogen und sucht nach Erinnerungen oder Träumen. Das Erwachen wirkt üblicherweise verwirrend auf meine Opfer.

Zwar ist es amüsant, dabei zuzusehen, wie er in seinen Gedanken wühlt, aber ich muss ihm den Schlüssel wieder zustecken, ehe er merkt, dass er weg war. »Hast du gut geschlafen?«, frage ich. »Schön geträumt?« Ich weiß, dass er von mir geträumt hat, aber das bedeutet nicht, dass ich auch weiß, was ich in seinen Träumen gemacht habe.

Natürlich rechne ich nicht damit, dass Riden ehrlich ist.

Er sieht noch einen Augenblick länger benebelt aus, dann scheint er sich zu sammeln. »Ja. Was ist gestern passiert? Ich kann mich nicht …«

Ich sehe ihn streng an. »Hast du getrunken?«

Er setzt sich auf und stellt die bloßen Füße auf den Boden. »Ich trinke nicht so oft. Und nie genug, um auch betrunken zu sein. Besonders dann nicht, wenn ich dich bewache.«

»Aber du erinnerst dich nicht an unsere gemeinsame Nacht?« Ich denke jetzt schnell. Ich muss diesen Schlüssel loswerden. Ich muss eine Ausrede finden, um mich ihm zu nähern.

»Unsere gemeinsame Nacht?« Riden sieht mehr als verwirrt aus.

Ich setze mich auf seinen Schoß, mache es mir bequem und schlinge die Arme um seinen Hals. Riden erstarrt an Ort und Stelle.

»Du erinnerst dich wirklich nicht?«, flüstere ich ihm verführerisch ins Ohr. Meine Hände sind an seinen Schultern. Eine lasse ich zu seiner Brust wandern. Er ist so massiv wie ein Fels, aber seine Haut ist glatt und warm. Als ich seine Taille erreicht habe, lasse ich den Schlüssel wieder in die Tasche seiner Kniehose gleiten.

Es ist wirklich nichts weiter als Diebstahl, nur umgekehrt.

Riden atmet tief durch und legt die Hände auf meine Hüften. »Warum frischst du meine Erinnerung nicht auf?«

Ich streiche mit meinen Händen über seine Arme, bis wir unsere Finger verschränken können. »Da war ein bisschen davon.«

»Mmm hmm.«

»Und davon.« Ich presse meine Lippen auf seine und küsse ihn sanft. Er erwidert den Kuss.

»Und was ist dann passiert?«, flüstert er, als ich mich von ihm löse und mit den Lippen der Form seines Ohrs folge.

»Dann …« Ich unterbreche mich und drücke mich fester an ihn. »Du hast versprochen, mich von diesem Schiff zu bringen.«

Er lehnt sich zurück, als wollte er mich auf das Bett ziehen. Stattdessen lässt er mich fallen. Ich lande mit einem leisen Plumps auf den Laken.

»Ich glaube, daran würde ich mich erinnern«, sagt er und schiebt auch meine Beine ins Bett.

»Keine Sorge«, sage ich. »Ich bin sicher, deine Erinnerung wird schnell genug zurückkehren.«

»In der Zwischenzeit dürfte Draxen auf mich warten.« Er geht zum Schrank, wühlt in den Kleidungsstücken, die ich in Häufchen auf dem Boden zurückgelassen habe, und grunzt dabei mürrisch vor sich hin.

Als er gefunden hat, was er sucht – eine Kniehose –, beginnt er damit, die Hose, die er trägt, abzustreifen, und er beobachtet genau, wie ich darauf reagiere.

»Hör auf damit«, sage ich und wende mich rasch ab.

Leise lacht er.

Ich hätte ruhig bleiben und mich nicht umdrehen sollen. Wenn ich einfach nur mit den Schultern gezuckt hätte, als würde mich das überhaupt nicht kümmern, wäre Riden jetzt nicht so amüsiert. Dann hätte er seine Sachen irgendwo anders angezogen, da bin ich sicher. Aber das alles ging so schnell, dass ich unvorbereitet reagiert habe. Daran kann ich jetzt nichts mehr ändern.

»Was meinst du, wie soll ich, solange du in diesem Zimmer eingesperrt bist, saubere Kleidung anziehen?«, fragt er.

»Geh und zieh dich in Draxens Quartier um«, blaffe ich.

»Wo bleibt da der Spaß?«

Ich schnaube wütend, während ich darauf warte, dass er fertig wird. Ich lausche dem Rascheln des Stoffs, dem Geräusch, mit dem der Gürtel durch die Laschen gleitet, dem dumpfen Aufschlag eben übergestreifter Stiefel auf dem Boden – und ich warte darauf, dass all das aufhört.

Ich lausche so angestrengt, ich merke gar nicht, dass sich die Stiefel nähern, bis ich eine Hand in meinem Kreuz spüre.

Seine Lippen sind direkt an meinem Ohr. »Du kannst jetzt gefahrlos gucken, Alosa.« Dann streicht er mit den Lippen seitlich über meinen Kopf und geht.

Ich merke erst, wie angespannt ich bin, als mein ganzer Körper erschlafft.

Ich nehme an, ich sollte während der nächsten paar Tage zu Tode gelangweilt sein, aber das bin ich nicht. Riden kommt häufig in sein Quartier, um nach mir zu sehen. Wir reden, bis er unser Gespräch zu einer Befragung zu nutzen versucht. Er will Dinge wissen, beispielsweise, wie der Grundriss der Festung meines Vaters aussieht, wie oft Schiffe Nachschub anliefern, wie viele Männer die Festung bewachen und so weiter und so fort. Ich verrate ihm nichts von all dem. Eher sterbe ich, bevor ich diese Informationen preisgebe. Nun ja, eher würden die sterben, denn ich würde ihnen nicht gestatten, mich zu töten.

Mir ist aufgefallen, dass Riden mich auf Distanz gehalten hat. Trotzdem schluckt er jeden Köder, den ich ihm in unseren Gesprächen hinwerfe. Es macht Spaß, dabei zuzusehen, wie er darum kämpft, mir gegenüber eine ausgewogene Haltung zu finden. Mit Riden zu spielen, ist eindeutig amüsanter, als das Schiff zu durchsuchen. Dennoch werde ich mit jeder Nacht, die vergeht, ohne dass die Karte auftaucht, unruhiger. Ständig kontrolliere ich unseren Kurs, schätze ab, wie viel Zeit mir noch bleibt, bis ich meinem Vater die Karte vorzulegen habe. Wir passieren Lycon's Peak und segeln weiter nordostwärts.

Nun dauert es nicht mehr lange.

Ich wache früh auf, obwohl ich es erst spät ins Bett geschafft habe. Ich bin zu besorgt, um länger zu schlafen, also starre ich an die Decke und gehe alles im Kopf noch einmal durch. Ich rufe mir jeden Fleck ins Gedächtnis, an dem ich schon gewesen bin, überlege, wo ich etwas übersehen haben könnte. Meine zwei Wochen sind beinahe vorbei. Der Treffpunkt könnte jeden Augenblick am Horizont auftauchen.

»Du bist früh auf«, sagt Riden neben mir.

»Konnte nicht schlafen«, sage ich.

»Macht dir irgendetwas Kummer?«

»Eigentlich hat mich dein Schnarchen wach gehalten.«

Er lächelt. »Ich schnarche nicht.«

»Meine Ohren sind anderer Ansicht.«

Er dreht sich auf den Rücken und starrt mit mir nach oben. »Sag mir, was dir Sorgen bereitet.«

»Abgesehen von der Tatsache, dass ich von feindlichen Piraten als Geisel festgehalten werde?«

»Ja«, sagt er nur. »Abgesehen davon.«

Tja, ich kann ihm schlecht erzählen, dass entweder Draxen oder sein Vater irgendwo eine Karte versteckt haben und ich sie nicht finden kann. Stattdessen frage ich: »Was ist das Unbesonnenste, das du je getan hast, weil du deinen Vater beeindrucken wolltest?«

Er schweigt.

»Tut es weh, über ihn zu sprechen?«, möchte ich wissen.

Er schüttelt den Kopf. »Nein, das ist es nicht. Ich versuche, nicht an ihn zu denken, weil ich ihn so gehasst habe.«

»Ich verstehe.« Ich warte ab, ob er meine Frage trotzdem beantwortet.

Er seufzt. »Das ist schwer zu sagen. Ich habe viele unbesonnene Dinge getan.«

»Erzähl mir von einer Sache.«

»In Ordnung«, stimmt er nachdenklich zu. »Einmal, als wir weit draußen auf See waren, haben wir ein Schiff geplündert und danach in Brand gesteckt. Mein Vater hat eine Kiste mit Juwelen ins Meer fallen lassen, als er sie auf unser Schiff bringen wollte. Da bin ich hinterhergetaucht.«

»Ich glaube, wir sollten erst einmal die Bedeutung von unbesonnen erörtern.«

»Da waren Acura-Aale im Wasser, die den Matrosen, die den ersten Angriff auf ihr Schiff überlebt hatten, ein Ende gemacht haben.«

Ich drehe den Kopf in seine Richtung. »Also, das war unbesonnen.« Acura-Aale sind gefürchteter als Haie. Sie sind schneller und können menschliches Blut noch besser wittern. Manchmal sind sie sogar größer und haben mehr Zähne. Meist halten sie sich nahe dem Meeresboden auf, aber wenn sie an der Oberfläche Unruhe spüren, dann kommen sie, um nachzusehen, was los ist.

»Konntest du die Truhe für ihn zurückholen?«, frage ich.

»Nein. Ein Aal ist auf mich zugekommen. Draxen hat es gesehen und mir ein Seil abgelassen. Er hat mich gerade noch rechtzeitig aus dem Wasser gezogen.«

»Was hat dein Vater getan?«

»Er hat versucht, mich wieder reinzuwerfen, damit ich die Truhe hole, aber Draxen hat es geschafft, ihm das auszureden.«

»Hört sich für mich an, als hätte, wenn du ihn nicht getötet hättest, irgendwann wer anders das übernommen. Er scheint furchtbar gewesen zu sein.«

»Das war er.« Riden dreht sich zu mir und sieht mich an. »Ich vermute, du hast diese Frage nicht zufällig gestellt. Tust du unbesonnene Dinge, um deinen eigenen Vater zu beeindrucken?«

»Ich tue unbesonnene Dinge, weil es mir Spaß macht.«

»Das glaube ich dir aufs Wort.«

»Meinst du, dass du deinen Vater gut gekannt hast?«

»Gut genug«, sagt er achselzuckend. »Warum?«

Jetzt muss ich vorsichtig sein. Ich muss dieses Gespräch harmlos erscheinen lassen. Er soll glauben, es ginge nur um mich. »Mein Vater vertraut mir mehr als irgendjemand anderem auf der Welt, und trotzdem werde ich das Gefühl nicht los, dass er Geheimnisse vor mir hat.«

»Jeder hat seine Geheimnisse. Wir würden uns alle zu sehr ausgeliefert fühlen, wenn wir nicht imstande wären, ein paar Dinge für uns zu behalten.«

»Was sind …« Nein, ich kann Riden nicht nach seinen eigenen Geheimnissen fragen. Ich muss beim Wesentlichen bleiben. »Aber das fühlt sich anders an. Hast du es nicht gemerkt, wenn dir dein Vater etwas vorenthalten hat? Wenn es wichtig war?«

»Normalerweise schon.«

»Mein Vater hatte ein Versteck auf seinem Schiff, eine lose Bodendiele in seinem Quartier. Dort hat er wichtige Dinge aufbewahrt. Wenn ich das Gefühl hatte, er erzählt mir nicht alles, konnte ich seine Pläne und Geheimnisse meistens dort finden.« Das alles denke ich mir hastig aus und hoffe, dass Riden es nicht merkt.

Tatsächlich gibt es auf der Festung einen Raum, zu dem nur mein Vater Zutritt hat. Sein privater Rückzugsort. Ich bin schon so oft in Versuchung gewesen, mich hineinzuschleichen.

Einmal habe ich es sogar versucht. Als Vater mich erwischt hat, wie ich an dem Schloss herumgefummelt habe, hat er gesagt, wenn ich so sehr an seinen geschlossenen Türen interessiert sei, könne er mich auch hinter eine verfrachten.

Und das hat er getan. In eine Zelle ganz tief unten. Einen ganzen Monat lang.

»Aber dann, eines Tages«, fahre ich fort, »war der Platz unter dem Bodenbrett leer. Und seitdem ist dort nie wieder etwas aufbewahrt worden.«

»Er hat dich ertappt.«

»Oder den Verdacht gehabt, dass ich herumschnüffeln will. Und er hat lieber kein Risiko eingehen wollen.«

Obwohl er ganz natürlich und locker wirkt, muss Riden auf jedes meiner Worte genau achten. Es ist unmöglich, dass er nicht hofft, ich würde ihm ein paar der Geheimnisse meines Vaters offenbaren. Aber das ist nicht der Zweck dieser Unterhaltung. Ich versuche, etwas über Lord Jeskors Geheimnisse zu erfahren.

»Was ist mit deinem Vater?«, frage ich. »Hatte er auch ein Versteck für seine Geheimnisse? Hast du je etwas herausgefunden, von dem du nichts hättest wissen sollen?« Weißt du, wo er seinen Teil der Karte versteckt hat?

»Ehrlich, ich war nie neugierig genug, um mich darum zu kümmern. Als wir jünger waren, hat Draxen mich überredet, unter Deck nach Geheimtüren in den Wandtafeln zu suchen. Gelohnt hat sich das aber nie.«

Kann ich mir vorstellen. Ich hab schon alle Wandtafeln untersucht.

Ich kann nicht bestreiten, dass ich die Gespräche mit Riden genieße, aber ich habe wirklich gehofft, dabei käme etwas Nützliches heraus. Etwas, das mir verrät, wo genau ich die Karte finden kann.

Ich hätte es besser wissen müssen.

»Außerdem, wenn es etwas gab, das meinem Vater so wichtig gewesen wäre, dann hätte er es nie aus den Augen gelassen. Vermutlich hätte er es ständig bei sich gehabt. Und Draxen und ich, wir sind nie dumm genug gewesen zu versuchen, ihm irgendetwas zu klauen.«

Oh.

Kapitel 13

Riden geht los, um mir ein Frühstück zu organisieren. Inzwischen brüte ich über meiner eigenen Dummheit.

Natürlich hätte er etwas so Wertvolles immer bei sich gehabt.

Nachdem Jeskor tot war, müssen seine Söhne die Leiche durchsucht haben. Sie müssen die Karte gefunden haben. Draxen ist einer der gierigsten Männer, die ich je getroffen habe. Hätte er nicht längst gewusst, wo die Karte war, dann hätte er alles getan, um es herauszufinden. Und wenn er das erst einmal getan hätte …

Draxen ist abscheulich und ausfällig und manipulativ. Er ist das Letzte, was ich auf diesem Schiff je anrühren will.

Und das ist vielleicht auch der Grund, warum ich nie daran gedacht habe, zu überprüfen, ob er die Karte bei sich hat. Natürlich hätte er sie bei sich. Wo sonst würde man etwas aufbewahren, das auf keinen Fall irgendjemand finden soll? Ich wette, das ist der eigentliche Grund, warum Riden und Draxen gegen ihren Vater rebelliert und versucht haben, sein Schiff zu übernehmen – und weshalb sie die ursprüngliche Mannschaft schließlich niedergemetzelt haben. Wie könnte es um irgendetwas Geringeres gegangen sein als um die Karte, die zum Schatz der tausend Zeitalter führt?

Allein der Gedanke, dass ich ihr so nah gewesen sein könnte, so viele Male …

Aber er könnte sie überall an seinem Körper versteckt haben. In jeder Tasche seines Mantels, seines Hemds, seiner Kniehosen. Womöglich sogar in seiner Unterwäsche. Oh, ich hoffe ehrlich, dass sie nicht dort ist.

Bedauerlicherweise gibt es nur eine einzige Möglichkeit, das herauszufinden.

Ich habe keine andere Wahl, als den Captain zu verführen.

Ich hasse es. Aber wie sonst soll ich ihn allein erwischen? Ich könnte bis heute Nacht warten, wenn er schläft, aber ich mag das wenige, was von meinem Gesang noch übrig ist, nicht dafür vergeuden, ihn im Schlaf zu halten. Draxen mag einen tieferen Schlaf haben als Riden, aber wie könnte irgendein Mensch weiterschlafen, während jemand ihm sämtliche Kleider auszieht?

Nein, ich muss jetzt handeln. Sobald Riden zurück ist.

Ich darf nicht riskieren, dass wir den Treffpunkt erreichen, solange ich die Karte meinem Vater nicht vorlegen kann.

Also ist noch Zeit, mehr von dem zu nutzen, was meine Mutter mir geschenkt hat.

Riden kommt mit meinem Frühstück zurück: mehr Eier. Ich esse hastig und sage ihm: »Ich möchte heute rausgehen.«

»Warum?«, fragt er misstrauisch.

»Weil ich hier eingesperrt bin wie das Haustier eines Kindes und rauswill.«

»Wenn du draußen auf Deck bist, wird der Captain erwarten, dass du dich nützlich machst.«

»Schön.«

Riden lässt den leeren Teller in seiner Hand los und kann ihn gerade noch auffangen, ehe er auf den Boden knallt. »Was hast du gesagt?«

»Ich sagte: Schön. Stimmt was nicht mit deinen Ohren?«

»Ich stand unter dem Eindruck, du würdest nichts tun, bei dem du dir die Kleidung schmutzig machen könntest.«

»Ich habe schon als kleines Mädchen gelernt, dass Piraterie von Zeit zu Zeit auch erfordert, sich schmutzig zu machen. Man muss nur reich genug sein, um sich ein regelmäßiges Bad und mehrere Sätze Kleider zum Wechseln leisten zu können. Da wir gerade beim Thema sind: Ich brauche neue Sachen.«

»Aber du wirst dich schmutzig machen.«

»Das weiß ich, aber in diesen hier stecke ich jetzt schon zu viele Tage drin.« Enwen hat mir mal frische Klamotten gebracht, nachdem ich in Ridens Quartier verlegt worden war. Das ist sehr aufmerksam von ihm, aber ich habe nicht die Zeit, darauf zu warten, dass er beschließt, mir mehr zu bringen. Ich muss frisch und sauber sein, wenn ich Draxen verführen will.

»Also gut, ich geh und hol dir was«, sagt Riden.

»Nein, ich möchte, dass du mir alle meine Sachen bringst.«

Er schnaubt. »Keine Chance. Wer weiß, was du darin versteckst. Du bekommst einen Satz Kleider, und zwar nur diesen einen Satz.«

Enwen wollte mir diesen Gefallen auch nicht tun, aber einen Versuch war es wert.

»Schön«, sage ich. »Dann bring mir das grüne.«

»Das grüne?«

»Ja. Du wirst es erkennen, wenn du es vor dir hast. Und ich möchte eine frische Bluse und eine Strumpfhose.«

»Sonst noch etwas? Vielleicht ein bisschen Unterwäsche?«

»Ich denke nicht im Traum daran, dir diese Befriedigung zu verschaffen.«

Er lacht. »Du kannst mich aber auch nicht davon abhalten, nicht wahr?«

Er geht, für meinen Geschmack ein bisschen zu schnell, um

ihm abzunehmen, dass er lediglich einer Dame einen Gefallen erweisen möchte. Zu eifrig. Vielleicht will er sich nur meine Argumente nicht länger anhören. Oder er kann es nicht erwarten, in meiner Unterwäsche zu wühlen.

»Was ist das?«, herrscht mich Riden eine Weile später an. Er macht sich nicht einmal die Mühe, die Tür nach dem Eintreten wieder zu schließen.

»Meine Klamotten«, antworte ich. »Ernsthaft, Riden, weißt du nicht mehr, wie …«

»Nein«, sagt er und unterbricht damit meine ziemlich gewitzte Bemerkung. »Das ist nicht deine Kleidung. Das würde nicht mal für ein Kind reichen.«

»Es dehnt sich, du Tölpel.«

»Dehnt sich!«, ruft er. »Nein. Das wirst du nicht tragen.« Stattdessen wirft er mir ein purpurnes Stoffbündel zu, das er in der anderen Hand gehalten hat. Es ist ein Korsett, aber eines, das über die Brust reicht, statt unter ihr zu enden. Außerdem gehören eine Kapuze und abnehmbare Ärmel dazu.

»Was hat mein grünes Oberteil dir getan, um dich so zu kränken?«, frage ich.

»Du bist nicht dumm, Alosa. Denkst du, irgendein Angehöriger der Mannschaft wird imstande sein, sich auf seine Pflichten zu konzentrieren, wenn du das trägst?«

Genau deswegen habe ich es ja ausgewählt. Ich muss unbedingt Draxens Aufmerksamkeit erregen. Bisher hat er in mir nie irgendetwas anderes als eine Unannehmlichkeit gesehen. Heute muss sich das ändern, und ich muss das hinbekommen, ohne das zu vergeuden, was von meinem Gesang noch übrig ist.

Er ist der Captain und ich bin seine Gefangene. Aber ich muss ihn dazu bringen, mehr als das in mir zu sehen. Er darf gar nicht mehr fähig sein, etwas anderes als eine Frau in mir zu erkennen. Trüge ich diese grüne Kombination, wäre es unmöglich, diese Tatsache zu übersehen.

»Das ist wohl kaum mein Problem«, sage ich. »Ich will das grüne.«

»Tja, das bekommst du aber nicht. Ich werde es über Bord werfen.«

»Komm schon, Riden. Das ist nicht fair.«

»Du bist eine Gefangene. Fairness ist für dich nicht vorgesehen.«

Gut, dann muss ich mich eben mit dem purpurnen Korsett begnügen, aber ich kann mir nicht verkneifen, Riden erst ein bisschen aufzuziehen. »Bist du sicher, dass da nicht noch ein bisschen mehr dahintersteckt, Riden?«

»Was meinst du?«

»Ich finde, du benimmst dich wie ein eifersüchtiger Ehemann.«

»Ein was?«

»Du weißt schon, Männer, an die sich die Frauen ketten.«

»Ja, ich weiß, was ein Ehemann ist.« Er ballt die Fäuste und starrt mich wütend an. Er sieht furchtbar gut aus, wenn er ärgerlich ist. »Es gibt nichts, worauf ich eifersüchtig sein müsste.«

»Du sagst also, wenn ich dieses Oberteil tragen würde, dann würde dich das in keiner Weise persönlich berühren?«

»Absolut nicht.«

»Dann ist es also kein Problem, wenn ich es anziehe, nicht wahr? Gib es mir.«

Er knirscht mit den Zähnen. »Nein.«

Ich nehme an, ich werde mich mehr auf Körpersprache verlegen müssen, aber ich glaube, das ist machbar. Es gibt Männer, deren Aufmerksamkeit kann ich auch erregen, wenn ich in einem Kartoffelsack stecke.

Draxen scheint schlau zu sein. Schlau genug, es zu merken, wenn ich mich zu sehr bemühe. Ich werde besonders vorsichtig sein müssen.

»Also gut. Geh, damit ich mich umziehen kann. Oder kommst du nicht damit zurecht, zu wissen, dass ich nackt in deinem Quartier bin?«

Ich werfe ihm einen Köder vor und er weiß es. Ich bin beeindruckt, dass er es schafft, mir noch einen bösen Blick zuzuwerfen, ehe er die Tür zuknallt.

Mit geübten Fingern schnüre ich das Oberteil und bringe die Ärmel an, die oberhalb der Schultern spitz zulaufen. Ich setze auch die Kapuze auf. Sollte ich am Ende etwas gar zu Peinliches tun, wäre es nett, etwas zu haben, hinter dem ich mein Gesicht verstecken kann.

Riden hat mir tatsächlich Unterwäsche mitgebracht. Ich bemühe mich, nicht daran zu denken, dass er sie angefasst hat, während ich den Rest meiner sauberen Kleider anziehe. Bemerkenswert, wie sich die neuen Kleider auf meine Stimmung auswirken.

Ich verlasse Ridens Quartier wie eine ganz neue Frau – frei von Sarkasmus, Gehabe und Anstand. Was, wie ich annehme, auf Draxen anziehend wirken dürfte.

Zeit, zu spielen.

Ich habe schon so viel Zeit unter Piraten zugebracht, dass ich selbst dazu neige, herumzustolzieren, aber das ist nicht meine naturgegebene Art, zu gehen. Sirenen sind Geschöpfe von Anmut und Schönheit. Sie sind eher vom Instinkt getrieben als von Erlerntem und Gewohnheiten. Ich zapfe diese Seite meiner selbst an, jenen Ort also, den ich üblicherweise verstecke.

Ich schätze, ich brauche das grüne Oberteil im Grunde gar nicht.

In diesem Zustand kann ich genau spüren, was Männer wollen. Und ich kann das für sie sein, um zu bekommen, was ich will. Sie können ihre Gefühle nicht vor mir verbergen. Jedes Einzelne schwirrt in einem Schleier aus Farbe um sie herum.

Jeder Schritt auf Deck ist weich und anmutig. Meine Bewegungen sind zart und engelhaft, mein Gesicht frei von jeglicher Intelligenz, die in meinem Geist lauert, und es spiegelt nichts von der diebischen Kraft wider, die mich antreibt. Ich kann jedes Fragment des Windes spüren, der über meine Haut streicht. Ich kann das Salz in der Luft spüren. Ich kann jede Haarsträhne auf meinem Kopf spüren und die Bewegungen der Leute um mich herum.

Sirenen sind Geschöpfe, deren gesamte Existenz davon abhängt, Männer zu verzaubern. Ich kann mühelos zu dieser Natur übergehen, aber ich verabscheue es. Ich fühle mich dann nicht mehr wie ich selbst.

Ich lebe auf der Schwelle zweier Welten und versuche verzweifelt, in eine davon zu passen.

Köpfe drehen sich, als ich Ridens Quartier verlasse. Ich tue so, als würde ich es nicht merken. »Wo willst du mich haben?«, frage ich Riden. Auch meine Stimme klingt weicher, beinahe melodisch. Aber ich verzaubere niemanden mit meiner Stimme. Ich kann nicht mehr als drei auf einmal unter Kontrolle halten. Das würde mir auf einem Schiff voller Männer nicht weiterhelfen, selbst wenn ich genug Gesang in mir hätte. Vermutlich hätte ich in jener Nacht nicht so viel in Riden investieren sollen, aber ich konnte nicht widerstehen, nachdem ich einmal angefangen hatte.

Ridens Mund klappt auf, nachdem ich gesprochen habe. Er starrt mich an, als hätte er mich noch nie zuvor gesehen. Und in gewisser Weise hat er das wohl auch nicht. Mein Aussehen hat sich nicht verändert, nur meine Haltung. Die Art, wie ich auftrete, spreche, mich bewege. Ich habe meine Sirenennatur heraufbeschworen, und obwohl ich immer noch genauso aussehe wie zuvor, merken die Männer doch, dass etwas anders ist, und das weckt ihr Interesse.

»Was ist hier los? Warum haben alle aufgehört …« Jetzt sieht Draxen in meine Richtung. Für einen Moment ist er genauso gebannt wie alle anderen. Ich sehe ihm in die Augen. Zeige ihm auf subtilste Art mein Interesse. Er schüttelt den Kopf, als wollte er sich aus einer Art Benommenheit befreien. »Zurück an die Arbeit, oder es gibt die Peitsche für jeden von euch. Riden, was hat sie auf meinem Deck zu suchen?«

Auch Riden muss eine vorübergehende Benommenheit abschütteln. »Sie hat sich entschieden, auf Deck zu arbeiten, statt weiter in meinem Quartier zu verrotten. Ich glaube, sie wird ein bisschen zappelig, Captain.«

Draxen beäugt mich aufmerksam. Ich schenke ihm ein sanftes Lächeln, das ihn dazu bringt, zu schlucken, ehe er etwas sagt. »Haben die Ketten dich bewogen, es dir anders zu überlegen, Prinzessin?«

»Ja, Captain.« Kein Sarkasmus. Nur Ernsthaftigkeit. Und Unschuld. Gefügigkeit. Ich gebe mir Mühe, keine Miene zu verziehen, als mir das Wort in den Sinn kommt. Ein schreckliches Wort. Aber es ist genau das, was ich zeigen muss, wenn das funktionieren soll. Für meinen Vater bin ich bereit, all das zu werden, was ich eigentlich hasse.

Riden und Draxen stehen stumm da, als würden sie darauf warten, dass ich mehr sage. Ah, sie warten auf die gewitzte Bemerkung, die nun zweifellos folgen muss. Sollen sie ruhig warten. Sirene Alosa ist das Versprechen einer Männerfantasie. Gerade jetzt bin ich auf Draxen eingestimmt und versuche, die seine zu werden.

Riden dreht sich zu Draxen um, als hätte er eine Erklärung für mein Verhalten. Wäre ich nicht so auf meine Rolle bedacht, hätte ich gelacht.

Draxen sieht mich mit neuen Augen. In meiner Schwäche sieht er seine Stärke. Ich bin etwas, das beherrscht werden muss. Etwas, das kontrolliert werden sollte. Draxen mag es, Unschuld zu missbrauchen. Allerdings bin ich wahrlich nicht unschuldig. Ich habe viel zu viele Männer getötet, als dass man mich je als unschuldig einstufen könnte, aber alles ist eben eine Frage der Wahrnehmung.

Das rote Licht des Interesses leuchtet über den Schultern des Captains. Es kämpft gegen das Orange der Gleichgültigkeit. Gut.

Und Riden … Ich drehe mich zu ihm um, lese seine Sehnsüchte. Er ist nicht annähernd so gebannt von dieser Version von mir. Riden mag Herausforderungen. Er spielt gern. Für ihn bin ich jetzt weit weniger fesselnd. Interessant. Aber es könnte die Täuschung erschweren. Momentan ist er von Blau umgeben. Blau bedeutet Verwirrung.

Ich habe Jahre damit zugebracht, die Farben, die ich sehe, verstehen zu lernen. Ich musste Piraten fragen, was sie empfinden, wenn ich so bin, um ihre Worte mit dem zu verknüpfen, was ich sehe. Das ist nicht einfach, denn die Leute sind weniger zum Reden geneigt, wenn sie tief in ihren Emotionen stecken. Aber ich habe es geschafft, die Lücken zu füllen.

Ich warte schweigend. Die Verkörperung von Langmut und Verträglichkeit.

Riden sieht aus, als stünde er kurz vorm Umkippen. Er hat

sich den Hals verdreht, während er versucht, dem, was er vor sich hat, einen Sinn abzuringen.

Aber Draxen ist der Captain. Er muss ein Vorbild für die anderen sein, muss sich zwingen, schneller wieder zu Sinnen zu kommen. Der Mann muss sich noch eine Reputation aufbauen, als der junge Captain, der er ist. Draxen ist definitiv das härteste Stück Arbeit auf dem ganzen Schiff.

Wären wir allein, würde er vermutlich binnen fünf Minuten über mich herfallen. Erstaunlich, was Leute im Geheimen tun, wenn niemand sie dabei beobachten kann. Genau das ist der Trick dabei: Ich muss ihn allein erwischen. Und vor allem ohne seinen scharfsinnigen kleinen Bruder Riden.

»Um der Sterne willen, jemand soll ihr einen Mopp geben«, sagt Draxen.

Fünf Männer sind auf Deck und wischen es mit Mopps. Der, der mir am nächsten ist, springt eifrig herbei und gibt mir seinen.

»Danke«, sage ich und ergreife vorsichtig den Holzgriff mit den Fingerspitzen.

Jeder Seemann schrubbt irgendwann das Deck. Das muss regelmäßig gemacht werden, damit sich Salz und Wasser nicht sammeln können. Ich selbst habe mich nie darum gekümmert, aber das darf ich mir jetzt nicht anmerken lassen.

Ich beginne mit der Arbeit, führe den Mopp mit ebenmäßigen Bewegungen. An besonders heiklen Stellen bücke ich mich tief. Alles, was ich tue, folgt einer Absicht. Mir ist jede meiner Bewegungen ebenso bewusst wie Draxens Reaktion darauf. Wenn die Lust zuschlägt, glaubt ein Mann, dass eine Frau alles, was sie tut, für ihn tut. Das trifft gerade jetzt auf Draxen zu. Zwar versucht er, es zu verbergen, aber ich weiß, dass er mich beobachtet. Er kann sich die Veränderung nicht erklären, aber er hält mich nicht für besonders intelligent. Und jetzt wächst seine Begierde, brennt in einem immer tieferen Rot.

»Was tust du?«

Ich werde aus meiner Wahrnehmung von Draxens Gefühlen gerissen, als Riden spricht. »Ich schrubbe das Deck.«

»Nein, das meine ich nicht. Du bist anders.«

»Wie anders? Könntest du bitte aus dem Weg gehen? Ich muss an die Stelle da.«

»Siehst du, genau das meine ich mit anders. Seit wann sagst du ›bitte‹? Und warum bewegst du dich so seltsam? Du siehst lächerlich aus.«

»Es steht dir frei, zu denken, was immer du willst«, sage ich so sanft, als würde ich ihm ein Kompliment machen.

»Hör auf!«, sagt er gedehnt.

»Du wünschst, dass ich nicht mehr schrubbe?«

»Ich rede von deinem Verhalten. Hör auf damit. Es ist … es ist … einfach falsch.«

»Ich bin nicht überzeugt, dass ich verstehe, was du meinst.«

»Du erregst die falsche Art der Aufmerksamkeit auf diesem Schiff, Mädchen. Das wird dich nur in Schwierigkeiten bringen.«

»Und was wäre die richtige Art der Aufmerksamkeit? Deine, vielleicht?« Ich kann nicht anders, als ihn anzustacheln, wenn er so ist. Außerdem kann ich immer noch Draxen hinter mir spüren. Ich riskiere einen kurzen Blick und sehe, dass sich ein wenig Grün in seine Farben geschlichen hat. Gut. Draxen gefällt nicht, dass ich mit Riden rede.

»Ich habe nicht gemeint …«, setzt Riden an.

»Wirklich nicht?« Jetzt konzentriere ich mich auf ihn, auf seine Wünsche und Bedürfnisse. Ich kann die tiefsten Sehnsüchte seines Herzens erkennen. »Du sehnst dich nach Glück,

Riden, aber du hast nicht den Mumm, loszuziehen und es zu suchen. Du bist in vielerlei Hinsicht ein starker und tapferer Mann, aber wenn es darum geht, für dich selbst zu sorgen, bist du schwach.«

»Alosa«, sagt Riden mit gedämpfter Stimme und ernster Miene, und ich spüre, dass er meint, was immer er nun sagen wird. »Es tut mir leid, was zwischen uns vorgefallen ist – wenn dich das verärgert hat. Aber du musst es mir nicht auf diese Art heimzahlen.«

»Du denkst, das tue ich alles um deinetwillen, Riden? Wie merkwürdig arrogant du doch bist. Es ist anstrengend, ständig zu streiten. Damit bin ich fertig.«

»Alosa, bitte. Siehst du denn nicht, was du …«

»Riden!« Jetzt ist es Draxen, der da ruft.

Riden atmet langsam aus. Vielleicht kann er die Gedanken seines Bruders auch ohne besondere Fähigkeiten lesen. »Aye, Captain?«

»Bring das Mädchen hier rauf.«

Riden antwortet nicht. Er sieht mich an. Ich konzentriere mich immer noch auf ihn. Seine Farben sind gespalten. Er ist zwischen der Loyalität gegenüber seinem Bruder und den Gefühlen, die er mir entgegenbringt, hin- und hergerissen. Zwei vollends verschiedene Wirbel von Rot – der Farbe, die am schwersten zu entschlüsseln ist. Bei den meisten Piraten kann man getrost davon ausgehen, dass sie Begierde verrät. Aber das ist nicht die Schattierung, die Ridens Gefühle für seinen Bruder hervorbringen. Oder für mich.

Wahrscheinlich ist es Frustration.

»Riden!«, ruft der Captain erneut.

»Ich komme, Drax.« Zu mir sagt er: »Also los. Lass das hier.« Er zeigt auf Mopp und Eimer.

Ich gehorche. Riden streckt einen Arm aus, um mir zu signalisieren, dass er vorgehen will. Zumindest hat er offenbar nicht vor, wieder meinen Oberarm zu umklammern, wie er es so gern tut.

Als wir durch den Pulk arbeitender Männer gehen, sehe ich Enwen, der lächelnd den Kopf schüttelt. Er ist beeindruckt. So, wie ich sein diebisches Geschick bewundere, bewundert er meine Fähigkeiten. Zwar kann ich seine Gedanken nicht lesen, aber ich kann doch klar erkennen, dass er direkt durch mich hindurchsieht. Er mag nicht genau wissen, was ich tue, aber er erkennt einen Schauspielerkollegen, wenn er ihn vor sich hat.

Es ist ein kurzer Spaziergang an der Steuerbordseite des Schiffes und den Niedergang hinauf. Am Achterkastell in der Nähe des Ruders bleiben wir stehen.

»Das ist alles, Riden.«

»Bist du sicher, Captain?«

»Ja.«

»Aber sie könnte …«

»Ich bin durchaus imstande, selbst damit fertigzuwerden.«

»Natürlich.« Riden steigt die Stufen wieder hinunter und bezieht am anderen Ende des Schiffes – auf dem Vorderdeck – Position, von wo aus er alle Männer im Blick und unter Kontrolle hat. Mir entgeht nicht, dass er auch uns hier oben von dort aus gut sehen kann. Selbst aus dieser Entfernung bin ich in der Lage, seine Farben zu lesen. Er ist schwarz mit ein bisschen Grün. Schwarz ist Furcht. Warum sollte Riden sich fürchten?

»Du bist entlassen, Kearan«, sagt Draxen. »Geh und füll dich ab.«

»Das musst du mir nicht zweimal sagen. Halt sie einfach auf Nordostkurs, Captain.«

Als Kearan geht, übernimmt Draxen das Ruder. Im Vorbeistolzieren nickt er mir gelangweilt zu. Damit sind wir nur noch zu zweit auf dem Achterdeck. Natürlich sind wir im Blickfeld der meisten Piraten. Aber sie können nicht hören, was hier oben gesprochen wird. Und ich sehe Draxen an, dass er reden will. Eigenartig.

»Hast du je ein Schiff gesteuert?«, fragt er.

»Nein«, lüge ich. Das ist die Antwort, die er hören will. Wenn er mir das abnimmt, ist er ein Narr. Ich bin die Tochter des Piratenkönigs. Natürlich habe ich schon ein Schiff gesteuert.

Aber Draxen ist im Augenblick nicht ganz bei Sinnen.

Er nimmt meine Hand und führt mich vor sich. Nach dem Zufallsprinzip greife ich zwei Speichen des Steuerrads.

»Nein«, sagt er. »Leg eine Hand hierhin.« Er verschiebt meine Hand für mich. »Und die andere da. Siehst du, das fühlt sich doch besser an, nicht wahr?« Seine Stimme klingt so fest und gebieterisch wie immer. Er genießt es, anderen zu sagen, was sie zu tun haben. Für einen Captain ist das eine nützliche Eigenschaft.

Ich kann nicht anders, ich muss mich zum anderen Ende des Schiffes umschauen. Riden hat sich nicht von der Stelle gerührt. Und ich sehe sein Gesicht nicht, also kann ich auch nicht erkennen, ob sich seine Miene verändert hat. Aber ich spüre, was er empfindet.

Und ihm gefällt gar nicht, dass Draxen mich anfasst.

Damit sind wir schon zwei.

»Der Bug des Schiffes muss immer nach Nordosten zeigen. Die Sonne geht bald unter, also achte darauf, dass sie links hinter dir ist. Wenn sie untergegangen ist, orientieren wir uns an den Sternen.«

Es kostet mich einige Mühe, nicht die Augen zu verdrehen.

»Wirklich?« Das ist eine ganz und gar unschuldige Frage, kein Sarkasmus.

»Ja, wir alle sollten die Sterne preisen. Sie sind so nützlich wie schön. Manche verändern niemals ihre Position. Sie sind die Konstanten am Himmel. Ohne sie wären wir verloren.«

»Faszinierend.«

Er plaudert weiter. Ihm ist es lieber, wenn ich schweige, und das spüre ich. Diese Veränderung in seiner Haltung ist gar keine echte Veränderung. Eher so etwas wie eine Darbietung. Jeder verändert sein Verhalten, wenn er etwas will. Und im Augenblick will Draxen mich. Wie könnte er auch nicht? Ich gebe ihm schließlich exakt das, was er will. Er kann nicht anders, als sich mehr und mehr zu mir hingezogen zu fühlen. Die düstere Piratennatur hat er vorübergehend beiseitegeschoben. Er versucht, mich so zu verzaubern, wie ich ihn verzaubere. Das ist die übliche Reaktion. Aber sie funktioniert natürlich nie.

Immer bin ich diejenige, die die Kontrolle hat.

Kapitel 14

Endlich ist es Nacht. Dann kann ich diese Scharade bald beenden.

Dummerweise wird Draxen beim Anblick der Sterne nur noch geschwätziger.

»Siehst du diese Konstellation da?« Er zeigt nach Norden. »Und die hier?« Er zeigt nach Süden.

»Ja.«

»Das waren nicht immer Sterne.«

»Was denn dann?« Wie unfassbar kitschig, ausgerechnet diese Geschichte auszuwählen.

»Es waren Liebende. Filirrion«, er deutet auf den Stern im Süden, »und Emphitria.« Er zeigt auf den im Norden. »Man sagt, es sei die größte Liebesgeschichte, die je erzählt wurde. Leider endet sie nicht gut.«

»Was ist passiert?«, frage ich und hoffe, dass er sich kurzfasst.

»Es war noch ein anderer in Emphitria verliebt: Xiomen, ein Zauberer, der mit den schwärzesten Künsten vertraut war. Er liebte sie sehr, aber Emphitria hatte nur Augen für Filirrion. Von eifersüchtigem Zorn getrieben, verfluchte Xiomen beide. Er veränderte ihre Gestalt und platzierte sie an den entgegengesetzten Enden der Welt am Himmel, damit sie nie zusammenkommen können.«

»Wie tragisch«, sage ich.

Draxen nickt. »Während sich all die anderen Sterne am Himmel bewegen, verändern sich drei Konstellationen nie. Filirrion und Emphitria sind zwei davon.«

»Und die dritte?«

Draxen zeigt wieder zum Himmel. »Xiomen. Es hat ihm nicht gereicht, die beiden zu trennen, also hat er auch sich selbst verflucht, und nun verweilt er genau in der Mitte zwischen den beiden Liebenden, um ihnen den Blick aufeinander zu verstellen. Siehst du, wie er auf Emphitria ausgerichtet ist und sie auf ihn?«

»Ja.«

»Emphitria versucht, Filirrion zu sehen, aber wie sehr sie sich auch bemühen mag, sie kann nicht an Xiomen vorbeiblicken.«

Wenn diese Geschichte je eine Frau bewegt hat, mit Draxen ins Bett zu steigen, dann hacke ich mir den Arm ab.

Nach seiner Erzählung tritt Stille ein. Von Zeit zu Zeit bringe ich uns vom Kurs ab und zwinge Draxen, meine Hände zu ergreifen und ihn zu korrigieren. Er denkt nicht, dass ich versuche, uns gezielt in eine andere Richtung zu lenken. Er hält mich einfach für inkompetent. Ich wiederum ermutige ihn, mich anzufassen, noch mehr zu wollen. Mich in sein Quartier mitzunehmen, damit ich nach der Karte suchen kann.

Die Nachtwache kommt zu uns herauf. »Soll ich übernehmen, Captain?«

»Ja, ich denke, ich werde mich jetzt zurückziehen.«

»In Ordnung.«

»Komm her, Mädchen«, befiehlt Draxen. Ich folge ihm bis zu der Tür, die zu seinem Quartier führt. »Sollen wir unsere Unterhaltung über die Konstellationen noch ein wenig fortsetzen?«

»Oh, ja.« Als könnten wir die Konstellationen noch sehen,

wenn wir in seinem Quartier sind. Blöder Idiot. Ich weiß nicht, wie lange ich das noch aushalten kann.

Draxen zündet ein paar Kerzen an, nachdem wir sein Quartier betreten haben.

»Erzähl mir mehr über die beiden Liebenden«, sage ich.

»Ich habe eine bessere Idee«, erwidert er.

Jetzt kommt's. Er wollte nur mit mir allein sein, damit die Mannschaft ihn nicht sehen kann. Oder mich, wenn ich mich wehre. Allerdings weiß ich nicht, wie er verheimlichen will, was wir tun, obgleich doch jeder, der noch an Deck war, gesehen hat, wie ich sein Quartier betreten habe.

»Und was mag das sein?«, frage ich.

»Leg dich aufs Bett.«

»Warum?«

Er liebt meine Fragen. Er möchte sie beantworten. Er will sich vor mir aufspielen. Er ist zu sehr in diesem Augenblick gefangen, um zu begreifen, dass das alles ein Trick ist. Er sollte es besser wissen. Aber wenn ich mich auf einen Mann konzentriere, merkt er das nie. Sie sind dann alle zu sehr … na ja … mit mir beschäftigt.

»Ich werde dir etwas zeigen, das noch magischer ist als die Sterne.«

Oh, igitt. Igitt. Igitt. Igitt. Ich kann das nicht. Ich kann es nicht mal ertragen, ihn noch länger reden zu hören. Er muss endlich den Mund halten.

Ich trete vor, ganz nah heran. »Wie wäre es, wenn ich dir etwas zeige?« Als ich den Kopf hebe, kommt er mir begierig entgegen … zu einem Kuss.

Er küsst nicht schlecht – obwohl ich bezweifle, dass Draxen genauso geübt darin ist wie Riden.

Aber mir macht das keine Freude. Weil ich nicht gelangweilt

und auf Spaß aus bin. Ich versuche hier lediglich, etwas zu erledigen. Und ich weiß genau, was für ein mieser Kerl Draxen ist. Das kann ich unmöglich ignorieren, wenn ich mich so sehr darauf konzentriere, was er mit Herz und Geist begehrt.

Ich ziehe ihm den Mantel aus und lasse ihn auf den Boden fallen – in der Absicht, ihn bald zu durchsuchen. Draxen versteht es als Einladung. Er stürzt sich sogleich auf meine Hose und fummelt an der Schnalle herum.

Ugh. Das reicht jetzt.

Ich stoße Draxen auf das Bett und klettere auf ihn. In dieser Position erwecke ich den Eindruck, ich hätte es eilig, den Gürtel an seiner Hose zu öffnen. Ich kann spüren, wie die Lust in ihm brennt. Es ist widerlich und erbärmlich und ich möchte sie ersticken.

Als ich seinen Gürtel geöffnet habe, nehme ich ihm das Schwert samt Scheide ab.

Und benutze das Heft, um ihn mit einem Hieb, direkt auf den Kopf, bewusstlos zu schlagen.

»Uff«, macht er, ehe er in sich zusammensackt und regungslos liegen bleibt.

Ich weiß nicht, was schlimmer ist – das, was ich gerade getan habe, oder das, was ich noch zu tun habe.

Sieh ihn nicht an, sage ich mir. Konzentrier dich auf die Klamotten. Nicht auf das, was darunter ist.

Ich ziehe ihn aus. Jedes einzelne Kleidungsstück. Dann lasse ich ihn nackt auf dem Bett liegen, während ich sämtliche Taschen durchwühle, nach einem Versteck im Futter suche, nach einer falschen Sohle in seinen Stiefeln.

Aber es ist …

Nicht hier.

Mir wird ganz flau. Wie kann es nicht hier sein? Ich war so

sicher. Ich habe mich so verzweifelt darauf verlassen. Was kann ich jetzt tun, wenn er erst wieder aufwacht? Er wird wissen, dass ich ihn gelinkt habe. Er wird wissen, dass ich ihn für irgendetwas benutzt habe. Und er wird nicht sehr erfreut sein.

Und bald darauf erreichen wir meinen Vater. Und er …

Nein. Ich muss diesen Gedankengang sofort beenden. Er wird mir nicht helfen. Ich muss mit meinen Gedanken ganz in der Gegenwart bleiben. Wie kann ich das wieder in Ordnung bringen?

Draxen ins Vergessen zu singen, ist keine Option. Ich habe nicht genug Gesang übrig, um seine Erinnerung zu löschen. Mit Erinnerungen herumzuspielen, dazu ist mehr nötig, als einen Mann nur schlafen zu legen.

Ich habe es wirklich gründlich vermasselt. Draxen verführen? Das muss meine bisher schlechteste Idee gewesen sein.

Ich muss mir den Mund zuhalten, um nicht vor lauter Frust laut aufzustöhnen.

Plötzlich hämmert jemand an die Tür.

»Draxen!« Das ist Riden. »Mach auf oder ich komme rein.«

Ich höre, wie das Schloss entriegelt wird, also renne ich zur Tür. Als sie sich öffnet, schlüpfe ich hinaus und schließe sie hinter mir, ehe Riden hineinschauen kann.

»Was ist hier los?«, fragt er.

»Dein Bruder hat mir von den Konstellationen erzählt«, sage ich.

Ridens Augen weiten sich. Das muss ein ungewöhnliches Spiel für Draxen sein. »Er hat nicht …«

»Nicht was?«, frage ich.

»Du hast ihn nicht …« Er bringt es nicht über die Lippen.

»Riden, wir waren kaum zwei Minuten da drin.«

Er schüttelt den Kopf. »Natürlich. Aber was macht er dann

jetzt?« Wieder weiten sich seine Augen. »Sag mir, dass du ihn nicht umgebracht hast!«

Es schmeichelt mir zwar, dass er weiß, wie leicht ich Draxen hätte umbringen können, aber ich verdrehe trotzdem die Augen. »Ich habe ihn nicht umgebracht.«

»Und warum schreit und flucht er dann jetzt nicht?«

Berechtigte Frage. Ich werde ein bisschen Wahrheit einstreuen müssen, wenn ich mich da rauswinden will. »Er ist ein bisschen zu handgreiflich geworden, also habe ich ihn bewusstlos geschlagen.«

Riden entspannt sich ein wenig. Ich finde es witzig, dass er gar nicht verärgert oder besorgt ist, weil ich seinen Bruder umgehauen habe. Er beäugt die Tür.

Er darf auf keinen Fall dort reingehen. Ich kann nicht erklären, warum Draxen nackt ist, wenn ich das Bett nicht mit ihm geteilt habe, und, na ja, ich will nicht, dass Riden denkt, ich hätte es mit ihm geteilt.

»Was ist los, Alosa? Warum bist du überhaupt da reingegangen?«

Wir müssen hier weg. Sofort. Ich weiß nicht, wie viel Zeit mir bleibt, bis Draxen aufwacht.

»Können wir uns irgendwo anders unterhalten?«, frage ich. »Vielleicht in deinem Quartier? Ich werde all deine Fragen beantworten, aber es ist so kalt hier draußen.«

Er beäugt mich immer noch argwöhnisch, gibt aber schließlich nach und geht voran … zu seinem Quartier. Er schreitet ungewöhnlich energisch aus, springt auf das Hauptdeck hinunter, statt die Stufen zu nehmen. Die Nachtwachen drehen sich um, um nachzusehen, was der Lärm zu bedeuten hat. Als Riden die Tür zu seinen Räumlichkeiten aufreißt, kann ich mir ein Lächeln nicht verkneifen. Er ist grantig.

Aber mein Amüsement löst sich beinahe augenblicklich in Luft auf. Ich habe ein Riesenproblem. Es kostet mich all meine Kraft, nicht in Panik zu geraten. Vielleicht sollte ich zurückgehen und Draxen töten. Wenn er aufwacht, bricht sowieso die Hölle los. Und Draxen hätte es verdient, zu sterben.

Ich weiß nur nicht, ob ich Riden das antun kann. Aus Gründen, die ich nicht verstehe, liebt er seinen Bruder. Ich glaube, er wäre am Boden zerstört, wenn Draxen tot wäre. Vielleicht würde er sogar daran zerbrechen.

Aber welche Wahl bleibt mir dann? Wo sonst könnte die Karte sein? Wenn sie nicht auf dem Schiff ist und Draxen sie nicht bei sich hat …

Ich starre Ridens Kehrseite an, als mir ein Gedanke kommt.

Was, wenn Riden sie hat?

Nachdem ich Draxens Quartier schon in der ersten Nacht meiner Gefangenschaft durchsucht habe, war mein nächster Gedanke, er könnte die Karte Riden zur Aufbewahrung gegeben haben. Aber was, wenn Riden sie bei sich trägt? Wie konnte ich nur so langsam sein? Ich hatte doch reichlich Gelegenheiten, sie bei ihm zu suchen. In der Nacht, in der ich ihn in den Schlaf gesungen habe, hätte nicht einmal ein Hurrikan ihn wecken können.

Nun werde ich ihn wohl genauso wie Draxen bewusstlos schlagen müssen. Eigentlich kann ich wirklich nichts tun, um die Sache noch schlimmer zu machen, oder? Ich habe die Mission bereits sabotiert. Oder vielleicht auch nicht. Vielleicht wird Draxen mich, wenn er wieder zu sich kommt, lediglich zurück in meine Zelle stecken. Aber das bezweifle ich.

Als wir allein sind, steht Riden mit vor der Brust verschränkten Armen erwartungsvoll da. Kaum, dass ich Draxen umgehauen hatte, habe ich den Sirenenanteil meiner selbst losgelassen. Und nach einer Weile fordert er einen Tribut von meinem Geist. Das ist schwer zu erklären, aber ich verliere mich in anderen, wenn ich mich zu lange auf ihre Gefühle und Sehnsüchte konzentriere. Sie werden dann zu meinen eigenen, und ich vergesse, wer ich bin. Das ist beängstigend. Vater hatte mich angetrieben, mir geholfen herauszufinden, wie lange ich es ertragen kann, von anderen verzehrt zu werden, ehe ich allmählich so werde wie sie. Seither habe ich mir nie gestattet, meine Grenze zu überschreiten.

Als würde das nicht reichen, muss ich auch noch mit den vorübergehenden Nebenwirkungen zurechtkommen, mit dem Gefühl, nicht zu dieser Welt zu gehören. Ich hasse die Sehnsüchte und Gefühle, die für mich so klar sind wie die Farbe auf einer Leinwand. Sie gehören nicht zu mir und ich fühle sie nicht gern. Außerdem muss ich Riden nicht lesen. Ich brauche nur vorsichtig zu sein, weil er jetzt schon argwöhnisch und verwirrt ist. Wenn ich ihn übertölpeln will, muss ich erst dafür sorgen, dass er sich entspannt und mit mir redet. Ich muss ihm ein paar Lügen, vermengt mit Wahrheiten, vorsetzen.

»Ich mache mir Sorgen, Riden«, beginne ich. »Mein Vater – es mag so aussehen, als würde er sich um mich sorgen, als könnte er es gar nicht erwarten, mich auszulösen, aber er wird wütend auf mich sein.«

»Warum?«, fragt er.

»Weil ich mich überhaupt habe gefangen nehmen lassen. Er wird mich für leichtsinnig und dumm halten. Und er wird wegen des Geldes, das er deswegen verliert, zürnen. Ich … ich weiß nicht, was er tun wird, wenn er mich erst zurückhat.«

Riden sieht meine Beine an, in Gedanken zweifellos bei den Narben, die er dort einmal entdeckt hat. »Das kann ich mir vorstellen, aber was hatte all das zu bedeuten?« Er zeigt mit dem Daumen in Richtung Deck und seine Züge verhärten.

»Ich habe versucht, Draxens Aufmerksamkeit zu erregen. Ich musste mit ihm darüber sprechen. Ich dachte, wir könnten uns vielleicht etwas ausdenken. Eine Möglichkeit finden, damit er sein Geld bekommt und ich meine Freiheit.«

»Und?«

»Draxen war überhaupt nicht daran interessiert, zu reden.«

Riden verzieht das Gesicht, hebt die Hand und kratzt sich am Hinterkopf. »Ich rede mit ihm.«

Nun muss ich meine Verwirrung nicht vortäuschen. »Worüber denn?«

»Ich bin sicher, es gibt einen Weg, wie wir uns unser Geld holen und dich dann freilassen können. Du wirst all die Informationen preisgeben müssen, die du bisher zurückgehalten hast, aber du musst nicht zu deinem Vater zurückkehren.«

Ich lache, ein kurzes, zweifelndes Lachen. »Wo soll ich denn sonst hin?«

»Irgendwo.«

»Er wird mich finden, egal, wohin ich gehe.«

»Dann geh nicht. Bleib hier.« Riden sieht aus, als erschrecke er über seine eigenen Worte.

»Bleiben? Warum um alles in der Welt sollte ich das tun?«

»Ich weiß nicht, warum ich das gesagt habe. Vergiss es.«

Er sieht äußerst unbehaglich aus, möglicherweise drauf und dran, davonzulaufen. Jetzt muss ich schnell handeln. Wie bekomme ich freie Bahn zu seinem Schädel? Und womit kann ich ihn umhauen? Riden hat alle Waffen aus dem Raum entfernt. Und nach allem, was mit Draxen passiert ist, ist er ganz eindeutig noch auf der Hut.

Damit bleiben mir nicht viele Möglichkeiten. Und es fällt

mir schwer, klar zu denken, während alles zusammenbricht. Vorerst muss ich ihn am Reden halten. Dann wird mir schon irgendwann etwas einfallen.

»Du hast es gesagt, weil du es gedacht hast.«

»Nein, habe ich nicht.«

»Wirklich? Dann hat sich dein Mund das ganz allein ausgedacht?«

»Er ist ausgesprochen talentiert.«

»Ja, das ist mir durchaus bewusst.« Für diese Worte könnte ich mich ohrfeigen, aber ich muss ihn bei der Stange halten. Ich muss nachdenken.

Er lächelt verständnisinnig. »Darüber sollten wir vermutlich noch reden.«

»Worüber?«, frage ich zu unschuldig, um glaubwürdig zu sein.

»Du weißt, worüber.«

Es ist schon ein paar Wochen her. Warum sollte er gerade jetzt darüber reden wollen? Außerdem ist er ein Pirat – warum sollte er überhaupt darüber reden wollen?

»Was genau hast du zu sagen?«, frage ich, so neugierig wie eh und je.

Riden sagt nichts. Ich kann ihm ansehen, dass er nach Worten sucht, aber ihm fällt nichts ein.

»Hier hast du alles, was es zu sagen gibt«, ergreife ich die Initiative. »Ich bin die Gefangene auf diesem Schiff. Ich bin auch die einzige Frau auf diesem Schiff. Du warst ein bisschen einsam und ich war ein bisschen verrückt. Das ist alles. Es mag dumm gewesen sein, aber es ist vorbei, also lass es uns vergessen.«

Soll ich ihn an die Wand rammen? Er wäre so bewusstlos wie Draxen, aber wenn er sieht, was ich tue, wird er beim Aufwachen sehr misstrauisch sein. Wie viele Frauen sind schon stark genug, so etwas tun zu können? Riden weiß bereits, dass etwas an mir anders ist. Was, wenn er auch darauf kommt?

Offenbar werde ich allmählich paranoid. Ich brauche mehr Schlaf.

»Das sehe ich anders.«

»Was?«, frage ich und kehre zu unserem Gespräch zurück.

Riden weiß, dass ich ihn gehört habe, also verzichtet er darauf, sich zu wiederholen.

Ist er so daran gewöhnt, sich mit mir zu streiten, dass er gar nicht mehr anders kann? Selbst, wenn ich die Wahrheit sage? Und warum ist er so hartnäckig, wenn es um dieses Thema geht?

Ich beschließe zu schummeln. Im Augenblick ist meine Neugier stärker als mein Widerwille, und ich habe noch etwas Zeit, ehe ich mich verlieren kann.

Ich konzentriere mich auf Riden. Auf seinen Geist und sein Herz. Ich kann spüren, dass er frustriert ist. Wegen sich und wegen mir. Ich weiß nur nicht, warum. Ich kann Gefühle und Sehnsüchte spüren. Aber ich kann keine Gedanken lesen, wie hilfreich das auch wäre. Das Warum hinter den Absichten der Leute bleibt mir immer verschlossen.

Alles, was ich weiß, ist, dass Riden mich wieder küssen will. Im Moment ist das sein größter Wunsch und er kann es nicht vor mir verbergen. Ich fühle es, als wäre es meine eigene Emotion. Und wenn ich auch überzeugt bin, es liege nur daran, dass er schon lange nicht mehr mit einer Frau allein war, ist das eindeutig etwas, das ich zu meinem Vorteil nutzen kann.

Vergiss das Umhauen. Ich muss dafür sorgen, dass Ridens größter Wunsch Schlaf ist. Wenn er erst schläft, kann ich ihn mit meinem Gesang darin festhalten. Dafür habe ich noch genug in mir.

Aber es gibt nur eine Möglichkeit, seinen größten Wunsch zu verwandeln. Ich muss ihm den ersten gewähren, damit er zufrieden ist und an etwas anderes denkt.

Ich schlucke. Aus irgendeinem Grund erregt mich der Gedanke. Das muss der Nervenkitzel dieses Spiels sein.

Also, wie fange ich es an?

»Du siehst das anders?«, frage ich. »Was, denkst du, ist passiert?«

Ein tiefes, stürmisches Grau umgibt ihn. Schlechtes Gewissen. Zweifellos, weil er seinen Bruder hintergangen hat. Er möchte von dieser Schuld befreit werden. Er will haben, was er sich wünscht, aber ohne die Konsequenzen, die damit einhergehen.

Typisch Pirat.

Kein Verantwortungsgefühl. Nichts als egoistisches Verlangen.

»Ich denke«, sagt Riden endlich, »dass da mehr ist, als einer von uns zugeben möchte.«

»Mehr was?«

Seine Frustration flammt auf, ebenso wie sein Verlangen. Interessant, wie beides zusammenhängt. Aber so kann ich nicht länger weitermachen. Zeit, die Sirene wieder loszulassen.

»Was hast du getan?«, fragt er.

Ich ziehe eine Braue hoch. »Was meinst du?«

»Du … du hast dich gerade verändert. Für einen Augenblick hast du anders ausgesehen, aber ich dachte, ich hätte es mir eingebildet. Jetzt siehst du wieder so aus wie du selbst.«

Bisher war nie jemand in der Lage, zu sehen, wann ich meine Fähigkeiten nutze. Riden kann den Unterschied eigentlich nicht bemerkt haben. Oder doch?

»Also gut, Riden, wenn dieses Gespräch irgendetwas zu besagen hast, dann bist du gerade nicht ganz bei dir. Vielleicht solltest du dich ein bisschen ausruhen.«

»Schlaf ist das Letzte, was ich im Sinn habe.«

Das weiß ich. Trotzdem muss ich ihn ins Bett bekommen. »Du musst dich entspannen. Komm, setz dich.« Ich setze mich auf das Bett und klopfe neben mir auf die Matratze.

Er wirkt gequält, hin- und hergerissen. Vielleicht hätte ich die Sirene nicht so schnell wegpacken sollen. Aber ich werde mich nicht dazu herablassen, sie heute Nacht noch einmal rauszuholen. Dafür müsste ich schon sehr verzweifelt sein.

»Keine Sorge, ich tu dir nichts«, sage ich.

Er schnaubt verächtlich. »Als könntest du das …«

Ich zeige auf seine Seite, wo ich ihn verwundet hatte, als wir auf der Insel waren.

»Ich habe dir gestattet, das zu tun.«

»Genau. Weil du so kühn und tapfer bist. Komm, setz dich. Selbst hin- und hergerissene Piraten brauchen mal eine Pause.«

Endlich gibt er nach. Aber er will mich nicht ansehen, und er achtet darauf, auf dem Bett gut einen Fuß Abstand zu mir einzuhalten. Interessant, besonders, weil ich schon weiß, was er wirklich will. Offenbar versucht er, sich von der Verlockung fernzuhalten. Wenn dem so ist, dann hätte er sich lieber nicht auf das Bett setzen sollen. Das ist alles, was ich als Einladung brauche.

»Ich nehme an, Erster Maat zu sein, ist richtig belastend für dich«, sage ich.

»Warum?«

»Weil du nicht der Captain bist. Ich könnte es nicht ertragen, Erster Maat zu sein. Ich muss immer meinen Willen durchsetzen.«

Er lacht.

»Ich mag die Freiheit, die mir das gibt«, fahre ich fort. »Du kommst mir vor wie jemand, der sich mehr Freiheit wünscht.«

»Bin ich so leicht zu durchschauen?«

Um das herauszufinden, habe ich meine Kräfte nicht benötigt. Riden ist für mich leichter zu enträtseln als andere. »Manchmal. Da drin ist mehr los, als du aussprichst.« Ich tippe ihm mit dem Finger an den Kopf.

Bei der Berührung dreht er sich endlich zu mir um. »Woher weißt du so viel? Wieso bist du … so wie du bist?«

»Ich bin, wie ich bin, weil ich es so beschlossen habe. Ich bin, wie ich sein möchte. Manche Leute denken, man müsse sich finden. Ich nicht. Ich glaube, wir erschaffen uns selbst, um das zu sein, was wir sein wollen. Jeder Aspekt unserer selbst, den wir nicht mögen, kann verändert werden, wenn wir uns nur genug bemühen.«

Das war vielleicht ein bisschen viel, aber Riden schluckt es. Seine Augen brennen. Sie sind wirklich von einem wunderschönen Braun.

Ich umfasse seine Hand mit der meinen.

»Was tust du?«, fragt er.

»Nichts, ich wollte dich berühren, also habe ich es getan.«

»So einfach ist das?«

»So einfach ist das.«

»Ich möchte dich noch mal küssen.«

»Und warum tust du es dann nicht?«

»Weil ich dir nicht helfen kann. Alles, was ich tun kann, ist, zu nehmen, ohne etwas zurückzugeben.«

Angesichts seiner Ehrlichkeit bin ich sprachlos. Vielleicht ist das auch keine Ehrlichkeit, aber Ernsthaftigkeit und Selbstlosigkeit lag in dem, was er gesagt hat. So etwas habe ich einen Piraten noch nie äußern hören. Es ist … falsch. Unangenehm.

Beinahe bekomme ich ein schlechtes Gewissen, weil ich nur mit ihm spiele.

Beinahe.

Ich rutsche näher an ihn heran, bewege die Hand zu seinem Gesicht und flüstere: »Aber du gibst. Du lenkst mich von dem Schicksal ab, das mich erwartet. Das ist mehr, als ich erhoffen konnte.«

Ich beuge mich vor und presse meine Lippen auf seine. Statt den Kuss zu erwidern, wühlt er eine Hand in mein Haar und spricht sanft und mit einem Hauch von Hoffnungslosigkeit meinen Namen.

Ich weiß, dass er es will; ich muss ihn nur dazu bringen, sich seinem Wunsch auch hinzugeben.

Ich gleite auf seinen Schoß und ziehe ihn dabei dicht an mich.

Obwohl ich vor Verlegenheit sterben würde, sollte je jemand aus meiner Mannschaft erfahren, dass ich das gesagt habe, füge ich hinzu: »Bitte, Riden. Ich will es. Willst du es etwa nicht?«

Das zeitigt das gewünschte Ergebnis. Endlich spüre ich Bewegung unter meinen Lippen. Sanft, unsicher. Eigenartig für Riden, der sonst immer so selbstsicher wirkt. Vielleicht braucht er noch etwas mehr Ermutigung.

Ich streiche mit der Zunge über seine Oberlippe.

Die Veränderung ist abrupt. Ehe ich weiß, wie mir geschieht, liegt eine seiner Hände an meinem Hinterkopf und die andere seitlich an meiner Hüfte. Ich gleite mit den Lippen zu seinem Hals, necke ihn an genau den richtigen Stellen, um sein Herz noch schneller schlagen zu lassen.

Aber er hat mir jetzt lange genug den ganzen Spaß überlassen. Mit einer Hand an meinem Kinn führt er meine Lippen wieder an die seinen heran. Er übernimmt die Kontrolle über diesen Kuss, bestimmt Rhythmus und Tempo. Ich lasse ihn, gebe ihm das Gefühl, alles in der Hand zu haben. Ich habe den Eindruck, dass er das braucht, wenn ich ihn dorthin bringen will, wo ich ihn haben will.

Riden streift seinen Mantel ab. Offenbar wird es ihm ein wenig warm hier drin.

Gut – immerhin eine Sache, die ich ihm nicht selbst ausziehen muss.

Für einen Moment gestatte ich mir, mich seinem Kuss hinzugeben. Das alles dient einem größeren Ziel, aber ich kann nicht bestreiten, wie anders es ist, Riden zu küssen – und nicht Draxen. Draxen fühlt sich falsch an. Draxen ist ein selbstsüchtiger Liebhaber. So viel war sofort zu erkennen.

Und Riden …

Riden nicht.

Riden weiß, wo er meine Haut streicheln muss, damit ich mich lebendiger fühle. Er schafft es, dass ich unter dem Druck seiner Lippen beinahe aufkeuche, und ich schnappe nach Luft, als seine Zähne an der Haut unterhalb meiner Kehle knabbern.

Riden legt mich auf das Bett. Ich greife nach dem Saum seines Hemds und ziehe es hoch. Er hilft mir, es über seinen Kopf zu ziehen, ehe er es auf den Boden fallen lässt. Aber ich achte genau darauf, wo es landet. Versteckte Taschen lassen sich überall einnähen.

Der Plan war, Riden ein bisschen von dem zu geben, was er will. Dafür zu sorgen, dass er nicht mehr so frustriert ist. Damit er schlafen möchte. Jetzt erkenne ich, dass das vielleicht doch nicht der beste Plan war. Möglicherweise war es überhaupt nicht der wahre Plan, sondern nur eine Rechtfertigung dafür, ihn wieder zu küssen.

Zumindest muss ich ihm weniger Kleidung ausziehen, wenn er erst mal weg ist. Männer sind schwer.

Aber was mache ich mit dem, was gerade passiert?

Riden fingert an der Schnur herum … an der Seite meines Korsetts. Er löst sie nicht, trotzdem macht mich das, was er tut, wahnsinnig. Merkt er das? Er tut das doch bestimmt nicht einfach so. Dafür ist er viel zu verschlagen.

Mein Bauch brennt vor Aufregung. Und mein Verstand kämpft dagegen an.

Draxen ist bewusstlos. Du hast nicht viel Zeit.

Aber Ridens Hände sind so weich und warm. Ich möchte nicht, dass er aufhört, mich zu berühren.

Du musst die Karte finden. Denk doch nur, was Vater mit dir machen wird, wenn du versagst.

Aber bei diesem Gedanken an Ridens Lippen läuft mir das Wasser im Mund zusammen. Ich könnte ewig in seinen Armen liegen.

Alosa, hast du vergessen, dass du Piratenkönigin werden willst? Da draußen ist eine Insel voller Schätze. Beschaff dir die Karte und alles wird sich fügen.

Genau. Verdammt!

Das wird das Leichtsinnigste, was ich je getan habe, seit ich auf diesem Schiff bin. Aber ich muss handeln, ehe Draxen aufwacht und ehe ich mich noch in diesem … Moment verliere.

Es ist nur so wenig übrig, aber es muss reichen.

Ich singe. Nur eine Note. Das ist alles, was ich habe.

Zu meinem Glück ist Riden bereits sehr auf mich eingestimmt. Er kippt auf das Bett. Ist augenblicklich weg. Doch das kann unmöglich lange vorhalten. Es war ja kaum etwas drin.

Mein Atem geht immer noch schneller als der Wind. Das war wirklich dumm. Ich hatte zwar genug Gesang, um Riden schlafen zu lassen, aber es war nichts mehr übrig, um ihn vergessen zu lassen. Er wird sich erinnern, dass ich zu ihm gesungen habe.

Aber wenn ich erst einmal die Karte habe, dann kann ich auch runter von diesem Schiff und das alles ist egal. Vater wird sich der *Night Farer* bemächtigen und alle an Bord töten. Niemand wird mehr übrig sein, der davon berichten könnte.

Eine Planke knarrt. Mein Blick zuckt zur Tür, aber dann schüttele ich rasch den Kopf und wende den Blick wieder ab. Das Schiff ist alt. Holz knarrt.

Obwohl ich unter Zeitdruck stehe, nehme ich mir ein paar Sekunden, um durchzuatmen. Mein Herz schlägt in einem unmöglichen Tempo.

Irgendwann kontrolliere ich seinen Mantel und sein Hemd, streiche mit den Fingern mehrfach über den Stoff. Ich weiß nicht recht, ob ich enttäuscht bin, als ich sicher weiß, dass sie dort nicht ist.

Denn damit bleiben seine Stiefel, seine Strümpfe.

Und seine Kniehose.

Nicht, dass Riden nicht sowieso gehofft hatte, sie loszuwerden.

Ich beeile mich mit dem Rest, aber anders als bei Draxen gebe ich mir nicht so viel Mühe, nicht hinzusehen. Ich sitze schon seit einer ganzen Weile auf diesem Schiff fest. Das ist das Mindeste, was ich mir verdient habe.

Aber als die unvermeidliche Erkenntnis eintritt, schwindet der Reiz des Neuen schnell.

Die Karte ist nicht hier.

Wieder falschgelegen.

Verflixt, wo sonst kann sie sein? Ich habe so ziemlich alles durchsucht. Draxen hätte sie bestimmt nicht an Land versteckt. Die Gefahr, sie zu verlieren oder ihr Versteck zu vergessen, wäre viel zu groß. Niemand zeichnet eine Karte, um eine Karte zu finden.

Ich bemühe mich, tief durchzuatmen, aber um das zu schaffen, muss ich mich von Ridens nackter Gestalt abwenden.

Also schön, Vater kann mir kaum vorwerfen, dass die Karte gar nicht hier ist.

Aber ich weiß es besser. Er wird jedem die Schuld zuschieben, den er in die Finger bekommt. Und das werde ich sein, wenn ich ihm die schlechte Neuigkeit überbringe. Wer weiß, was es dieses Mal sein wird. Ein Monat in einer Zelle. Tägliche Peitschenhiebe auf offener Straße. Eine Woche hungern.

Aber es ist nicht meine Schuld. Die Karte befindet sich nirgendwo auf diesem Schiff.

Nirgendwo auf dem Schiff.

Auf.

Mein Verstand dreht und wendet sich. Ja, ich habe überall auf dem Schiff gesucht.

Aber was ist mit der Außenseite des Schiffes?

Kapitel 15

Wie viele Erkenntnisse kann eine Person gewinnen, ehe sich eine davon tatsächlich als zielführend erweist?

Ich schließe die Augen, während ich versuche, mich zu erinnern, wie die *Night Farer* von außen aussieht.

Eher klein. Hergestellt aus einer Mischung aus Eichen- und Zedernholz. Drei Segel. Rundes Heck. Aber das ist nicht das, was mich interessiert.

Der Bugspriet ragt zwanzig Fuß weit voraus. Unter ihm, geschnitzt aus der gleichen Holzmischung, befindet sich eine überlebensgroße Frauenfigur. Sie ist schön, hat fließendes Haar und große, glasklare Augen – die womöglich aus echtem Glas gefertigt sind. Aber es ist ihr Kleid, was mich auf den Gedanken bringt, dass sie eigentlich eine Sirene darstellen soll.

Sie trägt ein langes Kleid, so geschaffen, dass es aussieht, als würde es sich unter Wasser kräuseln. Sie scheint auch schwerelos zu sein, so wie die Beine über dem Wasser hängen, ohne mit dem Schiff verbunden zu sein. Sie ist nur am Rücken befestigt.

Mir ist, als läge die ganze Zukunft in meinen Händen, als ich Ridens Quartier eilends verlasse. Ich haste auf dem Schiff umher, bis ich ein starkes Seil gefunden habe. Mit einem Palstek befestige ich es an der Bugreling.

Gewandt klettere ich hinunter, bis ich direkt vor dem großen Gesicht der Sirene hänge. Meine Handgelenke sind, nachdem ich einen ganzen Tag vor den Piraten an Ketten gehangen habe, wieder weitgehend verheilt. Sie machen mir derzeit wenig zu schaffen. Außerdem bin ich vorwiegend damit beschäftigt, die Karte zu finden, und zwar schnell. Ein bisschen Schmerz jetzt ist nichts gegen das, was passieren könnte, sollte ich versagen.

Ich streiche mit den Händen über das Holz, aus dem ihre Haut besteht, und suche nach verborgenen Schlitzen, falschen Knöpfen, nach irgendetwas, das sich im Holz verbergen könnte. Oben auf ihrem Kopf ertaste ich eine Einkerbung. Die Entdeckung bringt mein Herz zum Rasen. Und dann, als sich auch diese Entdeckung als nutzlos erweist, erlahmt es. Es ist nur eine Rille im Holz.

War Jeskors Familie womöglich einfach schluderig? Haben sie die Karte im Lauf der Jahrhunderte verloren? Riden hatte doch gesagt, sein Vater sei ein bisschen schlampig geworden. Vielleicht hat er die Karte verspielt. Dann wäre es so gut wie unmöglich, sie wieder aufzutreiben.

Ich höre leise Schritte an Deck, aber das ist wahrscheinlich nur einer von der Nachtwache. Auf dem Weg hierher hatte ich mich an ihnen vorbeischleichen müssen.

Wie kann all das umsonst gewesen sein? Ich bin entführt worden, verhört, gefoltert und gezwungen worden, in fürchterlich erniedrigende Rollen zu schlüpfen, um zu bekommen, was ich will.

Ich bin so wütend, das Seil, an dem ich hänge, fängt schon an zu schwingen. Mein Körper ist angespannt, zuckt bisweilen, während ich vor lauter Frust herumzappele.

Was war das?

Ich schwöre, ich habe eben etwas in ihrem Auge gesehen. Als ich mich vorbeuge, fängt das Seil erneut zu schlingern an.

Da ist es wieder. Im linken Auge. Es sieht aus diesem Winkel dunkler aus als das andere.

Ich spüre, wie das Blut unter meiner Haut in Wallung gerät. Mein Herz schlägt in meinem Schädel. Ich lehne mich nach unten, um nach dem Ende des Seils zu greifen. Dann wickele ich es mehrfach um den Fuß und klemme mir das Ende unters Kinn. Jetzt brauche ich beide Hände.

Mein Dolch steckt noch immer in meinem Stiefel. Riden hat mich nicht einmal danach gefragt. Er muss ihn wohl vergessen haben.

Ich zwänge die Klinge zwischen Glas und Holz und übe Druck aus. Das Auge ploppt heraus und ich kann es gerade noch fangen, ehe es ins Wasser fällt.

Von der Rückseite aus ist klar zu erkennen, dass sich ein Stück Pergament im Inneren befindet. Wie kann das etwas anderes sein als das, was ich suche?

»Endlich«, keuche ich.

Ich neige den Kopf zur Seite und schaue die nun einäugige Sirene an. »Tut mir leid. Aber ich brauche das.«

Das Auge hat etwa die Ausmaße eines großen Apfels, trotzdem gelingt es mir, es in einer meiner Taschen zu verstauen, damit ich wieder am Seil hinaufklettern kann. Ich strahle, als ich mich über den Rand ziehe und auf Deck fallen lasse.

Aber dann blicke ich auf.

Ich bin nicht allein. Nicht annähernd.

Wie es scheint, ist die ganze Mannschaft auf Deck. Einschließlich Riden und Draxen.

Oh, bei den Sternen.

»Na, da schau an, wer da ist«, sagt Draxen gedehnt. Schwer zu sagen, in welcher Stimmung er sein mag. Einerseits scheint er erfreut zu sein, mich geschnappt zu haben. Andererseits ist er absolut nicht erfreut, mich zu sehen. Immerhin habe ich ihn bewusstlos geschlagen und nackt in seinem Quartier zurückgelassen. »Unsere kleine Gefangene. Oder wäre Diebin der bessere Begriff?«

»Diebin?«, wiederhole ich mit einer Mischung aus Verwirrung und Zorn.

»Nun, du bist entweder eine Diebin oder eine Hure, Prinzessin. Das sind die einzigen Worte, die die Situation erklären könnten, in der du uns beide zurückgelassen hast.«

»Ich glaube, das Einzige, was ich deinesgleichen gestohlen habe, ist die Würde. Und vielleicht die Reputation.«

Draxen senkt die Lider. Ich mag ja gedacht haben, dass er mich hasst, als ich an Bord gekommen bin, aber das war nichts verglichen mit dem, was er jetzt über mich denkt. Er tritt einen Schritt näher.

»Leer deine Taschen aus«, sagt Riden. Ich drehe mich zu ihm um. Er bemüht sich wirklich sehr, keine Miene zu verziehen. Aber etwas dringt doch durch. Enttäuschung? Zorn? Vielleicht auch ein Hauch von Kummer?

Und dafür bin ich der Grund?

Draxen zieht sein Schwert. »Die Taschen soll sie leeren? Warum lassen wir die Prinzessin nicht ihre Kleider ablegen, damit wir sie genau durchsuchen können?«

Ein paar Männer pfeifen. Aber ich bleibe unbesorgt. Ehe es so weit kommt, springe ich einfach über Bord.

Riden versucht, die Dinge auf seine Weise in Ordnung zu bringen. »Gib her, Alosa.«

»Was soll ich hergeben?«

»Lass den Unsinn, Mädchen. Wir wissen, dass du die Karte gefunden hast.«

»Ich habe nur ein paar Löcher in den Rumpf des Schiffes

getrieben. Ich hätte Lust, euch mit Mann und Maus zu versenken.«

Draxen will sich mir erneut nähern, aber Riden kommt ihm zuvor.

Er flüstert: »Ich weiß nicht, warum ich immer noch versuche, dich zu beschützen. Aber mach dir bewusst, dass mein Bruder in einer so miesen Stimmung ist, dass selbst ich ihn vielleicht nicht mehr besänftigen kann. Du musst sie herausgeben.«

»Ich habe keine …«

Aber er muss die Beule in meiner Kleidung gesehen haben. Er greift danach, ehe ich etwas dagegen tun kann.

Nein, nein, nein.

Riden zieht mir das Auge aus der Tasche und mustert es eingehend. Ich kann den genauen Moment erkennen, in dem er zu dem Schluss kommt, dass die Karte dort drin ist. Er nickt zufrieden, weicht zurück und gibt seinem Bruder das Glasauge.

Die Karte reicht, um Draxen ein kleines bisschen zu beruhigen. »Endlich«, sagt er.

»Wartet«, sage ich, als mir angesichts von Draxens Reaktion etwas klar wird. »Ihr wusstet von der Karte. Ihr wusstet nur nicht, wo sie ist?«

»Wir hatten keine Ahnung«, sagt er vergnügt und reibt mir die Einzelheiten unter die Nase. »Wir haben dich entführt, um dem Piratenkönig seinen Teil der Karte abzunehmen. Dass du unseren Teil gefunden hast, war ein großer Glücksfall.«

Mit offenem Mund starre ich ihn an. »Aber woher habt ihr gewusst, dass ich danach suche?«

»Riden hatte schon lange einen solchen Verdacht. Hast du wirklich gedacht, du wärest so vorsichtig? Deine nächtlichen Streifzüge auf dem Schiff. Deine jämmerlichen vorgetäuschten

Fluchtversuche. Die Furchtlosigkeit, mit der du dich an Bord präsentierst. Nur eine Frau, die hier sein will, ist imstande, in Gegenwart feindlicher Piraten keinen Hauch von Angst zu zeigen.«

Das stimmt absolut nicht. Die kennen mich nicht, und sie wissen nicht, was ich in einer beliebigen Situation tun oder nicht tun würde. Aber Draxens Geringschätzung ist nicht einmal das, was mich am meisten schmerzt.

Denn Riden ist derjenige, der mich verraten hat.

Ich weiß jetzt, dass er nur seine Rolle gespielt hat. Dass er bisweilen so getan hat, als wollte er mich beschützen. Tief im Inneren weiß ich, dass von ihm erwartet wurde, diese Rolle zu spielen. Trotzdem schmerzt es. Kann ich das überhaupt als Verrat bezeichnen? Wie kann mich jemand verraten, der nie auf meiner Seite war?

Meine Mission ist es gewesen, die Karte zu beschaffen, ohne dass jemand etwas merkt. Und dann sollte ich das Schiff zum Treffpunkt führen.

Beim ersten Teil habe ich vollständig versagt, beim zweiten bin ich auf Kurs.

»Bringt sie in mein Quartier, meine Herren«, befiehlt Draxen. »Es ist Zeit, dass jemand sich mal anständig mit ihr vergnügt.«

Ich runzele die Stirn, ehe mir aufgeht, dass das von Vorteil für mich ist. Draxen allein zu überwältigen, während die Männer sich beruhigen, ist viel einfacher, als es mit allen zugleich aufzunehmen.

Drei Männer schleifen mich fort. Einer an jedem Arm, der dritte an meinen Beinen. Ich versuche, mich mit Gewalt aus ihrem Griff zu befreien. Aber ich schreie nicht. Ein Versprechen ist ein Versprechen, und ich habe versprochen, Draxen würde mich niemals schreien hören.

Riden ist auch da. Draxen gibt ihm die Karte zur Aufbewahrung. Er steckt das Glasauge in seine Tasche. Dann schließt er sich den Männern an, die mich eskortieren. Ich wette, das gefällt ihm. Seinem Bruder zu geben, was er will, ist doch Ridens Spezialität. Erst die Karte, jetzt mich. Draxen hat keinen Grund mehr, so zu tun, als würde er mich wegen des Lösegelds festhalten. Nun kann er jede Zurückhaltung fahren lassen.

Sie werfen mich reichlich würdelos und unsanft in das Quartier. Riden steht an der Tür, will offenbar ein paar Augenblicke lang allein mit mir sein, ehe sein Bruder eintrifft.

Aber ich möchte nicht.

»Hau ab«, sage ich. »Du hast genug getan.«

Seine Miene bleibt ruhig, konzentriert. »Hast du immer noch dieses Messer im Stiefel?«

Ich stoße ein ungläubiges Lachen aus. »Natürlich nicht.«

»Gut. Behalte es. Aber, bitte, benutz es nur, wenn du musst. Er ist immer noch mein Bruder. Töte ihn nicht.«

»So sehr bist du meine Lügen inzwischen gewohnt, ja? Du kannst die Wahrheit von der Fiktion unterscheiden? Was tust du da, Riden? Welches Spiel spielst du überhaupt? Ich habe keine Lust mehr, zu versuchen, dich zu verstehen. Immer, wenn ich denke, ich hab's, lässt du dir etwas Neues einfallen, um mich zu verwirren. Für wen spielst du dieses Theater?«

»Keine Zeit, Alosa. Befrei dich und verschwinde, wenn du kannst. Das ist das Beste, was ich dir bieten kann. Die Karte für meinen Bruder, Freiheit für dich. Bitte. Ich bitte dich nur noch einmal, ihn nicht zu töten.«

»Du gehst ein großes Risiko ein, Riden. Was passiert, wenn Draxen mich überwältigt? Wie wird es dir damit ergehen?«

»Ach, bitte. Wir wissen doch beide, dass du mehr verbirgst als nur deine Absicht, die Karte zu finden. Du hast was drauf.

Mehr, als einem menschlichen Mädchen möglich sein sollte. Nicht ein einzelner Mann konnte dich schlagen. Ich weiß nicht, was du bist. Ich weiß nur, dass du dich irgendwie in meinem Kopf eingenistet hast. Und kürzlich hast du die ganze Mannschaft in deinen Bann geschlagen. Ich versuche immer noch herauszufinden, warum du uns nicht alle einfach getötet hast.«

Die Tür wird aufgerissen und Draxen kommt hereinstolziert. »Lass uns allein«, kommandiert er, schnell und nachdrücklich zugleich.

Riden gehorcht, schickt aber noch einen flehentlichen Blick in meine Richtung. Töte ihn nicht.

In Gedanken bin ich immer noch bei Ridens Worten: einem menschlichen Mädchen. Er weiß es. Ich weiß, er erinnert sich daran, dass ich ihn in den Schlaf gesungen habe, aber war es wirklich zu viel erhofft, dass er sich einreden würde, es wäre nur ein Zufall?

Andererseits, warum hat er es Draxen nicht gesagt? Oder, na ja, warum hat er Draxen nicht gewarnt? Eigentlich sollte mir das egal sein. Aber das ist es nicht. Ich weiß nicht, was ich davon halten soll, dass Riden mein Geheimnis kennt. Oder zumindest einen Teil davon erraten hat.

Darüber denke ich immer noch nach, als Draxen mich in seinem Quartier an die Wand rammt.

»Ich werde meinen Spaß an dir haben. Hättest du beim letzten Mal einfach mitgespielt, wär es dir gut ergangen. Aber nun nicht mehr. Nun werde ich dich zum Schreien bringen.«

»Eigentlich, Draxen«, sage ich und stemme mich gegen sein Gewicht, »wirst du das nicht.«

Er lacht und versucht, mich zu seinem Bett zu zwingen. »Ich denke schon lange daran, das zu tun.«

»Ich auch.«

Draxen drängt mich an die Wand. Seine Hände liegen auf meinen Schultern. Ich schaffe es, beide Beine zugleich anzuziehen, pflanze die Füße auf seinen Bauch und trete zu, wobei ich die Wand benutze, um mich abzustützen. Er taumelt einige Fuß weit nach hinten.

Schmerzhaft pralle ich auf den Boden. In Gedanken kehre ich hastig zu der Zeit zurück, als Draxen mich in diesem Raum befragt hat. Etwas von meinem Blut klebt noch immer getrocknet am Boden. Draxen hat mich wieder und wieder geschlagen, als er versucht hat, die Lage der Festung meines Vaters aus mir herauszuholen.

Ich hatte schon immer eine Auge-um-Auge-Mentalität.

Ich ramme ihm die rechte Faust seitlich ins Gesicht. Jetzt muss ich mich nicht mehr zurückhalten und ich tue es auch nicht. Ich lege alles hinein, was ich habe. Ich weiß, ich habe gut zugelangt, als ich stechenden Schmerz in meinen Knöcheln spüre. Nachdem ich so lange eingesperrt war und mich zurückhalten musste, ist das ein Segen. Ein peinigender Segen allerdings.

Draxen grunzt infolge des Hiebs. Er weiß immer noch nicht recht, was los ist, als ich ihm mit der Linken einen weiteren Schlag versetze.

»Wie fühlt sich das an, Draxen?«, zische ich. »Keine Sorge – wir sind noch nicht fertig.«

Er knurrt und kann mich offenbar nicht genau sehen. Dann rückt er vor, versucht, mit seinen Fäusten auf mich einzuhämmern. Aber eine rasche Ausweichbewegung und zwei Schläge später liegt er auf dem Boden.

Ein paar ermattete Flüche stößt er hervor.

Doch ich bin noch nicht fertig mit ihm.

»Du hast gedroht, mein Haar abzuschneiden. Welche Art

von Abschaum tut so etwas? Wie wäre es, wenn ich dir etwas abschneide, was dir wichtig ist, Draxen?«

Gierig schnappt er nach Luft. Natürlich will er nach dieser Drohung um Hilfe schreien, aber das kann ich nicht zulassen. Ein schneller Tritt ins Gesicht und er ist weggetreten.

Ich ziehe mein Messer aus dem Stiefel. Was soll ich ihm abnehmen? Ein Ohr? Einen Finger? Etwas von weiter unten?

Schon bei dem Gedanken wird mir übel. Zu eklig. Vielleicht sollte ich ihm das Ding ins Herz rammen und es hinter mich bringen.

Aber Ridens Stimme erklingt erneut in meinen Ohren. Bitte, töte ihn nicht.

Ich hatte nie einen Bruder. Ich weiß nicht, wie ich ihm gegenüber empfinden würde. Besonders, wenn er sich so benehmen würde wie Draxen. Ich glaube, ich würde ihn trotzdem töten.

Was kümmert es mich überhaupt, was Riden denkt? Immerhin ist er der Einzige, der bei der Geschichte leiden müsste. Draxen würde nichts spüren. Die Piraten unter seinem Kommando können immer ein neues Schiff finden, um darauf anzuheuern. Die meisten scheinen sowieso eher Riden als dem Captain gegenüber loyal zu sein. Und Lord Jeskor ist nicht mehr da, um Rache zu üben. Aber Riden wäre vielleicht dazu imstande. Ich nehme an, er könnte zu diesem Zweck sogar eine Mannschaft um sich scharen.

Ich habe keine Angst.

Ich gehe in die Knie und ertappe mich dabei, den Dolch anzustarren.

Das ist der Dolch, den Riden mir gelassen hat. Er weiß, dass ich ihn habe. Er weiß, dass ich ihn schon eine ganze Weile habe. Aber er vertraut darauf, dass ich ihn nicht missbrauche.

Das war ein Geschenk, das er mir zu meinem Schutz gemacht hat. Alles andere hat er mir abgenommen, aber dieses eine Stück hat er mir aus reiner Gutwilligkeit gelassen.

Und er vertraut wirklich darauf, dass ich seinen Bruder nicht töte?

Was für ein Narr.

Ich kauere über Draxens Brust, male mir aus, wie ich das Messer in ihr versenke, stelle mir den Widerstand vor, den Haut und Fleisch machen, höre das Geräusch, mit dem die Klinge zwischen die Rippen gleitet.

Aber ganz gleich, wie viele verschiedene Bilder ich heraufbeschwöre, ich scheine meine Hand nicht überzeugen zu können, sich abwärts zu bewegen.

Wie sehr ich mich auch mit aller Macht bemühe, mich nicht von Riden beeinflussen zu lassen, ich scheine schlicht unfähig zu sein, diese einfache Tat zu vollbringen und seinen grausamen Bruder zu töten.

Ich habe schon Hunderte von Männern getötet. Warum nicht diesen?

Verdammter Riden.

Ich versuche, das schlechte Gefühl zu vertreiben, indem ich mir einrede, es sei meine Zeit nicht wert, ihn zu töten. Natürlich habe ich schon mehr als eine Minute damit vergeudet, hier herumzusitzen und darüber nachzudenken, aber was soll's.

Ich muss mir diese Karte holen.

Ich muss Riden suchen.

Kapitel 16

Vorsichtig strecke ich den Kopf zur Tür von Draxens Quartier hinaus.

Von meinem Standort aus kann ich keinen Menschen erkennen, aber es wird dunkel, also kann ich nicht sicher sein. Am Ruder wird niemand gebraucht, weil wir uns derzeit gar nicht bewegen. Draxen schindet Zeit, vermutlich, weil er noch einen Plan schmieden will, um die Festung meines Vaters zu infiltrieren, falls er das nicht schon längst getan hat. Ganz gleich, was er vorhat, er wird nicht weit kommen. Mein Vater hat seine Kundschafter überall. Sie könnten sogar das Schiff bereits entdeckt haben.

Während der letzten paar Tage haben wir einige kleine, verlassene Inseln passiert. Dieses Gebiet ist mit solchen Eilanden getüpfelt. Mein Vater hat eine der größeren als Treffpunkt auserkoren. Wir können nicht mehr als ein paar Segelstunden entfernt sein.

Ich erreiche das Hauptdeck und sehe mich erneut um. Etwas regt sich an Backbord. Noch ein paar Schritte, und es stellt sich heraus, dass es Riden ist, der ein Boot bereit macht.

»Hast du ihn getötet?«, ist das Erste, was er mich fragt.

»Erstaunlicherweise nicht. Gern geschehen.«

»Danke. Das bedeutet mir mehr, als ich in Worte fassen kann.«

Ich zucke mit den Schultern. »Soll das für mich sein?«, frage ich und zeige auf das Boot, das er zu Wasser lässt.

»Ja. Ich habe die Mannschaft unter Deck geschickt. Du solltest also genug Zeit haben, um die Festung deines Vaters zu erreichen. Das Einzige, worum ich dich noch bitten möchte, ist, dass du uns einen Vorsprung lässt, ehe du uns den Piratenkönig auf den Hals hetzt.«

»Würde ich euch meinen Vater auf den Hals hetzen, wäre es völlig egal, wie viel Vorsprung ihr habt. Der einzige Grund, warum ihr noch nicht alle tot seid, ist, dass er niemals hinter euch her war.«

Riden blickt von dem Seil in seinen Händen auf. »Wie meinst du das? Soll das heißen …?«

»Meine Entführung war nur ein Trick.«

Der Blick, mit dem er mich jetzt ansieht, ist unbezahlbar. »Aber ich dachte, du hättest beschlossen, das Beste daraus zu machen … indem du das Schiff durchsucht hast, da du schon mal da warst.«

»Ich fürchte nein. Ich habe von Anfang vorgehabt, mich entführen zu lassen. Mein Vater hat es befohlen.«

Ridens Gesicht spiegelt vollkommene Verwirrung. »Warum sollte der Piratenkönig seine einzige Erbin auf eine so gefährliche Mission schicken?«

»Weil ich die Einzige bin, der er zugetraut hat, sie erfolgreich abzuschließen. Ich habe gewisse Fähigkeiten, über die andere nicht verfügen.«

Riden lässt das Seil los. Das Boot muss inzwischen im Wasser sein. »Benutzt du sie gerade? Ist das der Grund, warum ich das tue? Warum ich dir helfe?«

»Täte ich das, hättest du mir bereits die Karte gegeben. Solange du dich aber so bemühst, sie vor mir zu verstecken, hast du die Kontrolle über deinen Geist, du kannst also ganz beruhigt sein.«

»Deine Augen haben sich verändert«, sagt er scheinbar zusammenhanglos.

»Was?«

»Sie waren blau, als du hergekommen bist. Jetzt sind sie grün.«

Er ist furchtbar aufmerksam. Meine Augen sind blau, wenn ich die Kraft der See in mir habe. Ist sie weg, werden sie wieder grün.

»Meine Augen sind blau-grün«, sage ich.

»Nein. Sie haben sich definitiv verändert.« Er lehnt sich an die Reling und sieht jetzt erstaunlich furchtlos aus. »Was bist du?«

»Als würde ich dir das erzählen.«

»Bist du eine Sirene?«

Bei dem Wort erschaudere ich. Es ist so seltsam, es aus Ridens Mund zu hören. »Nicht ganz.«

»Deine Mutter ist eine Sirene. Diese Geschichte … Das Gerücht besagt, dass dein Vater der einzige Mensch ist, der je eine Sirene verführt und überlebt hat – also trifft das zu.«

Hat es jetzt noch irgendeinen Sinn, es abzustreiten? Mein Vater wird das Schiff so oder so bald aufbringen. »Ja.«

»Aber warum bist du, wie du bist? Sirenen brauchen zum Überleben menschliche Männer, aber sie bringen nur weitere Sirenen hervor. Was macht dich menschlicher als ein Seelebewesen?«

»Das ist eine hervorragende Frage. Du hast recht: Ich bin keine richtige Sirene, eher halb Sirene, halb Mensch. Und meiner Geburt haftet etwas Besonderes an. Ich erzähle es dir, wenn du mir sagst, wo du die Karte versteckt hast.«

»So verlockend das auch sein mag, ich kann es dir nicht verraten. Warum bringst du es nicht hinter dich und zwingst mich dazu?«

»So läuft das nicht.«

»Wie läuft das dann?«

»Ich werde es dir sagen. Nur, bitte, gib mir die Karte, Riden.«

»Tut mir leid, Alosa.«

»Schön, ich werde es aus dir herausholen. Aber du sollst wissen, dass ich das nur ungern tue.« Ich greife auf den widernatürlichen Teil meiner selbst zu. Plötzlich fühle ich mich unbehaglich in meiner Haut. Eine Gänsehaut überzieht mir Arme und Beine. Meine Haare scheinen zu Berge zu stehen. Auf mentaler Ebene ist es erschöpfend, mir jeglichen Geschehens um mich herum so bewusst zu sein.

»Du machst es schon wieder«, sagt er. »Du veränderst dich.«

Ich bin noch nie zuvor jemandem begegnet, der die Veränderung in mir wahrnehmen kann. Nicht einmal mein Vater ist dazu imstande, warum also Riden?

»Ich zapfe den Teil von mir an, der von meiner Mutter stammt. Aber ich hasse es, das zu tun. Es fühlt sich furchtbar und widernatürlich an.«

»Verleiht es dir die Fähigkeit, Gedanken zu lesen?«

»Nein, ich kann nur erkennen, was du fühlst.«

Das scheint ihn in Panik zu versetzen. Seine Gefühle wechseln beinahe augenblicklich von einem glühenden, lebhaften Rot zu einem hellen Grau.

Grau ist eine interessante Farbe. Ist es das dunkle Grau der Sturmwolken, so ist das Gefühl mit Schuld verbunden. Die helleren Tönungen künden von Trauer.

Ein tiefer Kummer hat Riden überwältigt. Aber die Veränderung ist so abrupt eingetreten, dass ich glaube, er denkt absichtlich an etwas, das ihn besonders traurig macht, damit ich nichts aus ihm herausbekomme.

»Denkst du mit Absicht traurige Gedanken?«, frage ich.

»Es ist erschreckend, dass du weißt, was ich denke.«

»Ich weiß nicht, was du denkst. Ich weiß auch nicht, warum du traurig bist. Nur dass du an etwas denkst, das dich traurig macht.«

Jetzt muss ich mit seiner Angst spielen. Mit seiner Angst, dass ich die Karte finden könnte. Er wird sie nicht bei sich tragen. Er muss gewusst haben, dass ich ihn danach durchsuchen könnte. Er muss sie irgendwo auf dem Schiff versteckt haben. Ich werde seine Angst auswerten müssen, um herauszufinden, wo sie ist.

Langsam streife ich über das Schiff, rede dabei aber weiter. »Wie hast du herausgefunden, dass ich … anders bin?«, frage ich, während ich zur Steuerbordseite schlendere. Ich bin nahe an der Luke, die unter Deck führt. Die Männer dort unten lachen und reden laut. Anderenfalls könnte ich sie von hier oben auch nicht hören. Vermutlich sind sie froh über die freie Zeit.

»Das eine Mal, als ich aufgewacht bin und mich nicht erinnern konnte, was passiert war, bevor ich weggetreten war. Da hatte ich erst angenommen, du hättest mich bewusstlos geschlagen, aber ich konnte mich an keine Auseinandersetzung erinnern. Tatsächlich habe ich mich eher an das Gegenteil erinnert.«

Ich lächele in mich hinein. Ja, das war eine lustige Nacht.

Riden versucht immer noch, etwas mit tiefer Trauer zu überdecken. Sollte ich raten, würde ich sagen, er denkt an den Tod seines Vaters. Aber ich sehe immer wieder Rot aufflackern, während er mit mir spricht. Besonders, wenn er diese Nacht erwähnt.

»Aber dann war da dieser Tag, an dem du dich verändert hast. Es war, als wärest du plötzlich jemand anderes. Du hast keinen Streit gesucht. Du hast nicht so geredet wie sonst. Es war … nervenaufreibend. Ich schwöre, du hast sogar anders ausgesehen. Und wenn ich die Augen zusammengekniffen habe, dann konnte ich einen schwachen Lichtschleier um dich herum sehen.«

Das hat er sich eingebildet. Physische Merkmale dieser Art tauchen nicht auf, wenn ich meine Taten und Worte verändere – wenn ich die Sirene wachrufe.

»Von der Karte meines Vaters wusste ich schon, als ich ein kleiner Junge war«, fährt er fort. »Ich weiß über Sirenen Bescheid, auch wenn ich sie nicht ganz verstehe. Ich habe meine begrenzten Kenntnisse mit dem verknüpft, was ich von dir und deinem Vater weiß. Da war es nicht schwer, einen Zusammenhang herzustellen. Einen Verdacht hatte ich schon lange vor der letzten Nacht – bevor du zu mir gesungen hast.«

Inmitten seiner Trauer kann ich nur aufflackernde Wärme wahrnehmen, keine Furcht. Hier kann die Karte also nicht sein. Ich gehe in Richtung Achterdeck.

Riden folgt mir in sicherer Entfernung. »Warum kannst du mich nicht dazu zwingen, dir zu erzählen, wo die Karte ist? Du hast mich doch auch zum Schlafen gebracht, nicht wahr?«

»Ja, ich habe dich zum Schlafen gebracht. Zweimal sogar. Aber ich habe meine …«, ich möchte nicht von Kräften sprechen, das klingt sonderbar, »… Fähigkeiten erschöpft. Darum konnte ich dich beim zweiten Mal auch nicht so tief schlafen lassen. Ich bin ausgelaugt«

»Und wie bekommst du sie zurück?«

»Die See. Sie schenkt mir meine Stärke. Je näher ich ihr bin, desto stärker werde ich auch.«

Hier oben ist die Karte nicht. Ich klettere den Niedergang wieder hinab und schlage den Weg zum Bug ein.

»Was kannst du sonst noch tun? Außer Leute schlafen legen, meine ich?« Riden weicht zurück, beinahe, als fürchtete er sich, mich zu berühren, als ich auf dem Weg zum anderen Ende des Schiffes an ihm vorbeigehe.

Ich kann Männer Dinge sehen lassen, die nicht da sind. Ich kann Gedanken in ihre Köpfe pflanzen. Ich kann ihnen Versprechungen machen und sie werden mir glauben. Ich kann sie dazu bringen, alles zu tun, was ich will. Dazu muss ich nur singen. Ich bin aber nicht sicher, ob ich ihm davon erzählen soll. Obwohl ich glaube, dass mein Vater dieses Schiff bald kapern wird.

»Wenn ich will, kann ich fühlen, was Männer wollen. Ich kenne all ihre Begierden. Und das nutze ich, um zu bekommen, was ich will. Das ist etwas, das ich ganz nach Gutdünken einsetzen kann.« Und worin ich mich verlieren kann, wenn ich zu weit gehe.

Bei diesen Worten erstarrt Riden. Nein, halt, da ist ein Aufflackern von Schwarz. Von Furcht. Ich bleibe, wo ich bin, und sehe mich um. Die Mitte des Schiffes, wo sich der Hauptmast in die Luft reckt, liegt inzwischen hinter mir.

»Und darum verhältst du dich so?«, fragt er, aber ich glaube, er versucht, mich abzulenken.

Ich gehe ein paar Schritte auf Riden zu, zurück in Richtung Hauptmast. »Wie meinst du das?«

»Die ganze Zeit, seit du auf dem Schiff bist. Alles, was du gesagt und getan hast. Hast du mich ausgeforscht? Mir gegeben, was ich wollte? Habe ich deswegen das Gefühl, dich beschützen zu müssen? Oder hast du dich in meinen Kopf geschlichen? Mir Gefühle aufgezwungen, die ich noch nie zuvor hatte?«

Ich stutze. »Riden, das Einzige, wozu ich dich je gebracht habe, ist zu schlafen. Ich habe nicht mit deinem Geist herumgespielt oder ein bestimmtes Verhalten dazu benutzt, um dich zu manipulieren. Ich habe diese Fähigkeit nur einmal bei Draxen angewandt, um die Karte zu finden. Was immer du denkst und fühlst – es kommt allein von dir. Ich habe rein gar nichts getan.«

Das Licht um ihn herum färbt sich blau.

»Du bist verwirrt«, sage ich. »Warum?«

Er kneift die Augen zusammen. »Weil ich dich nicht verstehe. Und ich weiß nicht, was ich glauben soll.«

»Du kannst entscheiden zu glauben, was immer dir beliebt, aber ich sage die Wahrheit. Also, wenn du mich jetzt entschuldigen würdest, ich habe eine Karte zu suchen.« Ich sehe nach oben. »Das Krähennest, was?«, frage ich. Da muss Riden sie versteckt haben.

Riden dreht den Kopf auf etwas zu, das hinter mir ist. »Was tust du hier oben?«

Ich war so auf Ridens Reaktion auf meine Bewegungen auf dem Schiff fixiert, ich habe gar nicht gemerkt, dass jemand hinter mir aufgetaucht ist. Ich will mich gerade umdrehen, als ich einen scharfen Schmerz am Hinterkopf spüre, und ich stürze in die Finsternis.

Alles ist verschwommen. Ich kann ein paar grobe Formen erkennen, vor allem aber nehme ich das Schaukeln wahr – das Schaukeln eines Bootes auf See.

»Sie wacht auf«, sagt jemand.

»Sie erholt sich schneller, als ich gedacht habe. Zieh ihr noch eine über.«

Und die Schwärze hat mich wieder.

Kalt.

Alles ist kalt. Ich fühle die Kälte an meiner Wange. Sie klebt an meinen Fingern. Sickert durch meine Kleidung.

Meine Lider sind schwer, aber ich schaffe es, die Augen zu öffnen. Mein Blick fällt auf Gitterstäbe. Bin ich wieder in meiner Zelle?

Nein.

Jenseits der Gitterstäbe sehe ich nicht das Innere des Schiffes, sondern Sand und Bäume. Ich höre Wellen rauschen, sie sind nicht weit entfernt, aber ich kann die Küste nicht ausmachen.

Ich bin allein.

Die Bäume rascheln im Wind. Ich schaudere in der Kälte. Kreaturen gleiten und krabbeln über den Boden, bahnen sich einen Weg durch das Unterholz. Die Geräusche der Nacht machen mir jedoch keine Angst.

Nein, was mir Angst macht, ist dieser Käfig. Ich habe keinen Gesang mehr. Keine Dietriche. Keine Gesellschaft gleichgültig welcher Art.

Zum ersten Mal seit langer Zeit fürchte ich mich wirklich.

Es wird Morgen, bis jemand sich mir nähert.

Ich erkenne den Mann nicht. Er ist groß, aber nicht so groß wie mein Vater. Kahle Stelle auf dem Kopf, brauner Bart am Kinn. Fünf goldene Ringe im linken Ohr. Seine Kleidung ist zwar schick, aber schurkenhaft. An seinen Hüften hängen ein Schwert und eine Pistole. Aber ich kann mir nicht vorstellen, dass er die Waffen häufig einsetzen muss. Er sieht aus, als bestünde er nur aus Muskeln, trotzdem bin ich sicher, ich könnte ihn überwältigen, wäre ich nicht eingesperrt.

Er zieht etwas aus der Tasche, eine Art Kugel. Ah, es ist die

Karte. Er wirft sie in die Luft und fängt sie träge wieder auf. Theater, extra für mich.

»Weißt du, wer ich bin?«, fragt er. Seine Stimme klingt exakt wie erwartet – tief und gebieterisch.

»Muss mich das interessieren?«, frage ich so gleichgültig, als säße ich nicht in der Falle. Ich bin stolz auf meinen Tonfall. Er überdeckt das nervöse Flattern in meinem Magen vollständig.

»Mein Name ist Vordan Serad.«

Ich verberge meine Verwunderung. Ich bin vom dritten Piratenlord entführt worden und dieses Mal war es nicht geplant.

Jedenfalls nicht von mir.

Ich bemühe mich um vorgetäuschte Zuversicht. »Weißt du, wer ich bin?«, frage ich im Gegenzug und gebe mich genauso autoritär wie Vordan.

»Du bist Alosa Kalligan, Tochter von Byrronic Kalligan, dem Piratenkönig.«

»Hervorragend. Dann wirst du ja auch wissen, wie dumm du bist, mich einfach so gefangen zu halten.«

»Dumm? Ganz und gar nicht. Dein Vater denkt, der junge Allemos-Captain hätte dich in seiner Gewalt, also wird er nicht hinter mir her sein. Und ich weiß aus zuverlässiger Quelle, dass du die Kräfte erschöpft hast, die die See dir verleiht, also kannst du dich nicht selbst befreien. Also würde ich sagen, du bist diejenige, die dumm wäre, hätte sie keine Angst.«

Mir rutscht das Herz bis auf den Boden und ich bekomme einen trockenen Mund. »Und welche Quelle mag das sein?«

»Die bin ich«, sagt eine Stimme hinter mir. Mehrere Männer brechen durch die Bäume. Riden ist bei ihnen, aber er ist nicht derjenige, der gesprochen hat. Nein, zwei Pistolen sind auf ihn gerichtet. Sie zwingen ihn, in meine Richtung zu gehen. Warum ist er nicht so eingesperrt wie ich? Da sind wohl jemandem die großen Käfige ausgegangen, was?

Mein Geist leert sich, kaum dass ich sehe, wer gesprochen hat; es ist der vierte Mann, der die Lichtung betritt.

Theris.

Er lümmelt sich an einen der Bäume, holt seine Münze hervor und lässt sie über seine Finger wandern.

Kopfschüttelnd betrachte ich ihn. »Du hintergehst meinen Vater? Das wird der letzte Fehler sein, den du je begehen wirst. Weißt du, was mit dem letzten Mann passiert ist, der dem Feind Informationen hat zukommen lassen? Mein Vater hat ihn an den Fußgelenken aufgehängt und in der Mitte durchgesägt.«

Meine Worte erzielen keine Wirkung auf Theris. »Glück für mich, dass ich ihn nicht hintergehe.«

Ich muss ihm nicht erst sagen, dass ich verwirrt bin.

»Ich habe nie zu den Männern deines Vaters gehört«, fährt er fort.

Ich brauche länger, als ich sollte, um seinen Worten Sinn abzuringen. Aber das Symbol – er kennt doch das Zeichen meines Vaters. Er hat sich eindeutig als ein Mann in den Diensten der Kalligans zu erkennen gegeben.

»Meine Reichweite ist groß«, erklärt nun Vordan und steckt die glasumhüllte Karte wieder in die Tasche. »Kalligan ist ein Narr. Er hält sich für unantastbar. Ihm ist nicht klar, dass die, die ihm am nächsten sind, ihn so bereitwillig verraten. Und, noch wichtiger, dass sie dich verraten.«

Ich drehe mich zu Theris um. »Du bist nicht auf dem Schiff gewesen, um mir zu helfen.«

»Nein«, antwortet er. »Ich wurde geschickt, um dich zu beobachten.«

»Wer ist dann der Mann meines Vaters an Bord der *Night Farer*?«, sinniere ich vor mich hin.

Theris antwortet mir: »Das war der arme Gastol. Ich fürchte, du hast ihm die Kehle aufgeschlitzt, als Draxen dein Schiff geentert hat.«

Wie groß sind die Chancen, dass von den zwei Männern, die ich getötet habe, einer im Dienst meines Vaters war? Die Schuld trifft mich schwer, auch wenn ich weiß, dass das nicht allein in meiner Verantwortung lag. Mein Vater hätte mir in weiser Voraussicht sagen sollen, wer sein Informant an Bord der *Night Farer* ist, ehe ich meine Gefangennahme eingefädelt habe. Dann wäre Gastol nicht gestorben und Theris hätte mich nicht hinters Licht führen können. Aber solche Details zieht mein Vater einfach nicht in Betracht. Was kümmert es ihn, wenn einer seiner Männer versehentlich getötet wird? Immer ist jemand da, der seinen Platz einnehmen wird. In diesem Fall jedoch könnte ihn diese Dummheit Draxens Karte kosten.

Und möglicherweise auch mich.

Andererseits hätte ich vielleicht früher erkennen müssen, dass Vater niemals seinen Informanten aufgefordert hätte, mir zu helfen. Er weiß, dass man auf mich nicht aufpassen muss. Ich hätte gleich zu Beginn erkennen müssen, dass mir Theris etwas vormacht. Wütend auf mich selbst, konzentriere ich mich wieder auf das Gespräch.

»Warum hast du mich von Theris überwachen lassen?«, frage ich Vordan. »Was kannst du von mir wollen?«

»Du erkennst deinen eigenen Wert nicht«, sagt Vordan. »Glaubst du etwa, Kalligan behält dich bei sich, weil du seine Tochter bist? Nein, Alosa, er tut es wegen der Kräfte, die du besitzt. Er benutzt dich zu seinem eigenen Vorteil. Für ihn bist du nichts weiter als ein Werkzeug. Ich habe alles über Kalligans Strafen gehört, über die Ausbildung und die Prüfungen. Ich weiß, welchen schrecklichen Dingen er dich ausgesetzt hat. Und ich bin hier, um dich zu befreien.«

Für einen Augenblick frage ich mich, woher er nur so viel über mich wissen kann. Dann wird mir klar, dass er, falls jemand weit oben in meines Vaters Hierarchie für ihn arbeitet, nun ja, dass er dann einfach alles wissen würde.

»Mich in einen Käfig zu stecken, scheint mir nicht die beste Art zu sein, mir zu zeigen, wie dringend du mich befreien willst.«

»Vergebung. Das ist nur eine Sicherheitsmaßnahme für mich und meine Männer, während ich dir alles erkläre.«

»Das hast du ja nun getan. Jetzt kannst du mich rauslassen.«

Vordan schüttelt den Kopf. »Ich war noch nicht fertig.«

Und ich möchte gar nicht, dass er fertig wird. Ich will raus aus diesem Käfig. Jetzt. Aber ich halte die Klappe, um nicht in Gefahr zu geraten, ihn zu verärgern. Ich mag keinen Gesang mehr haben, mit dem ich ihn verzaubern kann, aber ich kann ihn lesen.

Als würde ich mich nicht längst unbehaglich genug fühlen, eingesperrt in einen Käfig ohne die geringste Hoffnung, zu entkommen – jetzt muss ich auch noch die Sirene wecken. Schon wieder. Ich habe einen scheußlichen Geschmack ganz hinten in der Kehle. Eine Gänsehaut zieht sich über meinen Körper und das hat überhaupt nichts mit der Kälte zu tun.

Seine Farbe ist Rot – die schwierigste Farbe von allen. Sie kann für vieles stehen: Liebe, Lust, Hass, Leidenschaft. Wirklich jede überwältigend starke Emotion sieht für mich rot aus. Wenn ich raten soll, würde ich sagen, Vordans leuchtend rotes Gefühl ist Leidenschaft, aber Leidenschaft wofür?

Vordan giert nach Erfolg, überlege ich. Er will etwas von

mir. Wenn ich nur genug Geduld aufbringe, um zu erfahren, was das ist.

»Dann fahr fort«, ringe ich mir schließlich zu sagen ab.

»Ich bin hier, um dir einen Platz in meiner Mannschaft anzubieten. Ich möchte dir die Freiheit geben, zu tun, was du willst, sobald du mir geholfen hast, zur Isla de Canta zu kommen.«

»Ich bin der Captain meines eigenen Schiffes und habe meine eigene Mannschaft. Ich habe die Freiheit, zu segeln, wohin ich mag. Warum sollte ich dein Angebot auch nur entfernt verlockend finden?« Ich frage nicht erzürnt. Mein Ton ist vollends sachlich. Ich versuche, vernünftig mit ihm zu sprechen. Ruhig zu bleiben.

»Weil du am Ende unter deines Vaters Regentschaft stehst. Wenn das alles vorbei ist, Alosa, wenn ihr – du und dein Vater – alle drei Stücke der Karte habt, wenn ihr zur Isla de Canta gesegelt seid und die Reichtümer aller Zeitalter beansprucht habt – was dann? Ich werde es dir sagen. Dann wird dein Vater nicht nur die vollständige Kontrolle über die Meere von Maneria haben, er wird auch über den Reichtum verfügen, um diese Herrschaft aufrechtzuerhalten. Und du wirst ihm immer dienen müssen. Du wirst nie wirklich frei von ihm sein.«

»Aber ich werde frei sein, wenn ich mich dir anschließe?«, frage ich skeptisch.

»Ja. Hilf mir, zu bekommen, was dein Vater will. Hilf mir, die Isla de Canta zu erreichen. Hilf mir, Kalligans Herrschaft an mich zu reißen, und ich werde dich freilassen. Wenn wir Erfolg haben, dann wird es dir freistehen, zu gehen, wohin du willst, zu tun, was du willst, dir zu nehmen, was du möchtest. Ich werde dich nicht mehr belästigen oder mich dir in irgendeiner Form nähern.«

Vordan Serad ist ein Narr. Denkt er denn wirklich, ich könnte darauf vertrauen, dass er Wort hält? Denkt er wirklich, ich würde mich so einfach gegen meinen Vater wenden? Denkt er wirklich, es sei eine Bürde für mich, Kalligan zu dienen? Er ist mein Vater. Es ist die Liebe zur Familie, die mein Handeln bestimmt. Ich sehne mich nicht nach Freiheit, denn die habe ich bereits. Ich habe mein eigenes Schiff und eine Mannschaft, mit der ich machen kann, was ich für richtig halte. Dann und wann aber helfe ich meinem Vater, wenn er mich braucht. Er ist immerhin der König. Und wenn die Herrschaft meines Vaters endet, werde ich Königin. Vordan erwartet, dass ich das alles für ihn aufgebe? Auf keinen Fall.

Aber das wage ich nicht zu sagen. Ich spüre immer noch Vordans Gefühlen und Sehnsüchten nach. Er ist hoffnungsvoll. Sehr hoffnungsvoll wegen … irgendetwas.

Zustimmung ist die einzige Möglichkeit für mich, um aus diesem Käfig zu kommen und eine Chance zur Flucht zu erhalten.

»Du hast recht«, sage ich, bemüht, Vordan genau das zu erzählen, was er hören will. »Ich hatte zu viel Angst, um mich von meinem Vater zu befreien. Ich sehne mich danach, ihn loszuwerden. Ich will nichts mit der Isla de Canta oder Kalligan zu tun haben, aber wenn du mir schwörst, dass du mir im Austausch für meine Dienste die Freiheit gewähren wirst, dann werde ich dir helfen, das zu bekommen, was du begehrst.«

Vordan blickt an mir vorbei. Ich drehe mich um. Theris schüttelt den Kopf. »Sie lügt.«

»Tu ich nicht«, presse ich zwischen zusammengebissenen Zähnen hervor. Ich war so sehr auf Vordan konzentriert, dass ich mir gar nicht die Mühe gemacht habe, danach zu tasten, was Theris hören möchte. Mir war nicht klar, dass er derjenige ist, den ich überzeugen muss, nicht Vordan.

Theris lächelt. »Sie wendet den gleichen Trick an wie bei Draxen. Ich habe genau gesehen, wie Alosa andere manipulieren kann, indem sie ihnen erzählt, was sie hören wollen.«

»Ich mag meine Fähigkeiten bei Draxen benutzt haben, aber das bedeutet nicht, dass ich sie auch jetzt nutze«, sage ich, obwohl ich weiß, dass es sinnlos ist. Jetzt weiß ich, was ich hätte sagen müssen, und es ist zu spät, um meine Antwort noch zu ändern.

»Du hast dich nicht ausreichend zur Wehr gesetzt, Alosa«, sagt Theris. »Ich habe dich einen ganzen Monat lang auf dem Schiff beobachtet. Ich habe deine Gespräche und ... dein Verhalten ...«, nun sieht er Riden vielsagend an, »... ausspioniert.«

Riden hat noch gar nichts gesagt. Aber er beobachtet unsere Häscher aufmerksam, versucht, die Situation zu analysieren, damit wir hier rauskommen. Bei Theris' letzten Worten sieht er mich an.

Wie viel mag Theris gesehen haben, frage ich mich angewidert.

»Ich weiß genau, wie stur du bist«, fährt Theris fort. »Und ich weiß, wie du deinem Vater gegenüber empfindest. Du hast ihn nicht wie üblich verteidigt.«

Ich will ihn treten, aber er ist zu weit entfernt, und außerdem hätte ich mein Bein eh nicht durch die Gitterstäbe bekommen, wenn ich es hätte versuchen wollen. Einen Arm, ja, aber kein Bein.

»Schön«, sage ich, während ich versuche, mir einen neuen Plan auszudenken. »Und was jetzt?«

»Für den recht wahrscheinlichen Fall, dass du dich als nicht entgegenkommend erweist«, sagt Vordan, »sind wir darauf vorbereitet, dich uns anderweitig zunutze zu machen.«

Mir gefällt nicht, wie sich das anhört. Ich habe die Sirene längst weggesteckt und also keine Möglichkeit, mir ein Bild davon zu machen, was Vordan jetzt denken mag.

»Bringt das Zeug her«, befiehlt er den zwei Männern, die immer noch ihre Pistolen auf Riden richten. Sofort machen sie kehrt und verlassen die Lichtung.

Ich sehe, wie es in Ridens Kopf arbeitet. Obwohl ich nicht fühlen kann, was in ihm vorgeht, ist es nicht schwer zu erraten. Er überlegt, wie er aus dem Umstand, dass er nun nicht mehr so schwer bewacht wird, das Beste herausholen kann.

Aber ehe er auch nur einen Schritt tun kann, hat Theris seine Waffe gezogen und den Hahn gespannt.

»Denk nicht mal daran.«

»Was macht er überhaupt hier?«, frage ich. »Ihr habt doch mich. Wozu braucht ihr einen zweiten Gefangenen? Jetzt wird Draxen ihn suchen.«

»Mit der Zeit wird alles offenbart werden«, sagt Vordan.

Er amüsiert sich zu sehr, und er kann kaum erwarten, was immer da kommen mag. Ich vermute, es war ihm egal, ob ich mich ihm anschließe oder nicht.

Ich frage mich, ob ich mich ändern sollte. Ob ich vielleicht Vordans wunderbare Frau werden sollte, damit er schließlich doch den Wunsch hegt, mich zu befreien. Das ist die einzige Waffe, die ich noch habe. Aber wird sie mir helfen? Als ich mich zu Theris und seiner Münze umblicke, wird mir klar, dass das nicht funktionieren kann. Wenn ich bei Vordan irgendetwas versuche, wird Theris es wissen und unterbinden.

Ich bin hilflos. Keine Waffe. Keine Macht. An diesem Punkt kann ich nur noch hoffen, dass sich jemand zu nahe an den Käfig wagt … oder dass Riden erst sich befreit und dann mich. Da Riden aber im Augenblick nicht sonderlich angetan von mir zu sein scheint, bezweifle ich, dass er mir überhaupt würde helfen wollen, selbst wenn es ihm gelänge, sich selbst zu befreien.

Als Ridens Bewacher zurückkommen, tun sie das nicht mit leeren Händen. Jeder hält einen Kübel mit Wasser in der einen und etwas, das aussieht wie ein Stock, in der anderen Hand. Zunächst habe ich keine Ahnung, was sie vorhaben.

»Alosa«, sagt Vordan. »Du bist hier, damit ich alles über deine Fähigkeiten lernen kann. Denn wenn ich dich nicht dazu benutzen kann, mir zu helfen, die Isla de Canta anzulaufen, dann vielleicht dazu, alles über Sirenen zu erfahren, sodass ich mich angemessen schützen kann, wenn ich erst dort bin.«

Eiskalter Schrecken lässt mich erstarren.

Er will mit mir experimentieren.

Kapitel 17

»Was?«, sage ich, weil mir nichts Besseres einfällt.

»Ich kann kaum davon ausgehen, dass du hinsichtlich deiner Fähigkeiten ehrlich bist, also werde ich sie selbst erkunden müssen«, klärt Vordan mich auf. »Gemeinsam, Alosa, werden wir all die Kräfte identifizieren, über die Sirenen gebieten.«

Ihm ist nicht klar, wie grauenerregend ich diese Aussicht finde. Wie sollte er auch wissen, wie sehr ich es verabscheue und manchmal fürchte, meine Fähigkeiten einzusetzen. Ich hasse das Gefühl, sowohl geistig als auch körperlich. Ich hasse den emotionalen Tribut, den sie von mir fordern. Und dann ist da noch die Art, wie ich mich verändere, wenn ich meine Fähigkeiten auffrischen muss. Vordan wird mich zwingen, alles wieder und wieder zu demonstrieren. Bei dem Gedanken steigt mir die Galle in die Kehle. Ich schlucke sie wieder hinunter.

»Ich bin nur zum Teil eine Sirene«, wende ich verzweifelt ein. »Was ich kann oder nicht kann, hat wenig mit dem zu tun, wozu die Kreaturen auf der Isla de Canta fähig sind. Ich bin nutzlos für dich.«

Vordan zupft an dem Haar an seinem Kinn. »Das ist nicht wahr. Selbst wenn du nicht so mächtig bist wie eine wahre Sirene, werden mir deine Fähigkeiten doch Informationen liefern, die ich für die Vorbereitung dieses Wagnisses brauchen werde.«

Während unseres kurzen Austauschs waren Vordans Männer nicht untätig. Sie haben die Kübel etwa fünf Fuß von meinem Käfig entfernt aufgestellt, außerhalb meiner Reichweite. Jetzt halten sie etwas, das wie ein langer, hohler, röhrenartiger Ast aussieht, in Händen.

»Zunächst«, sagt Vordan, »wirst du für mich singen.«

»Den Teufel werde ich.«

Vordan lächelt. »Und das ist der Grund, warum der junge Erste Maat hier ist. Theris, zeig Alosa, was jedes Mal geschehen wird, wenn sie sich weigert.«

Theris holt sein Entermesser hervor und zieht es Riden über den Oberarm, trennt sein Hemd auf und hinterlässt eine Wunde, aus der Blut strömt.

Riden zuckt zusammen, davon abgesehen zeigt er aber keinerlei Anzeichen, Schmerzen zu leiden. Stattdessen lacht er und übt Druck auf die frische Wunde aus. »Ihr seid alle Narren, wenn ihr denkt, es kümmert die Prinzessin, ob ich lebe oder sterbe.«

Theris schnaubt verächtlich. »Du liegst falsch, Riden. Alosa lebt nach ihren eigenen Regeln. Sie neigt sehr zu Vergeltung. Sie kann es nicht ertragen, wenn die, die ihr ein Unrecht antun, ungeschoren davonkommen. Draxen hat sie entführt, sie geschlagen, sie gedemütigt und versucht, sich ihres Körpers zu bemächtigen. Sie verabscheut ihn. Dennoch ist er am Leben. Weißt du, warum?«

Riden sieht mich an. Hastig senke ich den Blick.

»Wenn es sie nicht kümmern würde, ob du leidest, hätte sie ihn getötet. Langsam und qualvoll. Die Tatsache, dass er lebt, beweist, dass es mindestens eine Sache gibt, die ihr wichtiger ist als ihre Vergeltung. Dich.«

Das ist nicht wahr. Ich … ich bin Riden etwas schuldig gewesen. Er hat mir meinen Dolch gelassen, obwohl er ihn mir hätte abnehmen müssen. Ich begleiche meine Schuld. Er hat mir geholfen, mich zu schützen, darum habe ich seinen Bruder nicht getötet. Mehr war das nicht.

Da bin ich ganz sicher …

Moment – mein Dolch!

In meiner sitzenden Haltung wickele ich die Arme um die Unterschenkel, als wollte ich versuchen, es mir bequem zu machen, und klopfe meinen Stiefel ab.

Von meinem Fuß abgesehen, ist er leer.

»Suchst du das?«, fragt Theris und zieht die Waffe vom Gürtel, wo ich sie zuvor übersehen hatte.

Ich bemühe mich, den Eindruck zu vermitteln, das kümmere mich überhaupt nicht. Tatsächlich schäume ich vor Zorn. Nicht nur, dass Theris mir meine einzige Hoffnung auf Flucht genommen hat, ich hänge auch sehr an diesem Dolch.

»Folgendermaßen wird es laufen«, sagt Vordan und lenkt mich damit von Theris ab. »Ich werde dir sagen, was du zu tun hast, und du wirst es tun. Wenn du zögerst oder von meinen Anweisungen abweichst, wird Riden eine weitere Verletzung erleiden. Versuch, deine Fähigkeiten zur Flucht zu nutzen, und wir werden ihn töten und dir jemand anderen für deinen Zauber herschaffen. Hast du verstanden?«

Ich bedenke Vordan mit einem mörderischen Blick. »Wenn ich aus diesem Käfig rauskomme, ist das Erste, was ich tun werde, dich umzubringen.«

Ohne auch nur auf ein Signal seitens Vordan zu warten, sticht Theris Riden in den Unterarm.

Meine Augen weiten sich, während ich ein entsetztes Keuchen unterdrücke.

»Ich sagte: ›Hast du das verstanden?‹«

Obwohl es gegen meine Natur ist – sei es die menschliche oder die der Sirenen –, schlucke ich meinen Stolz hinunter. »Ja.«

»Gut. Niffon, Cromis – das Wachs.«

Vordans Männer reichen ihm und Theris je zwei Klümpchen orange-gelben Wachses, ehe sie sich selbst ebenfalls welche holen. Jeder Mann drückt sich die Substanz in die Ohren.

So schlau, Vordan. Du hältst dich für unbesiegbar. Aber ich werde einen Ausweg finden. Das tu ich immer. Es ist nur eine Frage der Zeit. Allerdings wünschte ich, die Furcht, die jedes meiner Glieder durchdringt, würde diese Zuversicht nicht insgeheim erschüttern.

Ich versuche gar nicht erst, die Wut aus meinem Gesicht fernzuhalten, als Vordan auf die Kübel zeigt. Jeder seiner beiden Untergebenen steckt einen der dünnen Zweige in seinen Eimer.

»Streck die Hände aus, Alosa«, fordert Vordan ein bisschen zu laut.

Nein, das werde ich nicht tun. Ich kann nicht. Ich werde mich dem nicht ausliefern. Nicht noch einmal. Meine Gedanken kehren ruckartig zu meiner Zeit im Kerker meines Vaters zurück.

Schellen spannen sich um meine Handgelenke, ketten mich an die Wand. Meine Fußgelenke sind ebenfalls fixiert, und es klimpert, wann immer die Ketten mich hindern, mich mehr als einen Fuß weit von der Steinmauer zu entfernen.

»Entspann dich«, sagt Vater, ehe er mir einen Eimer Wasser ins Gesicht schüttet.

Ich würge und keuche, als das Wasser um mich herum trieft.

»Lass es wirken, Alosa. Und jetzt lass uns sehen, wie wir dich noch mächtiger machen können …«

Ein lautes Grunzen holt mich in die Gegenwart zurück.

Riden umklammert seinen Arm mit der Rechten. Blut dringt aus einer neuen Wunde zwischen seinen Fingern hindurch.

»Streck die Hände aus!«, befiehlt Vordan, und dieses Mal brüllt er.

Deine Erinnerungen sind nur Erinnerungen, ermahne ich mich im Stillen. Vater hat dich stark gemacht. Er hat dir geholfen zu lernen, wozu du fähig bist. Wenn du den Druck und die Methoden des Piratenkönigs überlebt hast, wirst du ganz sicher auch damit zurechtkommen, wenn irgendein anderer erbärmlicher, hirnloser, schleimiger Aal von einem Mann das Gleiche versucht.

Meine Selbstermunterung durchströmt mich in weniger als einer Sekunde. Bevor Theris also Riden noch weiter schädigen kann, tue ich, was Vordan verlangt. Ich werde Riden nicht ansehen. Was bedeutet mein Gehorsam für mich? Was bedeutet er für Riden?

Niffon und Cromis knien Seite an Seite vor ihren Eimern. Niffon verstopft das Ende seines hohlen Zweigs, nimmt ihn aus dem Kübel und hebt ihn vor mir hoch … in die Luft.

Vordan hat, wie es scheint, an alles gedacht.

Wenn nur Niffon den Zweig um einen Fuß absenken würde, dann könnte ich an ihn heranreichen. Eine kleine Fehleinschätzung von deren Seite wäre für mich jetzt enorm hilfreich. Aber nein. Theris hat gesehen, was ich mit beschränkten Mitteln zustande bringe. Er wird mir bestimmt nicht gestatten, einen der Zweige in die Finger zu bekommen.

Ich warte mit Angst und Schrecken auf das, was als Nächstes passieren wird. Niffon entfernt seinen Daumen vom Ende des Zweigs. Das Meerwasser im Inneren ergießt sich in meine bereitgehaltenen Hände.

Ich lasse das Wasser durch meine Finger zu Boden rieseln

und hoffe, es sieht so aus, als hätte ich einen Teil davon aufgesaugt. Hoffe, dass ich mich auf diese Weise durchmogeln kann. Ich kann meine Fähigkeiten gar nicht auffrischen. Nicht so.

Aber Vordan lässt sich nichts vormachen. Verärgert schüttelt er den Kopf. Theris zieht sein Schwert erneut über Ridens Haut, dieses Mal an der Wade.

»Lass das Wasser sich nicht am Boden sammeln«, sagt Vordan. »Nimm alles auf.«

Er ist besorgt, ich könnte Wasser sammeln, bis genug da ist, um dann etwas wahrhaft Gefährliches damit anzufangen. Aber solange Vordan und seine Kumpane Wachs in den Ohren haben, ist völlig egal, wie viel Wasser mir zur Verfügung steht.

Aber das erzähle ich ihnen nicht. Ich habe keine Zeit zu verlieren, wenn ich verhindern will, dass Riden noch mehr Schmerz erdulden muss. Als Niffon also mehr Wasser nachgießt, fange ich es vollständig auf und absorbiere es umgehend. Nichts entgeht mir und meine Hände trocknen augenblicklich.

Die Veränderung tritt sofort ein. Das wohltuende Wasser wird ein Teil von mir. Es füllt die Leere, die ich während der letzten paar Wochen wahrgenommen habe, frischt meinen Gesang auf, stärkt mein Selbstvertrauen, lindert meine Furcht. Ich möchte diesen Trost überall wahrnehmen. Ich möchte in den Ozean springen und an die tiefsten, schwärzesten Orte hinabtauchen, damit dieses Wohlgefühl mich nie wieder verlässt.

Für einen Moment kann ich an nichts anderes denken als an die See. Nichts hat mehr Bedeutung für mich, außer in sie zurückzukehren. Nichts anderes zählt.

»Alosa.« Ridens Stimme bohrt sich in meine sehnsüchtigen Gedanken. Ich versuche, die Begierden der Sirene zu zügeln. Das ist der Grund, warum ich meinen Gesang nicht auffrischen kann, wenn mir keine Zeit bleibt, mich zu orientieren. Denn das Meer dazu zu nutzen, mich zu nähren, ruft den Sireneninstinkt in mir wach. Und der Sireneninstinkt verlangt, mich um nichts zu scheren außer um mich selbst, meine Schwestern und den Ozean.

Dieser Mann bedeutet mir überhaupt nichts. Was kümmert es mich, wenn sie ihn töten? Er ist nicht wichtig. Ich bin wichtig.

»Alosa«, wiederholt Riden.

Ich blicke in seine Richtung und versuche, meine Gedanken zu sammeln. Werde nicht zu einer seelenlosen Kreatur. Du bist eine Frau. Denk an deine Mannschaft, an deine Freunde, an deine Familie. Erinnere dich an die Zeit, als du ein Schiff gekapert und zu deinem gemacht hast. Erinnere dich daran, wie es sich anfühlt, ein Captain zu sein, sich den Respekt und die Dankbarkeit seiner Mannschaft zu verdienen. Denk an den Stolz in den Augen deines Vaters, wenn du ihn zufriedengestellt hast.

Denk an Riden. Erinnerst du dich, wie viel Spaß du hattest, als du gegen ihn gekämpft hast, Schwert gegen Schwert? Erinnere dich an die Schläge und Sticheleien. Erinnere dich an den Dolch. Erinnere dich an seine Küsse. Denk an Riden, der es nicht verdient, zu sterben, nur weil du dich nicht beherrschen kannst.

Es funktioniert. Ich sehe wieder Vordan an und warte auf seine Anweisungen.

»Sing zu ihm, Alosa. Beeindrucke mich.«

Vordan will Riden zweifellos tanzen und noch weitere Albernheiten vorführen sehen. Unter anderen Umständen wäre es bestimmt lustig gewesen, Riden dazu zu bringen, sich selbst zu erniedrigen. Aber nicht jetzt. Nicht um einen Mann zufriedenzustellen, der mich in einen Käfig gesperrt hat. Riden ist kein Affe und ich bin keine Sklavin.

Ich sehe Riden an. Er wirkt nicht gerade ängstlich, nur besorgt. »Nur zu«, sagt er schließlich. Da Riden mir gegenübersteht und die Männer Wachs in den Ohren haben, merken sie gar nicht, dass er mit mir spricht. »Wir kommen hier schon irgendwann raus. Bis dahin tu, was du tun musst.«

Vordan lässt mich nicht aus den Augen, also riskiere ich es nicht, Riden zuzunicken. Stattdessen fange ich an. Ich beginne mit etwas, das so einfach wie unauffällig ist. Meine Lippen öffnen sich kaum merklich, als ich eine besänftigende, langsame Weise singe. Die Noten sind nicht wichtig. Es ist die Intention, die dahintersteht, die dem Gesang Macht verleiht. Sie sorgt dafür, dass Riden tut, was ich will. Und in diesem Augenblick möchte ich ihm seinen Schmerz nehmen.

Sofort legt sich die Spannung in seinem Arm und dann auch in seinem Bein und er spürt die grausamen Schnitte und die tiefe Wunde nahe dem Handgelenk nicht mehr. Dann reiße ich einen Streifen Stoff vom Saum meiner Bluse und werfe ihn Riden zu.

Vordans Männer stehen parat, bereit, jederzeit einzugreifen, sollte ich versuchen, Riden zur Flucht zu bewegen oder dazu, mich zu befreien. Ich sollte mich geschmeichelt fühlen, dass sie glauben, ich könnte dergleichen mit weiter nichts als einem Streifen Stoff bewerkstelligen.

Aber der ist für Ridens Arm. Ich webe ein paar weitere Noten in meinen Gesang, die Riden veranlassen, seine schlimmste Wunde zu verbinden und den Blutfluss zu stoppen. Ich wünschte, ich könnte ihn heilen, aber da sind meine Fähigkeiten begrenzt. Ich kann nur auf den Geist einwirken, aus dem, wie ich erkannt habe, der Schmerz wirklich kommt. Ich kann Ridens Leid vorübergehend lindern, mehr jedoch nicht.

Ich habe nur noch ein paar Noten übrig, also versuche ich,

Vordan zu geben, was er will. Riden steht aufrecht da. Seine Augen sind nicht glasig oder irgendwas. Er sieht absolut normal aus, als würde er alles, was er tut, aus eigenem Antrieb tun. Aber so ist es nicht. Er tut nicht mehr oder weniger als das, was ich ihm durch meinen Gesang sage. Riden führt ein paar Kampfschritte vor. Ich lasse ihn nach unsichtbaren Feinden treten und schlagen. Er springt durch die Luft, weicht seinen Gegnern aus und prügelt auf sie ein. Am Ende steckt er ein unsichtbares Schwert zurück in die Scheide.

Als meine Kräfte erschöpft sind, entlasse ich ihn aus meinem Bann. Dann setze ich mich auf den Boden des Käfigs.

Riden blinzelt. Verwirrt schaut er sich um, bis sein Blick auf mich fällt und ihm alles wieder einfällt. Ich habe ihm die Erinnerung an den Gesang nicht genommen, also weiß er genau, was ich ihn habe tun lassen. Er schnappt kurz nach Luft. Der Schmerz seiner Wunden kehrt zurück. Ich kann ihn nicht davor bewahren, sobald ich zu singen aufhöre. Es war nur eine temporäre Erleichterung, aber ich habe ihm gegeben, was ich konnte. Immerhin ist es meine Schuld, dass er überhaupt hier ist.

Nun ja, eigentlich ist es Theris' Schuld, aber ich kann nicht erwarten, dass Riden das auch so sieht.

Vordan tritt näher an den Käfig heran und mustert mich eingehend. »Deine Augen sind wirklich ein Fenster zu deiner Seele, Alosa«, sagt er übertrieben laut in dem Bemühen, das Wachs in seinen Ohren zu kompensieren. »In weniger als einer Minute hat die Farbe von Grün zu Blau und dann wieder zu Grün gewechselt. Was für ein nützliches Hilfsmittel, um festzustellen, wann du über die Macht deines Gesangs gebietest und wann nicht.«

Verdammt!

Ich hatte gehofft, sie wären nicht imstande, zu erkennen, wann ich weg bin. Sie beobachten mich zu genau. Wenn das hier vorbei ist, werde ich keine Geheimnisse mehr übrig haben.

»Aber zurück zu unserer eigentlichen Aufgabe. Ich denke, du kannst das noch besser, Alosa«, sagt Vordan in einem aufmunternden Ton, bei dem mir nur noch mehr übel wird. »Versuch es noch einmal.« Er zeigt mit dem Finger auf den anderen Piraten, der vor mir steht.

Dieses Mal verschließt Cromis den Zweig mit dem Daumen, ehe er ihn über meine Arme hebt, die kraftlos außerhalb des Käfigs hängen.

Das ist Schauspielerei. Ich möchte, dass sie glauben, die Nutzung meiner Kräfte würde mich vorübergehend schwächen. Das könnte mir später helfen, sie zu überrumpeln.

Ich sauge das Wasser auf, als es auf meine Haut trifft. Ich spüre, wie es durch mich hindurchströmt, in all meine Glieder rauscht. Zweifel verwandelt sich in Gewissheit, Schwäche in Stärke, Angst in Entschlossenheit. Diese Männer wissen nicht, mit wem sie es zu tun haben. Ich bin die Macht und die Stärke. Ich bin Tod und Zerstörung. Mit mir ist nicht zu spaßen. Sie sind meiner Beachtung nicht wert. Ich werde …

»Alosa.« Ridens Stimme durchbricht meine erschreckenden Gedanken. Hat er gemerkt, wie die Sirene mich zu vereinnahmen versucht? Oder will er mich nur dazu drängen, weiterzumachen, weil er fürchtet, was Theris tun könnte, wenn ich nicht unverzüglich gehorche?

Wie dem auch sein mag, ich bin dankbar, dass er offenbar die Fähigkeit besitzt, mich wieder zurückzuholen. Und zwar schnell.

»Alosa, du musst das nicht tun«, fährt er fort. Wieder ist er von Vordan und seinen Männern abgewandt, sodass sie unmöglich mitbekommen können, dass Riden mit mir spricht. »Es ist in Ordnung. Ignorier sie einfach. Konzentrier dich darauf, selbst hier rauszukommen. Du bist geschickt darin, zu entkommen. Also tu das.«

Trotz unserer Lage schenke ich ihm ein Lächeln.

»Jedes Mal, wenn ich entkommen bin, lag das daran, dass ich vorausgeplant habe. Aber diese Gefangennahme habe ich nicht geplant.« Ich hoffe, Vordan wird einfach annehmen, meine Mundbewegungen würden den Beginn meines Gesangs anzeigen. Um die Illusion aufrechtzuerhalten, lasse ich das letzte Wort in eine Note übergehen und fange mit einem neuen Gesang an.

Für mich klingt die Melodie schnell, aufregend und mitreißend. Sie scheint immer meiner Absicht zu entsprechen. Dieses Mal führe ich Riden durch eine beeindruckende Demonstration von Flexibilität und Geschicklichkeit. Ich lasse ihn Salti schlagen. Er rast Bäume hoch und springt rückwärts wieder runter. Ich lasse ihn schneller laufen, als es ihm mit seinen Wunden möglich sein sollte. Er führt Kunststücke vor, von denen ich sicher bin, dass er sie allein nicht durchführen könnte, aber solange ich weiß, wie es geht, kann er es auch tun.

Als ich keine Noten mehr habe, sinke ich erneut auf den Boden des Käfigs.

Vordan nimmt das Wachs aus den Ohren. Seine Männer folgen seinem Beispiel.

»Viel besser, Alosa.« Nun hält Vordan einen Bogen Pergament und ein Stück Kohle in der Hand. Es ist nicht wichtig, dass das Wachs inzwischen fort ist; meine Fähigkeiten sind auch verschwunden.

»Fangen wir damit an, das Ausmaß seiner Möglichkeiten niederzulegen.« Vordan fängt tatsächlich an, mit seiner Kohle etwas zu schreiben. »Wenn ich nicht irre, besitzt du in erster Linie drei Fähigkeiten. Die erste betrifft deinen Gesang. Du kannst Männer in deinen Bann schlagen, sodass sie im Grunde alles tun, solange du nicht gegen die Naturgesetze verstößt. Beispielsweise könntest du Riden nicht fliegen lassen. Wie viele Männer kannst du auf einmal verzaubern, Alosa?«

Ich zögere. Soll ich lügen oder die Wahrheit sagen?

Riden keucht direkt vor mir auf. Theris zieht das blutige Schwert zurück.

»Drei!«, brülle ich. »Um der Sterne willen, lasst mich doch einen Augenblick nachdenken, ja?«

»Da gibt es nichts nachzudenken. Antworte, und Riden wird kein Leid geschehen. Also, du füllst deine Kräfte mit Wasser aus dem Meer auf. Und das Meerwasser reicht nur bis zu einem bestimmten Punkt. Du könntest Riden mit dem, was Cromis dir gegeben hat, nicht allzu viel tun lassen. Ich bin überzeugt, die Komplexität der Aufgabe bestimmt darüber, wie viel Wasser du benötigst.«

Und jeder Mensch hat einen anderen Verstand. Das wirkt sich auch auf die Menge aus, aber ich habe nicht die Absicht, das zu erwähnen. Ridens Geist ist beständiger und standhafter als die, die ich zu sehen gewohnt bin. Ihn zu verzaubern, verlangt mir mehr ab, als es bei den meisten anderen Menschen der Fall wäre.

Nach kurzer Pause wirft Vordan einen Blick auf seine Notizen. »Hervorragend. Also, die Macht deines Gesangs wirkt sich auf den Geist aus. Aber in welchem Maß? Theris hat gesehen, wie du Männer dazu gebracht hast, zu vergessen. Als du den armen Riden zum ersten Mal verzaubert hast, konnte er sich an den Vorgang später nicht erinnern. Theris hat auch gesehen, wie du Riden hast einschlafen lassen. Ich bin überzeugt, du könntest einen Mann mühelos dazu bringen, sich das eigene Leben zu nehmen. Aber könntest du ihn auch eine andere Realität sehen lassen?«

»Ja«, sage ich rasch, nicht bereit, auch nur das geringste Zögern zu riskieren.

»Zeig es mir.« Wieder steckt er das Wachs in die Ohren, und seine Männer tun es ihm gleich, ehe frisches Wasser auf meine Haut gegossen wird.

Ich sehe Riden an, als ich es aufsauge. Aus irgendeinem Grund hilft mir das, einen klaren Kopf zu behalten, während ich spüre, wie sich die Kraft des Wassers in mir ausbreitet. Das ist etwas, das ich noch nie zuvor erlebt habe, wenn ich meine Fähigkeiten aufgefrischt habe.

»Ich hasse es, die Marionette zu spielen«, sage ich. »Hast du irgendeine Idee?«

»Wenn hier jemand eine Marionette ist, dann bin ich das«, sagt er aufgewühlt. »Du bist eher die Puppenspielerin.«

Verärgert mustere ich ihn.

»Ich arbeite daran«, sagt er zur Antwort auf meine Frage. »Führ einfach weiter Befehle aus, bis ich mir alles zurechtgelegt habe.«

Ich gestatte mir nicht zu hoffen, als ich mit meinem Gesang beginne, die Augen schließe und mir vorstelle, was ich Riden sehen lassen will. Ich male mir eine magische Welt voller neuer Farben und Geräusche aus. Schmetterlinge mit leuchtenden Flügen flattern um mich herum. Sternschnuppen sausen in schneller Folge über den purpurnen Himmel. Aus einem nahen Gewässer schießen Wassertropfen bis in unfassbare Höhen empor. Vögel, größer als Wale, schweben über mir, angetan mit Federn in Rot- und Blautönen. Ich kombiniere die Elemente, die mir zufällig als erste in den Sinn kommen, und füge so lange immer mehr Details hinzu, bis ich zufrieden bin. Dann schlage ich die Augen auf.

Ridens Miene drückt pure Verwunderung aus. Er streckt die Hand aus, als wollte er die unsichtbaren Kreaturen berühren, die ich vor ihm habe entstehen lassen.

»Wunderschön«, haucht er.

»Alosa«, sagt Vordan, »zeig Theris das Bild auch.«

Nun sehe ich, dass Theris Vordan seine Pistole gegeben hat. Er nimmt das Wachs aus den Ohren und steckt es in die Tasche. Ich weite den Gesang rasch aus, um ihn einzubeziehen, erleichtert, dass Theris Riden nun nicht mehr wehtun kann. Auch er ist sogleich verblüfft über die Dinge, die er sieht. Er dreht sich um die eigene Achse, versucht, jedes Detail der magischen Welt zu erkennen, die ich ihm zeige.

Meine Gedanken überschlagen sich, während ich versuche, mir zu überlegen, was ich tun könnte, nun, da einer von Vordans Männern unter meinem Einfluss steht. Mit Riden und Theris stünde es zwei gegen drei. Aber ich habe nicht mehr genug Gesang übrig, um Riden und Theris irgendetwas Wesentliches vollbringen zu lassen. Vordan ist sehr darauf bedacht, mir nicht den Hauch von Macht über ihn zu geben.

Aber ich frage mich, warum er überhaupt wollte, dass ich einen seiner Männer verzaubere. Wenn er so neugierig auf meine Fähigkeiten ist, warum versucht er es dann nicht einfach selbst?

»Exzellent«, sagt Vordan und kratzt hastig mit seinem Kohlenstück auf dem Pergament herum. »Jetzt lass Theris frei.«

Ich gehorche. Sogleich sieht sich Theris um, passt sich der Realität an und steckt das Wachs wieder in die Ohren. Vordan gibt ihm seine Pistole zurück.

»Jetzt zeig mir etwas wirklich Beeindruckendes«, fordert Vordan.

Mein Blick wandert von Theris zu Vordan und ich ziehe verwirrt eine Braue hoch.

»Lass Riden etwas Entsetzliches sehen. Lass ihn Schmerz spüren, der gar nicht da ist. Zeig mir, dass Männer deiner Gnade ausgeliefert sind.«

Cromis lässt einen weiteren Schwall Wasser los, das ich gerade noch rechtzeitig auffange.

Mir ist, als würden sich eisige Nadeln in meinen Bauch bohren. Er kann doch nicht von mir erwarten, dass ich …

Ich höre auf zu singen, als das Wasser in meine Haut sickert. Riden wird aus der falschen Wirklichkeit entlassen, die ich ihm gegeben habe. Mir ist, als treibe mein Geist davon.

Diese Männer sind alle tot. Wenn ich erst meine volle Kraft habe, werde ich sie alle in Fetzen reißen. Ich stelle mir vor, wie sich mein Körper verändern wird. Welche Kraft ich haben werde. Ich sehe mich, wie ich alle fünf hinunter auf den Meeresboden ziehe, beobachte ihre Augen, als das Leben in ihnen erlischt, fühle, wie sich ihre Körper winden, bis sie der Vergessenheit anheimfallen …

»Alosa!«

Es ist, als wäre ich aus einem tiefen Schlaf erwacht, obwohl meine Augen die ganze Zeit offen waren. Ich bin in meine eigene alternative Realität abgetrieben. In mein alternatives Selbst.

»Schon gut, Alosa. Komm zurück zu mir«, sagt Riden.

Ich richte meinen Blick auf ihn.

»Was immer es ist, was sie von dir verlangen, tu es.« Er kann den Befehl nicht gehört haben, nicht, während er in einer anderen Welt gefangen war. »Wir schaffen das. Mach einfach weiter.«

Ich kann aber nicht. Was macht es schon, wenn ich zulasse,

dass sie Riden verletzen, weil ich zögere. Er wird so oder so Schmerzen erleiden.

Aber der Schmerz ist nicht real, wenn du singst, versuche ich mir zu sagen. Es tut für einen Moment weh, und dann ist es vorbei. Du kannst nicht zaudern oder er wird durch einen weiteren Schwerthieb echte Schmerzen leiden. Beeil dich einfach.

»Es tut mir leid«, sage ich zu ihm.

Im nächsten Augenblick schreit Riden. Er windet sich unter Qualen am Boden, als ich imaginäre heiße Schüreisen in seine Haut treibe.

Ich hasse mich selbst. Ich hasse diese Fähigkeiten. Meine Kräfte sind nicht dazu bestimmt, auf solche Art benutzt zu werden. Ich bin verabscheuungswürdig, erbärmlich, abscheulich.

Ich beende Ridens Leiden, sobald ich es wage, und hoffe, dass es Vordan lange genug gedauert hat. Den restlichen Gesang entlasse ich in die Luft, wo er sich schnell auflöst. Ich will ihn nicht mehr. Ich möchte nichts damit zu tun haben. Ich will ihn nur loswerden.

Der kranke Mistkerl lacht. »Gut gemacht.« Vordan schreibt noch etwas auf sein Pergament. Ich wünschte, ich könnte echte Schürhaken in seinen Körper treiben.

»Für heute bin ich mit deinen Gesangskünsten zufrieden«, sagt Vordan und befreit seine Ohren von dem Wachs. »Reden wir nun über deine zweite Fähigkeit. Wenn Theris dich richtig verstanden hat, bist du imstande, die Gefühle eines Menschen zu lesen, aber dafür brauchst du keine Unterstützung durch die See. Das ist eine Gabe, die dir jederzeit zur Verfügung steht.«

Keuchend liegt Riden am Boden und versucht, sich von den imaginären Schmerzen zu erholen. Ich sehe zu, wie er mit den Händen über seine Haut reibt, um sich zu überzeugen, dass sie wirklich nicht real waren.

»Alosa«, blafft Vordan mich an und zieht meine Aufmerksamkeit wieder auf sich. Theris tritt vor und rammt Riden den Fuß ins Gesicht. Blut sickert aus seiner Nase und färbt den Sand rot. In gewisser Weise bin ich froh, dass Theris ihn so brutal getreten hat. Jetzt ist Riden bewusstlos und kann keinen Schmerz mehr spüren.

»Ja«, antworte ich. »Ich kann wahrnehmen, was Menschen fühlen, wenn ich es will.«

»Und du musst nicht singen?«

»Nein.«

»Exzellent.« Die Kohle scharrt über das Pergament. »Sag mir, was jeder meiner Männer gerade empfindet.«

Diese Fähigkeit habe ich heute schon zahlreiche Male angewandt. Ich kann nicht riskieren, sie weiter zu nutzen, oder ich werde mich selbst verlieren. Das Letzte, was ich brauche, ist, zu vergessen, wer ich bin, während ich mich in einer so lebensbedrohlichen Lage befinde. Die Macht der See hat mich schon viele Male beinahe umgebracht. Und Riden ist nicht wach und kann mich nicht zurückholen.

Ich versuche, die Sache schnell hinter mich zu bringen. Und mich dann davor zu verschließen.

Ich bestaune die Komplexität der Emotionen. Für mich sind sie wie Gemälde. Ich muss nur diese Andersartigkeit durchleiden, um sie zu sehen. Während das Übelkeit erregende Gefühl über meine Haut rast, blicke ich jeden von Vordans Männern kurz an. »Der da ist hungrig«, sage ich und zeige auf Niffon. »Der ist gelangweilt.« Das gilt Cromis. »Er ist aufgeregt – nein, er freut sich über etwas.« Das ist Theris. »Und du …« Bei Vordan wird es ein bisschen schwieriger. »Zufrieden«, schließe ich.

Vordan sieht seinerseits nacheinander seine Männer an, die nicken und bestätigen, dass ich recht habe.

»Du bist gelangweilt, Cromis?«, fragt Theris. »Vielleicht sollten wir dich wieder zum Küchendienst abkommandieren.«

Cromis blickt entschlossen mich an – was seine Aufgabe ist. »Ist alles bestens, K… Theris.«

Theris schürzt für einen Moment die Lippen, aber sein Gesichtsausdruck kehrt gleich wieder zur Normalität zurück.

Trotzdem ein interessanter Versprecher. Es würde mich nicht überraschen, hätte Theris mir einen falschen Namen genannt. Offen gesagt ist mir egal, wie sein Name wirklich lautet. Er wird nicht mehr von Bedeutung sein, wenn ich frei bin und er tot ist.

»Schweigt!«, zischt Vordan seine Männer an. Sein Blick ruht auf dem Pergament, bis er schließlich mich anschaut. »Damit werden wir morgen ein wenig herumspielen. Jetzt sollten wir uns schnell deiner letzten Fähigkeit widmen, Alosa. Sag mir, wie würdest du diese Macht nennen? Mir ist es schwergefallen, einen prägnanten Namen dafür zu finden.«

Ich denke einen Moment nach.

»Riden mag bewusstlos sein, aber ich kann Theris dennoch anweisen, ihn zu verletzen. Also sprich.«

Finster mustere ich Vordans verachtenswerte Gestalt. »Ich kann zu jedermanns Vorstellung von einer perfekten Frau werden.«

»Also bist du im Grunde eine Verführerin. Genau das, was man von einer Frau erwarten sollte, was?«

Hätte ich seinen Tod nicht sowieso schon beschlossen, jetzt hätte ich es definitiv getan. Mit zusammengebissenen Zähnen sage ich: »Ich kann sein, was immer ich sein muss, um einen Mann dazu zu bekommen, zu tun, was immer ich will, das er tut.«

»Du bist eine Manipulatorin. Ich nehme an, diese Fähigkeit

passt sehr gut zum Lesen von Emotionen. Zusammen mit deinem Gesang macht dich das zu einer ziemlich beeindruckenden Kreatur – die Meisterin aller Männer. Nun gut, ich nehme an, diese Fähigkeit wirkt jeweils nur auf einen Mann?«

»Kommt drauf an. Viele Männer werden ja von denselben Dingen angezogen. Ich kann jeweils nur die Vorstellung eines Mannes erkennen, aber wenn die enthaltenen Charakteristika auch vielen in der Umgebung gefallen …«

»Kannst du sie alle betören.«

»Ja.«

»Zeig es mir. Ich möchte, dass du diese Fähigkeit bei jedem meiner Männer anwendest.«

Von all meinen Fähigkeiten findet mein Vater diese am wenigsten nützlich. Er hat sie nicht genauso überprüft wie die beiden anderen. Ich musste allein mit ihr experimentieren. Bisher habe ich noch keine Nachwirkungen festgestellt. Abgesehen davon, dass ich mich im Anschluss wie eine Dirne fühle. Aber ich habe keine Bedenken, sie anzuwenden, um das zu bekommen, was ich will. Allerdings ziehe ich es gewöhnlich vor, ein wenig Gesang zu haben, um die Erinnerung meiner Opfer hinterher auszulöschen.

Aber am Ende des heutigen Tages werde ich mein Sicherheitsgefühl, meine Privatsphäre und meine Würde verloren haben.

Kapitel 18

Vordan verlangt von mir, dass ich mich für jeden seiner Männer verändere. Infolgedessen spiele ich die Rolle einer Hure (weil Niffon eine Frau möchte, die weiß, was sie tut), dann die eines unschuldigen Mädchens vom Lande (denn Cromis gefällt sich darin, Unschuld zu rauben, ohne Konsequenzen tragen zu müssen) und die einer verheirateten Frau (weil Theris Gefallen an der Gefahr und den Heimlichkeiten einer verbotenen Affäre findet).

Derweil bleibe ich im Käfig. Glücklicherweise ist es den Männern nicht gestattet, mich anzufassen, aber ich möchte mich für die widerlichen, neckischen und zweideutigen Bemerkungen ohrfeigen, die ich zu äußern gezwungen bin. Die ganze Zeit, während ich meine Nummer bringe, steht Vordan mit seinem verdammten Pergament und der Kohle daneben und macht sich Notizen.

Ich schwöre, ich werde dieses Pergament in Fetzen reißen, damit niemand lesen kann, was ich zu sagen und zu tun gezwungen wurde.

»Du kannst jetzt aufhören«, sagt Vordan, nachdem ich gefühlte fünfzehn Minuten mit Theris gesprochen habe. »Mach dir nicht die Mühe, mich zu lesen. Ich habe genug gesehen.«

Theris sieht Vordan zweifelnd an. Ich muss ihn ähnlich angeschaut haben. Wenn es etwas gibt, was in mir den Wunsch weckt, meine – wie Vordan es so elegant ausgedrückt hat – verführerischen Kräfte zu nutzen, dann, dass er mir sagt, ich solle ihn nicht lesen.

Ich kann Vordans Sehnsüchte lesen, als stünden sie auf einem Brett über seinem Kopf geschrieben.

»Oh«, sage ich. »Ich kann sehen, dass du mich nicht anziehend finden würdest, ganz gleich, wie ich mich verhalte.«

Bis zu diesem Augenblick hat mich Vordan lediglich mit freundlichem Interesse betrachtet, aber nun sieht er mich an, als wäre ich eine ekelhafte Kreatur, die er am Rumpf seines Schiffes klebend entdeckt hat. Er zieht sein Schwert und nähert sich mir.

»Was hast du vor?«, fragt Theris. »Captain?«

Vordan, wieder bei Sinnen, steckt das Schwert in die Scheide zurück und widmet sich wieder seinem Pergament.

Ich bin immer noch verdattert. Nicht nur, weil Vordan ausschließlich an der Gesellschaft von Männern interessiert ist, sondern auch, weil ich meine Fähigkeiten noch nie an einem von seiner Art angewandt habe. Mir war gar nicht bewusst, dass es da draußen Männer gibt, die immun gegen diese besondere Gabe sind. Und zu wissen, dass Vordan einer davon ist, lässt den Käfig um mich herum irgendwie stabiler erscheinen.

»Das reicht für heute«, sagt Vordan. »Schnappt euch den Knaben und die Ausrüstung.«

Niffon und Cromis setzen sich in Bewegung, während Theris seinen Captain missbilligend ansieht.

»Ich sagte, schnappt euch den Knaben, Theris!«, wiederholt Vordan.

Theris beeilt sich, dem Befehl Folge zu leisten, während Vordan mich ein letztes Mal von Kopf bis Fuß mustert. »Wir kommen morgen zurück. Ich schlage vor, du bereitest dich auf einen weiteren harten Tag vor.«

Auf meinen vernichtenden Blick hin fügt er hinzu: »Keine Sorge. Wir haben lustige Wochen vor uns, du und ich.«

Wieder einmal spüre ich, wie meine letzte Mahlzeit die Kehle hinaufklettert, aber ich schaffe es, sie drin zu behalten, während ich zusehe, wie die Männer verschwinden und Ridens erschlaffte Gestalt mitnehmen.

Wochen?

Wochen?

Vordan hat mir nicht viel Zeit gelassen, mir einen Ausweg zurechtzulegen, während er mich durch einen Test nach dem anderen gescheucht hat, doch nun breitet sich die Verzweiflung aus.

Ich muss einen Ausweg finden.

Ich kann keinen der Bäume in der Umgebung erreichen. Auf dem Boden gibt es weiter nichts als hohes Gras und Sand. Einen Stein hier und da. Aber nichts, was mir helfen könnte, aus diesem Käfig rauszukommen.

Ich habe gar nichts außer den Klamotten am Leib. Nutzlos, alles.

Aber sie können mich schließlich nicht ewig in diesem Käfig lassen, oder? Irgendwann müssen sie mich rauslassen, um … um was zu tun? Essen? Sie werden mich zweifellos durch die Gitterstäbe füttern. Mich erleichtern? Bestimmt nicht. Bisher war Vordan ganz besonders vorsichtig. Er wird ganz einfach von mir erwarten, dass ich mich in eine Ecke des Käfigs verziehe.

Es ist seltsam, zu begreifen, dass man nur essen und trinken muss, und man wird weiterleben. Man muss sich nicht mit anderen austauschen. Man muss sich nicht bewegen, nicht laufen oder gehen. Man muss nicht mal unbedingt schlafen. Ich könnte hier für immer in der Falle sitzen und doch weiterleben.

Es gab Tage, an denen ich, in Ketten tief unten in meines Vaters Festung, gedacht habe, das könnte nun mein Leben sein. Ich würde ewig eine Gefangene bleiben. Damals habe ich mich geweigert, meine Kräfte zu aktivieren. Ich habe so getan, als würden sie gar nicht existieren. Erst, als er mich vor die Wahl gestellt hat, für immer dort festzusitzen oder sie einzusetzen, um zu entkommen, konnte mein Vater mich überzeugen, sie zu benutzen.

In der Gegenwart greife ich auf sie zurück – wenn ich auch nach wie vor zögere –, um zu überleben, aber selbst sie helfen mir jetzt nicht weiter.

Und was habe ich sonst schon? Gar nichts!

Moment, nein.

Ich habe Riden. Aber was hilft mir das, solange er verletzt und isoliert ist?

Ich denke so angestrengt nach, wie ich nur kann. Mein Gehirn arbeitet so unmäßig, ich merke nicht einmal, wie sich meine Gedanken in Träume verwandeln. Ich sehe mich durch die Gitterstäbe blicken und Zeugin sein, wie Theris Blut fordert, als er Riden immer und immer wieder attackiert. Erst mit den Fäusten. Dann mit dem Schwert. Und zum Schluss zieht er die Pistole aus dem Gürtel, hält sie Riden an den Kopf und schießt.

Der Schuss hallt durch die Luft und erschüttert meinen ganzen Körper. Als ich die Augen aufreiße, wird mir klar, dass das, was ich höre, kein Schuss ist, sondern jemand, der mit einem Schwert an meinen Käfig klopft.

Cromis weicht hastig zurück, als er sieht, dass ich die Augen öffne.

»Alosa«, sagt Vordan, »bist du bereit, mit einem weiteren Tag zu beginnen?«

Riden lebt und liegt, mit dem Blut von den gestrigen Verletzungen befleckt, vor mir am Boden. Er blickt zu mir auf und lächelt.

Warum lächelt dieser Idiot? Es gibt keinen Grund zur Freude.

Wie man es auch nennen will – sei es Selbstvertrauen oder Überheblichkeit –, wenn mir noch keine Möglichkeit eingefallen ist, hier herauszukommen, dann hat er wohl auch keine gefunden.

»Konnte gar nicht schlafen, so aufgeregt war ich«, sage ich mit ausdrucksloser Miene.

»Schön zu hören«, entgegnet Vordan, unbeeindruckt von meinem Sarkasmus.

Der Aufbau ist der gleiche wie gestern. Niffon und Cromis haben ihre Kübel wieder dabei. Theris lehnt sich lässig an einen Baum, in einer Hand eine Pistole, mit der er auf Riden zielt, während die andere eine Münze über die Finger gleiten lässt. Vordan steht aufrecht und selbstsicher da, Pergament und Kohle in Händen. Eine Beule in seiner Tasche verrät mir, dass er die Karte wieder bei sich hat, bestimmt, um mir seinen Triumph noch ein bisschen unter die Nase reiben zu können. Mein Verdacht bestätigt sich, als er mich dabei ertappt, sie anzusehen, und lächelt.

Erschöpft und von Schmerz gepeinigt, nachdem ich in dem beengten Käfig schlafen musste, sehe ich zu Boden und reibe mir die Augen. Ein Stück Obst und eine Scheibe Brot liegen neben einem Holzbecher mit Wasser. Cromis muss mir ein Frühstück hereingestellt haben, ehe er mich geweckt hat.

»Hast du auch etwas zu essen bekommen?«, frage ich Riden.

Vordan antwortet an seiner Stelle. »Der Junge muss schwach gehalten werden. Du jedoch brauchst deine Kraft. Ich erwarte einen ganzen Tag voller Theatralik, also iss alles auf.«

Angewidert stochere ich in dem Essen herum. Was, wenn es vergiftet ist?

»Du hast genau eine Minute, um zu essen, ehe ich Theris anweise, Riden zu erschießen.«

»Lass dir nur Zeit«, fügt Theris hinzu. »Es ist schon eine Weile her, seit ich auf etwas geschossen habe.«

Ich schnüffele an dem Brot. Es riecht nicht auffällig, aber da die Alternative zum Essen lautet, zuzusehen, wie Riden erschossen wird, habe ich so oder so keine Wahl. Ich verziehe das Gesicht und beiße in die Frucht. Sie ist nicht ganz reif. Ich schlucke große Bissen am Stück hinunter, um nicht zu viel schmecken zu müssen. Als ich fertig bin, reibe ich meine Zunge beim Kauen an dem Brot, um auch den Rest des Geschmacks loszuwerden.

Riden sieht mir beim Essen zu und lächelt ununterbrochen. Er sollte besser einen Plan haben und sich nicht nur an dem Umstand erfreuen, dass ich mir seinetwegen alles Mögliche ins Gesicht stopfe. Anderenfalls werde ich wohl dafür sorgen müssen, dass Theris ihn erschießt.

Als ich den letzten Bissen geschluckt habe, spüle ich das kärgliche Mahl mit dem Wasser hinunter. Da es Süßwasser ist, kann es meinen Gesang nicht auffrischen, aber ich muss genauso trinken wie jeder normale Mensch, um am Leben zu bleiben.

Vordan und Theris fangen an, ihre Pläne für den heutigen Tag zu besprechen, und achten vorübergehend nicht auf Riden und mich.

Riden macht ein paar schnelle Handbewegungen, um meine Aufmerksamkeit zu erregen.

Er bewegt die Lippen.

Ich sehe mich zu den Männern an den Eimern um. Sie beobachten Riden zwar, scheinen sich aber auf das Gespräch von Theris und Vordan zu konzentrieren. Uns können sie nicht allzu viel Beachtung schenken.

»Was?«, frage ich so leise, es ist kaum ein Flüstern.

Er wiederholt die Lippenbewegung. Dieses Mal habe ich keine Probleme, sie zu lesen. Mach dich bereit.

Wofür?, forme ich mit meinen Lippen. Was kann er bloß im Sinn haben?

Dieses Mal wagt er ein Flüstern. »Erinnerst du dich an unseren Schwertkampf?«

Ich nicke. Was für ein anmaßender Idiot, lässt sich verletzen, um zu gewinnen. Aber was hat das mit … irgendwas hier zu tun?

Jetzt, sagen seine Lippen.

Ich spanne mich an, obwohl ich nicht weiß, worauf ich warte.

Und Riden, der nicht gefesselt, aber verletzt ist, stürzt sich auf Niffons Eimer. Er schöpft Wasser mit beiden Händen, als ein Schuss abgefeuert wird.

Rauch wogt aus Theris' Pistole. Riden bricht zusammen und hält die Hände über sich, versucht, das Wasser zu schützen, das er geschöpft hat.

Aber nun setzt sich auch Niffon in Bewegung und schlägt gegen Ridens Hände, sodass das Wasser zu Boden plätschert. Dann wischt er Ridens Hände an der eigenen Hose trocken, ehe er ihn wieder in meine Richtung schleudert, fort von dem Wasser.

»Idiot«, sagt Theris gelassen und macht sich daran, seine Pistole nachzuladen, schüttet Pulver in den Lauf und legt eine neue Eisenkugel ein.

»Du Idiot«, wiederhole ich, ohne mich darum zu scheren, ob

die anderen mich hören. »Die ganze Zeit habe ich mich darum bemüht, dafür zu sorgen, dass nicht auf dich geschossen wird. Die Mühe hätte ich mir sparen können.«

Riden umklammert sein Bein kurz über dem Knie. Seine Stimme klingt belegt. »Ich bin noch nie angeschossen worden. Das tut irgendwie … verdammt weh.«

Ich weiß genau, wie sich eine Schusswunde anfühlt. Sie fühlt sich genauso an, wie man es erwarten sollte. Wie Eisen, das schnell wie der Blitz in dein Fleisch eindringt und sich in deinen Knochen verkeilt.

»Versuch das noch mal«, sagt Theris, »und du wirst es doppelt spüren.«

»Wenigstens haben sie mich nicht umgebracht«, bemerkt Riden, ohne auf Theris zu achten.

»Nur, dass du jetzt nicht mehr gehen kannst.«

Als Theris' Waffe nachgeladen ist, dreht er sich wieder zu Vordan um, als hätte es nie eine Unterbrechung gegeben. Niffon und Cromis sind deutlich mehr auf der Hut und wagen kaum zu blinzeln, während sie Riden und mich beobachten.

»Das war dein brillanter Plan?«, frage ich. Niemanden scheint es zu kümmern, dass wir nun miteinander reden. Riden ist zu schwer verletzt, um noch irgendwas zu tun, und ich bin eingesperrt. Wir sind keine Bedrohung.

»Ja«, sagt er und schluckt ein Stöhnen hinunter. »Aber ich werde wohl noch ein bisschen nachbessern müssen.«

Ehe ich fragen kann, was er damit meint, kriecht er schon in Richtung Eimer und zieht das verletzte Bein hinter sich her.

Alle halten – mit was auch immer sie gerade tun – inne und starren ihn an.

»Seht euch das an«, sagt Cromis.

»Der gibt nicht auf«, fügt Niffon hinzu.

»Riden, hör auf!« Endlich habe ich meine Stimme wiedergefunden, aber er scheint vollends den Verstand verloren zu haben. Begreift er denn nicht, dass sie ihn umbringen werden? Auf jeden Fall wird er eine weitere Schusswunde einstecken müssen.

Er achtet nicht auf mich und kriecht weiter. Jetzt hat er die Eimer fast erreicht.

Ich höre, wie der Hahn der Pistole gespannt wird. Theris zielt und feuert.

Riden keucht auf, ehe er zusammenbricht. Sein Kopf landet geradewegs im Eimer.

Niffon zerrt ihn raus und schleudert ihn in meine Richtung zurück.

Ridens Augen sind geschlossen. Er atmet nicht. Mit Blicken suche ich überall an seinem Körper, versuche herauszufinden, wo die Kugel ihn getroffen hat. Endlich sehe ich ein weiteres blutiges Loch. Theris hat ihn an demselben Bein erwischt, dieses Mal unterhalb des Knies. Es sieht aus, als hätte der zweite Schuss den Knochen verfehlt und sei sauber durch die Muskeln auf der Seite seiner Wade gegangen.

»Der Junge hat Todessehnsucht«, bemerkt Theris.

»Sollen wir ihn töten, Captain?«, fragt Cromis.

»Ja, tötet ihn.«

Niffon und Cromis richten sich auf. Ich rüttele blindwütig an den Gitterstäben, beschwöre sie im Geiste, sie mögen sich biegen. Ich will Riden nicht sterben sehen. Ich will nicht …

Riden hebt den Kopf. Ich möchte ihn berühren, aber er ist gerade außerhalb meiner Reichweite.

Er lächelt.

Dreister, kleiner … Moment. Da stimmt was nicht. Sein Gesicht. Die Wangen sind zu rund. Er sieht aus, als litte er unter Brechreiz.

Aber als er den Mund öffnet, ist da kein Erbrochenes. Nein, was herauskommt, ist Seewasser. Er spuckt es in meine wartenden Hände.

»Nein!«, schreit Theris, aber es ist zu spät. Er kann nicht schneller zu seinem Wachs greifen, als ich singen kann.

Sofort hole ich mir Theris, Cromis und Niffon heran. Wo ist der Schlüssel?, verlange ich von ihnen zu erfahren. Theris zieht sogleich ein großes, verdreht aussehendes Stück Metall aus der Tasche.

Ich schicke ihm eine Illusion. Es ist vollständig dunkel. Er kann nichts sehen, nur das brennende Zündholz in seinen Händen. Er muss die Kerze anzünden, wenn er die Dunkelheit vertreiben will, wenn er sich sicher und ruhig fühlen will. Ich bin die Kerze und das Zündholz ist der Schlüssel zu meinem Käfig.

Ich zucke zusammen, als Theris in seiner Eile, zu mir zu gelangen, den zweiten Eimer Seewasser umstößt. Hätte ich besser aufgepasst, dann hätte ich ihn im Bogen daran vorbeigeführt, aber im Augenblick geht es mir mehr um Geschwindigkeit als um Präzision. Das Wasser versickert allzu schnell im Boden. Es wird längst weg sein, bis ich hier rauskomme. Ich habe nur, was Riden mir hat geben können, also sollte ich besser etwas daraus machen.

Als Theris sich nähert, schicke ich Cromis und Niffon los, um Vordan zu beschäftigen. Ich kann nur drei auf einmal verzaubern. Vordan stopft sich schnell das Wachs in die Ohren, ehe er um sein Leben kämpft, einer gegen zwei.

Riden liegt noch immer am Boden und atmet in kurzen, schnellen Zügen. Ich reiße Theris den Schlüssel aus der Hand und schicke ihn los, um ebenfalls gegen Vordan zu kämpfen, während ich den Käfig entriegele.

Vordan kommt zu dem Schluss, dass er unmöglich drei Männer auf einmal besiegen kann, macht kehrt und gibt Fersengeld.

Ich fordere die Pistole von Cromis, dem Mann mit geladener Waffe, der mir am nächsten ist. Er eilt herbei, zieht die Waffe und reicht sie mir. Ich nehme sie, halte sie vor mich, atme langsamer und langsamer und ziele auf Vordans Rücken. Genau an die Stelle, an der das Herz ist. Es ist nicht leicht, denn ich muss aufpassen, dass die Kugel nicht stattdessen Theris oder Niffon trifft.

Aus dem Weg, befehle ich ihnen. Kaum sind sie zur Seite gesprungen, feuere ich.

Der Schuss hallt durch die Luft und Vordan fällt.

Riden hustet. »Das war beeindruckend, aber du hast dich geirrt. Ich bin immer noch der bessere Schütze.«

Ich werfe die Waffe weg und wende mich ihm zu. Ich bin außerstande, mit ihm zu reden, denn ich brauche meine Stimme immer noch, um die drei anderen zu beschäftigen, über seine lächerliche Behauptung aber schüttele ich den Kopf.

»Können wir jetzt abhauen?«, fragt er. »Ich blute irgendwie ein bisschen.«

Wieder einmal schüttele ich den Kopf, dieses Mal voller Entschlossenheit. O nein. Ich bin mit diesen drei Kerlen noch nicht fertig.

Schnell habe ich Vordans Leichnam erreicht. Kaum dort, rupfe ich ihm das Papier, auf dem meine Fähigkeiten ausgiebig dargestellt sind, aus den gierigen Pfoten und reiße es in Fetzen. Dann zerre ich die glasumhüllte Karte aus seiner Tasche und stecke sie in meine.

Nachdem das erledigt ist, schnappe ich mir sein Schwert und wende mich den verbliebenen drei Männern zu. Ich hätte keine Skrupel, sie niederzumetzeln, während sie hilflos sind. Sie waren bereit, das Gleiche mit mir zu machen.

Aber dann kommt mir ein anderer Gedanke. Was ist mit Vordans Karte?

Ich drehe mich wieder zu der Leiche um und durchsuche den Mann sorgfältig.

Die Macht meiner Stimme geht zu Ende, aber die Karte muss unmittelbar vor mir sein. Ich kann jetzt nicht aufhören. Wenn ich meinem Vater beide Karten zugleich gäbe … ich kann mir kaum vorstellen, wie erfreut er wäre.

Ich ziehe Vordan die Hose aus und schüttele sie, bete zu den Sternen, dass ein Stück Papier herausfallen möge.

»Was tust du da?«, fragt Riden geschwächt weit hinter mir.

Ich nehme an, er weiß genau, was ich tue, ist aber erschrocken über die Art, wie ich es tue. Ich habe keine Zeit, Vordan achtsam abzusuchen, und ich weiß auch nicht, wozu das notwendig sein könnte. Ich hoffe, wilde Tiere werden sich an seinem rottenden Fleisch gütlich tun.

Als ich die Karte nicht finde, versetze ich seinem Leichnam einen Tritt.

Der Mistkerl muss sie auf seinem Schiff haben.

Und in diesem Augenblick verlässt mich das letzte bisschen meines Gesangs.

Mit Vordans Schwert in der Hand drehe ich mich zu den drei Männern um, die gerade wieder zu Sinnen gekommen sind.

»Das wird ein Spaß!«, sage ich.

Kapitel 19

Drei Schwerter gleiten aus ihren Scheiden. Ich stürze mich auf den Mann, der mir am nächsten ist, Niffon. Er wehrt den Schlag ab, während Cromis versucht, hinter mich zu kommen. Ich springe zur Seite, sodass ich beide sicher im Auge habe.

»Beschäftigt sie«, sagt Theris. »Ich hol den Rest der Mannschaft. Lasst sie nicht entkommen.«

»Bleib«, rate ich ihm und attackiere Niffon, während ich mich unter einem Streich von Cromis wegducke. »Ich sorge im Handumdrehen dafür, dass ihr alle drei mit dem Gesicht im Sand landet.«

Aber er lässt sich nicht aufhalten, sondern jagt an der Küste entlang in die Richtung, in der Vordans Schiff vor Anker liegen muss.

Schön, um den kümmere ich mich dann bei unserem nächsten Zusammentreffen.

Die beiden Piraten vor mir sind geschickt darin, mich auf Trab zu halten. Sie schlagen gleichzeitig zu – in der Hoffnung, dass es einem von ihnen gelingt, das Ziel zu treffen. Die Bewegungen, die ich machen muss, um ihnen auszuweichen, sind schwindelerregend, aber ich werde nicht langsamer. Ich schlage mit meinem Schwert nach Armen und Beinen, aber um einen von ihnen zu verwunden, müsste ich, selbst wenn ich sehr vorsichtig bin, einen Treffer des anderen in Kauf nehmen. Ich muss auf eine Gelegenheit warten.

Die kommt, als die beiden den Fehler machen, gleichzeitig zurückzuweichen. Der eine, um sich von meinem letzten Vorstoß zu erholen, der andere, um mehr Kraft in einen gezielten Angriff zu legen. Ich schleudere mein Schwert nach Niffon, der sich auf seinen Schlag vorbereitet. Mir bleibt gerade noch genug Zeit, um zu sehen, wie ihn meine Klinge am Hals erwischt, ehe ich mich zu Cromis umdrehe, der sein Gleichgewicht noch immer nicht wiedergefunden hat. Ich ramme ihm die geschlossene Faust in den Magen. Als er sich vor Schmerzen zusammenkrümmt, nehme ich ihm das Schwert ab und nutze es dazu, ihm zu seinem letzten Atemzug zu verhelfen.

Als beide Männer tot zu meinen Füßen liegen, schaue ich mich nach Theris um, aber der ist längst fort. Ich weiß nicht, wie viel Zeit mir bleibt, aber ich weiß, dass Theris Verstärkung holen wird – und ich werde kaum imstande sein, eine ganze Mannschaft zurückzuschlagen.

Mit wütendem Schnauben eile ich zu Riden zurück.

»Kümmer dich nicht um mich«, bringt er keuchend hervor. »Ich verblute nur gerade.«

»Du wirst es überleben«, sage ich. »Es sei denn, wir schaffen es nicht, sofort von dieser Insel zu verschwinden.«

Riden ist nicht zu schwer, um ihn zu stützen, aber seine Wunden sorgen dafür, dass wir auf dem Weg zum Wasser nur ganz langsam vorankommen. Dabei liefern wir uns ein Rennen mit Theris und dem Rest von Vordans Mannschaft. Ich kann ihre Schritte über den Wind nicht hören, aber das heißt nicht, dass sie nicht da sind.

Als wir endlich aus dem Wald hervorbrechen und die Küste sehen, treibe ich uns trotz Ridens gequältem Grunzen schneller voran. Wir sind schon so nahe dran.

Aber natürlich ist da kein Boot oder irgendetwas anderes, mit dem wir die Insel hinter uns lassen können.

»Wir werden schwimmen müssen«, sagt Riden.

»Das können wir nicht«, entgegne ich. Angst schleicht sich in meine Stimme. Ich nehme den Ärmel meines freien Arms, um mir den Schweiß von der Stirn zu wischen. All das Singen und Kämpfen hat seinen Tribut gefordert. »Ich kann nicht ins Wasser eintauchen. Das ist zu viel. Ich würde es in mich aufnehmen müssen.«

»Aber das ist unsere einzige Möglichkeit. Theris wird jeden Moment hier sein.«

Ich zögere immer noch.

»Allein kann ich nicht schwimmen, Alosa«, sagt Riden.

Ich sehe ihn an. Aus irgendeinem Grund hat er es geschafft, mich während Vordans Verhör bei Verstand zu halten. Ich hoffe, das hier bekommt er auch hin.

»Das wirst du nicht müssen. Ich werde die ganze Arbeit machen. Ich hoffe nur, dass ich dich nicht vergesse, während ich das tue.« Ich untersuche seine Wunden. »Das wird brennen.«

Riden und ich waten hinaus, bis das Wasser bis zu unseren Knien reicht. Er gibt einen Zischlaut von sich, als das Salzwasser in seine erste Schusswunde dringt. Wir stürzen uns in die Fluten.

»Hol tief Luft«, sage ich, als das Wasser anfängt, mich zu durchdringen. Ich spüre, wie ich mich verändere, innerlich und äußerlich.

Und ohne noch länger zu zögern, ziehe ich ihn mit unter Wasser und fange an zu schwimmen.

Mein Herz rast. Reine Freude wogt in mir auf, gespeist von der Fülle in mir und der See um mich herum. Für einen Menschen wäre das Wasser eiskalt. Aber nicht für mich. Es ist beruhigend und belebend und erfrischend. Ich kann die Macht und die Heilkraft in mich hineinströmen spüren, während ich in einer unfassbaren Geschwindigkeit davonschwimme.

Und ich spüre, wie sich mein Körper verändert.

Mein Haar wird länger und nimmt ein Eigenleben an, wirbelt und peitscht durch die Fluten. Meine Haut wird blasser, wechselt von dem Braun, das die Sonne mir geschenkt hat, zur weißen Farbe der Perlen. Ich kann sogar unter Wasser atmen. Ich bewege mich mühelos in ihm und kann so gut sehen, als wäre ich an Land, bei Nacht oder bei Tag. Ich fühle mich der See um mich herum verbunden. Den Meeresschnecken auf dem Gestein tief unter mir. Den Fischen, die weit rechts von mir vorbeiziehen. Den Pflanzen, die sich mit der leichten Strömung in der Tiefe bewegen. Sogar den winzigen Kreaturen, die ich mit bloßem Auge nicht einmal sehen kann. Fühlen kann ich sie trotzdem.

Ich will nichts mehr als schwimmen und mich einfach an der Umarmung des Wassers, das mich umschmeichelt, erfreuen, während ich mich selbst vorantreibe.

Aber da ist ein Gewicht, das mich behindert.

Ich hätte es beinahe vergessen. Da ist ein Mann bei mir. Seine Augen stehen trotz des Salzwassers offen und er beobachtet mich mit unverkennbarer Verwunderung.

Sollte er auch. Ich bin Kraft und Schönheit. Ich bin Gesang und Wasser. Ich beherrsche die See und all die Kreaturen in ihr.

Der Mann zeigt nach oben. Dann deutet er auf seine Kehle. Eine Blutspur mischt sich mit dem Wasser. Ein Acura-Aal in der Nähe wittert es, aber er nimmt auch mich wahr und flüchtet in die andere Richtung.

Der Mann schüttelt mich, packt meinen Arm. Ich konzentriere mich wieder auf ihn. Ah, er ertrinkt. Er braucht Luft, wenn er überleben soll.

Ich werde es genießen, ihm zuzusehen, wenn er sich krümmt und windet, während er ertrinkt. Das wird ein amüsantes Schauspiel sein, dem ich folgen kann, während ich weiterschwimme und eins werde mit dem beruhigenden Wasser. Vielleicht tanze ich später noch mit seinem leblosen Körper.

Er fängt an zu treten, versucht, aus eigener Kraft an die Oberfläche zu gelangen, aber er ist viel zu schwer verletzt, um das zu schaffen, und mein Griff ist zu stark, als dass er ihm je entkommen könnte.

Endlich hört er auf, sich zu wehren. Stattdessen legt er die Hände zu beiden Seiten an mein Gesicht, bemüht sich, mir in die Augen zu sehen, und presst seine Lippen auf meine, ehe er erschlafft.

Dieser schlichte Akt weckt etwas in meinem Inneren. Riden. Das ist der Mann, der auf sich hat schießen lassen, um mir zur Flucht vor Vordan zu verhelfen, und jetzt lasse ich ihn ertrinken.

Sofort schwimme ich zur Oberfläche. Er atmet nicht, auch nicht, als er über Wasser ist. Ich muss ihn an Land schaffen. Ich taste um mich herum nach Störungen im Wasser, suche nach etwas Großem, das sich dem Fluss der natürlichen Strömungen um mich herum verweigert. Da ist ein Schiff, nicht weit entfernt. Ridens Schiff. Sie müssen nach ihm suchen.

Schneller als alles andere im Wasser schwimme ich zu dem Schiff. Wie ein Vogel in der Luft durchquere ich mühelos die Fluten, bringe Meile um Meile hinter mich.

Ich schwimme meinen Häschern entgegen, aber ich kann mich ihnen nicht ohne Fluchtplan ausliefern. Panik setzt ein. Mir bleibt keine Zeit. Jede Sekunde, die vergeht, ist eine Sekunde, die Riden dem Tode näher bringt. Ich muss sofort zu diesem Schiff.

Ohne meine Bewegung in Richtung Schiff zu unterbrechen, tauche ich den Kopf unter und fange an zu singen. Klar tönt meine Stimme aus dem Wasser. So klar und deutlich wie ein Glockenschlag. Er reist schnell, erreicht die Ohren der Menschen auf der *Night Farer*. Die Macht meines Gesangs ist unbegrenzt, wenn ich im Ozean bin. Die See nährt mich, versorgt mich, auf dass ich nie ermüde.

Singend rufe ich das Schiff, bereite die Männer auf das vor, was da kommen wird. Sie müssen auf uns vorbereitet sein. Wir dürfen keine Sekunde verlieren. Ich kann immer noch nur drei Männer auf einmal kontrollieren, also suche ich zuerst nach Kearan und sage ihm, er soll das Schiff in unsere Richtung steuern. Dann suche ich Enwen und Draxen, locke sie an die Reling und halte Riden hoch, damit Draxen ihn zuerst sieht.

»Lasst ein Seil ab!«, befiehlt Draxen sogleich.

Während seine Männer sich beeilen, seinem Befehl nachzukommen, singe ich noch einen weiteren Vers, und dieses Mal schicke ich meinen Gesang noch weiter hinaus.

Ich bin gezwungen, nach rechts zu schwimmen, dem starken, mit Knoten versehenen Tau auszuweichen, dessen Ende mich mit Wasser bespritzt. Mein Körper verändert sich schnell, sobald ich aus dem Wasser gezogen werde. So schnell, dass es niemandem auffällt. Niemand kann eine Sirenengestalt erkennen, es sei denn, er sieht sie unter Wasser, und ich glaube, ich kann mit Fug und Recht behaupten, dass sie alle zu weit entfernt waren, um irgendetwas zu merken. Aber das ist jetzt kaum von Bedeutung.

Draxens Männer ziehen uns schnell hoch. Mindestens fünf Mann müssen an dem Seil zerren. Ich greife nach der Reling, sobald ich weit genug oben bin – das ist nicht einfach, weil ich zugleich Ridens Gewicht stemmen muss. Anderenfalls hätten sie mich darüber gezogen und ich hätte mir bei dem Zusammenstoß mit der Reling vermutlich einen Finger oder ein Handgelenk gebrochen.

Draxen greift nach Riden und legt ihn auf das Deck. Ich will gerade vortreten, um zu helfen, als mich gefühlte zwanzig Mann festhalten.

»Geht, holt Holdin!«, befiehlt der Captain. Jemand hastet unter Deck.

»Der Schiffsarzt kann ihm nicht helfen«, blaffe ich.

Für einen Augenblick lenken mich schmutzige Finger an meinem Körper ab. Sie tasten und drücken und streunen zu Orten, an denen sie nichts zu suchen haben. Zu Stellen, die kaum geeignet sind, mich festzuhalten. Meine Muskeln leiden unter der Anspannung. Mein Stolz leidet unter der ganzen Situation.

»Was hast du ihm angetan?«, herrscht Draxen mich an.

Das war's. Mir egal, ob die ganze Mannschaft zusieht. Sie werden sowieso sterben. Ich überfalle Draxen mit meinen Fähigkeiten und befehle ihm, seinen Männern zu sagen, dass sie mich loslassen sollen.

Seine Mannschaft hört mich singen; das verwirrt die Seemänner schon genug, aber als Draxen sie anweist, mich loszulassen, sind sie sprachlos.

Er muss seinen Befehl wiederholen, jetzt lauter, ehe sie auf ihn hören. Offenbar sind sie zu dem Schluss gekommen, dass ich nicht hinter dieser Veränderung stecke, denn sie gehorchen. Gut.

Ich eile zu Riden, setze mich auf das kalte Deck und lege eine Hand an jede Seite seines Kopfes. Dann senke ich meinen Kopf, als wollte ich ihn küssen. Ich muss Luft in seine Lunge zwingen. Mit den Fingern meiner rechten Hand halte ich ihm die Nase zu, und dann blase ich in seinen Mund, dränge die Luft in Gedanken, hinab in seine Lunge zu strömen.

Ich warte einen Moment und versuche es dann noch einmal. Fünfmal mache ich das und nichts passiert.

»Nein«, flüstere ich kaum hörbar. Jetzt liege ich auf seinem Körper, senke den Kopf an seine Brust, eine stumme Bitte, sie möge sich auf und ab bewegen, seine Lunge möge wieder arbeiten, sein Körper möge doch das Leben in ihm festhalten.

Das darf nicht geschehen. Nicht, nachdem er mich gerettet hat. Nicht, nachdem er auf sich hat schießen lassen, um mir zu helfen. Auf keinen Fall darf er jetzt sterben.

Aber da ist Wasser in seiner Lunge. Ich kann es unter meiner Wange spüren. Wenn ich es nur rausbekäme …

Ich lege die Hände auf seine Brust und tue, als wollte ich das Wasser aus seiner Lunge pressen, aber ich weiß, dass sie zu diesem Zeitpunkt nutzlos sind.

Ich singe so leise, dass nur Riden es hören kann, wenn er aufwacht. Ich sage seinem Geist, er solle wachsam bleiben. Ich bitte seine Organe durchzuhalten. Ich kann seine Wunden nicht heilen. Ich kann nichts beschleunigen oder verändern. Ich kann nur zu seinem Geist sprechen, ihm sagen, er solle nicht aufgeben. Noch nicht. Er darf einfach nicht sterben.

Als ich einen Teil meines Gesangs herausgepresst habe, ziehe ich an dem Wasser unter mir, dem Wasser in Ridens Lunge. Ich kann es nicht berühren, aber ich kann es spüren. Und ich befehle ihm, zu mir zu kommen.

Es rührt sich nicht.

Aber ich grabe die Finger in Ridens Brust und ziehe – physisch und mental. In Gedanken dränge ich ihn mit jeder Faser meines Seins, ins Leben zurückzukehren.

Und endlich bewegt sich das Wasser aufwärts. Es driftet aus

seiner Lunge, sickert durch sein Fleisch, schwitzt aus seiner Haut und dringt in mich ein.

»Jetzt atme!«, sage ich und singe zugleich. Ich blase erneut Luft in seinen Mund. Fordere seine Lunge auf, wieder zu arbeiten. Ridens Herz schlägt immer noch, also muss es mir nur gelingen, seine Lunge zu überreden, wieder aus eigener Kraft zu pumpen, und er wird es überstehen. Er muss es überstehen.

Riden keucht und stößt den lautesten Atemzug hervor, den ich je gehört habe. Er erinnert mich an ein neugeborenes Baby, das zum ersten Mal Atem holt. Es ist das Geräusch des Lebens.

Ich lehne mich zurück und nehme mir einen Moment Zeit, um selbst durchzuatmen.

Binnen Sekunden fallen sie über mich her. Draxen muss wieder zu Sinnen gekommen sein. Eine Klinge schiebt sich unter meine Kehle, eine andere wird in meinen Bauch gedrückt, stark genug, um die Haut zu verletzen. Ich bringe nicht einmal genug Kraft auf, mich darum zu scheren. Riden lebt. Das ist alles, was jetzt zählt. Seine Augen sind geschlossen und seine Wunden bluten immer noch, aber er wird überleben.

»Was sollen wir mit ihr machen, Captain?«, fragt einer der übergriffigen Piraten.

»Bringt sie zurück in die Brig. Ich will, dass ständig fünf Männer da unten sind und sie bewachen. Sie bekommt weder Nahrung noch Wasser. Und redet nicht mit ihr.«

Wie ein Vogel im Käfig werde ich eingesperrt. Wieder einmal.

Allmählich geht mir das wirklich gegen den Strich.

Kapitel 20

Es gibt kein Wort dafür, wie sehr ich in der Brig friere. Nun, da ich es mir leisten kann, mir Gedanken über mich selbst zu machen, nehme ich die Wirkung der nassen Kleider und der frischen Morgenluft wahr. Kleine Ritzen im Holz lassen Zugluft ins Schiff. Sie harkt meine Haut und foltert mich mit eisigen Schaudern.

Meine Ersatzkleidung ist nicht mehr hier. Ich habe keine Ahnung, was Riden damit gemacht hat. Vielleicht haben auch die anderen Piraten sie gestohlen, als meine Zelle unverschlossen war. Stoff bringt einen ganz hübschen Preis und Piraten sind immer auf der Jagd nach Profit.

Ich sitze auf dem Boden, die Arme um die Beine geschlungen. Meine Zehen sind taub. Ich ziehe die Stiefel aus und reibe sie wie wild mit beiden Händen.

Die Männer außerhalb meiner Zelle tun gar nichts. Mich würdigen sie kaum eines Blickes. Draxen hat diesen Haufen offenbar selbst für meine Bewachung ausgewählt. Sie reagieren auf keine meiner Bemerkungen.

»Hat Draxen die Absicht, mich sterben zu lassen, oder kann ich eine Decke haben?«

Keine Reaktion.

»He, Scheusal, ich rede mit dir.«

Ein Mann blickt auf. Sein Gesicht läuft rot an, dann starrt er wieder die Wand an.

»Wie hat Draxen es bloß geschafft, ein ganzes Rudel tauber Männer zu finden, um mich bewachen zu lassen? Gebt mir eine verdammte Decke oder ich lasse euch köpfen!«

Inzwischen bin ich an einem Punkt angekommen, an dem ich jedes noch so übel stinkende Kleidungsstück genommen hätte, wenn es nur trocken wäre. »Ich schätze, von euch möchte mir keiner sein Hemd überlassen?«

Irgendwann versuche ich, das Trockenwerden zu erzwingen. Ich laufe im Kreis, wedele mit den Armen, alles, nur um meinen Blutkreislauf anzuregen. Aber alles, was ich tue, jagt mehr Luft über meine bloße Haut. Ich wünschte, ich wäre wieder im Wasser.

Ich lege so viel Kleidung ab, wie ich es in dieser Gesellschaft zu tun wage.

Wieso ist da immer noch Wasser auf meiner Haut? Wie kann da so viel sein? Das wirklich Furchtbare daran ist, dass ich es verschwinden lassen könnte, aber ich weiß nicht, welche Konsequenzen das hätte. Würde ich mich dann selbst verlieren und zur Sirene werden? Oder würde es mir gelingen, bei Verstand zu bleiben, so wie bei jenen Malen, bei denen Riden mir zur Seite gestanden hat? Ich weiß es nicht, aber ich kann ein solches Risiko jetzt unmöglich eingehen. Nicht bei dem, was bald kommen wird.

Ich weiß nicht, wie viel Zeit vergeht, ehe ich die Vorsicht fahren lasse. Ich singe eine leise Weise zu einem Mann, der auf meinen Lockruf hin aufblickt. Er scheint der Schwächste in dem Haufen zu sein. Beschaff mir eine Decke! Ich schleudere ihm die Worte in Form eines derben Lieds entgegen. Nur er kann die Absicht hinter meinem Gesang wahrnehmen. Für die anderen gebe ich nichts als bedeutungslose Laute von mir.

Abrupt steht er auf und geht.

»Wo willst du hin?«, fragt einer der anderen. Er bekommt keine Antwort.

Der Verzauberte kehrt bald darauf zurück und gibt mir durch die Gitterstäbe eine Decke. »Nur, damit du still bist«, lasse ich ihn sagen, um jeglichen Verdacht auszuräumen, den die anderen vielleicht schon hegen.

»Wird auch Zeit«, sage ich, reiße ihm die Decke aus der Hand und wische mir damit das Wasser von der Haut. Dann wickele ich mich in den Stoff. So viel besser. Ich kann sogar wieder klar denken.

Jetzt muss ich nur noch abwarten, bis der Tag vorüber ist. Vielleicht auch noch bis zum Morgen. Ich weiß nicht, wie lange es dauern wird.

Gestern und der heutige Morgen haben mich gründlich ausgelaugt. Ich schlafe immer wieder ein. Zuerst träume ich von Riden. Er ist gesund und munter. Er sagt mir wieder, dass er ein besserer Schütze sei als ich. Wir schießen abwechselnd auf Attrappen. Am Ende gewinnt er. Aber dadurch erkenne ich, dass es ein Traum ist. In der Realität könnte er mich unmöglich schlagen.

Dann träume ich von meinem Vater. Er verlangt die Karte. Brüllt mich durch die Gitter an und weigert sich, mich rauszulassen, ehe ich sie herausgebe. Ich durchsuche meine Kleider, weil ich genau weiß, dass ich sie dort gelassen habe, aber sonderbarerweise ist sie nicht da. Er sagt mir, ich würde nie wieder aus der Zelle herauskommen. Die Gitterstäbe rücken näher, pressen sich in meine Haut.

Ich keuche auf. Die Männer auf der anderen Seite der Gitterstäbe prusten, ehe sie sich wieder Würfeln und Suff hingeben.

Einige Augenblicke später gleite ich erneut in einen segensreichen Schlaf, in Gedanken bei der letzten Weise, die ich gesungen habe, ehe ich wieder an Bord des Schiffes gezogen wurde.

Jetzt wird es nicht mehr lange dauern.

Gewehrschüsse wecken mich. Ein gewaltiges Lächeln breitet sich auf meinem Gesicht aus.

Es ist so weit.

»Alle Mann an Deck!«, brüllt Draxen von oben. Meine Bewacher hasten die Stufen hinauf und lassen mich hier unten allein.

Ich kippe den Tisch in meiner Zelle um und sehe nach, ob die Dietriche noch in dem Bein sind. Und tatsächlich, da sind sie. In all dieser Zeit hat Riden nicht herausfinden können, wie ich aus meiner Zelle gekommen bin.

Der Kampf dort oben ist laut. Ich höre Schreie und Grunzen. Wirbelnde Gliedmaßen und klirrendes Metall. Flüche und Zusammenbrüche.

Irgendwann gesellt sich auch schnelles Stampfen dazu; es hebt sich deutlich vom Rest des fortdauernden Kampfes ab. Vermutlich, weil es näher ist. Wenn ich raten sollte, würde ich sagen, jemand stürzt gerade die Treppe herunter. Was für eine Schande. Wird morgen bestimmt höllisch wehtun, immer vorausgesetzt, der arme Kerl ist dann nicht sowieso längst tot.

»Captain, bist du hier unten?«

»Hier drüben!«, brülle ich zurück.

Niridias Gesicht kommt in mein Blickfeld, gefolgt von zwei weiteren Angehörigen meiner Mannschaft. Ich könnte Luftsprünge machen vor Freude, sie zu sehen.

»Dein Ruf hat mich erreicht. Wallov ist zu mir gekommen, kaum dass er dich singen gehört hat«, sagt sie und mustert mich von Kopf bis Fuß. »Du kannst nicht in guter Verfassung sein. Du siehst furchtbar aus.«

Ich zucke beinahe zusammen. »Erinnere mich nicht daran.«

Niridia grinst. Sie ist eine der schönsten Frauen, die ich je gesehen habe, aber das ist nicht der Grund, warum sie mein Erster Maat ist. Wir sind uns vor fünf Jahren begegnet, beide Piratentöchter. Niridia ist ein Jahr älter als ich, aber sie befolgt meine Anweisungen und kämpft beinahe genauso gut wie ich. Kombiniert mit Haar von der Farbe der Sonne und leuchtend blauen Augen ist sie ein Widerspruch in sich, wie jeder, der sie kämpfen sehen hat, bestätigen würde.

»Wie sieht es oben aus?«, frage ich.

»Alles bestens, Captain«, sagt Niridia. »Tylons Männer haben dafür gesorgt, dass schon fast die Hälfte von denen auf dem Rücken liegt.«

»Tylon ist hier?« Gift schleicht sich in meine Stimme.

»Tut mir leid. Er hat mich erwischt, als wir uns auf den Weg gemacht haben. Ich habe ihm nicht erzählt, wo ich hinwollte, aber er ist mir gefolgt.«

»Verdammter Mist, dieser Mann muss endlich lernen, sich um seine eigenen Angelegenheiten zu kümmern.«

»Du weißt ja, wie er ist.«

Ja, trotzdem werde ich ein langes Gespräch mit ihm führen müssen, wenn das hier vorbei ist. Tylon kommandiert eines der Schiffe meines Vaters, und neuerdings hat er sich in den Kopf gesetzt, dass wir beide ... zusammengehören. Ein Gedanke, den ihm zweifellos mein Vater eingeredet hat. Ich jedoch möchte mit diesem arroganten Pisser nichts zu tun haben.

»Ich wäre nicht zu hart zu ihm, Captain. Seine Männer haben ein paar von den Mädchen da oben geholfen, als sie in Bedrängnis geraten sind.«

»Na sicher. Und wie oft mussten die Mädchen seiner idiotischen Mannschaft helfen?«

»Oft.«

»Dachte ich mir.«

»Sollen wir uns dann dem Kampf wieder anschließen?«, fragt Mandsy, die zwischen Niridia und Sorinda steht, ungeduldig.

»Schwert?«, frage ich.

»Hier, Captain.« Das war Sorinda. Das Mädchen mit dem rabenschwarzen Haar scheint aus dem Nichts mein Schwert herbeizuzaubern. Sorinda hat mehr Waffen versteckt als ein Spion Geheimnisse.

Ah, mein Säbel. Eines der ersten Geschenke, die mein Vater mir gemacht hat. Ich hatte Sorinda gebeten, ihn für mich zu verwahren, während ich auf meiner Mission war. Wie ich sehe, hat sie ihn sorgsam gehütet. Es gibt niemanden, dem ich mehr vertraue, wenn es um Waffen geht, als Sorinda.

Sie alle wiederzusehen, vermittelt mir ein warmes Gefühl. Jetzt will ich nichts mehr als zurück auf mein Schiff, aber eins nach dem anderen.

»Helfen wir den Jungs und Mädchen da oben, einverstanden?«

»Aye«, antworten sie alle im Chor.

Wir trotten auf Deck und stürzen uns in den Kampf. Es ist ein totales Durcheinander. Mir bleibt nur ein Augenblick, um Freund und Feind zu unterscheiden, als ich versuche, mir die Gesichter aller Männer von der *Night Farer* ins Gedächtnis zu rufen. Das alles wäre viel leichter, würden sich Tylons Männer nicht mit denen von Draxen vermischen. Statt einfach alle Männer an Bord zu töten, muss ich nun auf die Piraten achtgeben, die im Dienst meines Vaters stehen und zu Tylons Mannschaft gehören. Zugegeben, ein paar der Männer gehören auch zu mir. Aber ich kenne jeden, der auf meinem Schiff dient, so gut, dass es mir unmöglich wäre, ihn mit jemand anderem zu verwechseln.

Immer noch versuchen Leute, das Schiff zu entern, begierig, sich an dem Kampf zu beteiligen. Draxen und seine Männer haben keine Chance, aber sie wehren sich. Jedenfalls die meisten. Ich sehe Kearan auf Deck sitzen und trinken, ohne sich um irgendetwas zu scheren. Ein großer Kämpfer ist der nicht.

Dann sehe ich Draxen. Er hat es mit zwei von Tylons Männern auf einmal zu tun. Für einen Augenblick wünsche ich mir, einer der beiden würde ihn töten. Riden könnte mir seinen Tod nicht vorwerfen und ich will ihn so gern tot sehen. Aber ich weiß, ganz gleich, durch wessen Hand er fällt, Riden wäre durch den Verlust am Boden zerstört. Es ist mir so verhasst, wieder und wieder zu beweisen, dass Vordan recht hatte. Ridens Schmerz ist mir auf keinen Fall egal. Keine Ahnung, warum, aber so ist es.

Vor meinen Augen metzelt Draxen einen von Tylons Männern nieder. Der andere weicht ein paar Fuß weit zurück. Dann greift er mit neuem Zorn wieder an. Kein guter Zug. Der arme Mann kann nicht klar denken. So wird er sich nur zu seinem Kameraden gesellen.

Draxen tötet auch ihn. Der Pirat fällt auf die Planken, als Tylon an Bord kommt. Zuzusehen, wie einer der eigenen Männer getötet wird, ist furchtbar. Aber es hilft, Zielpersonen während der Schlacht auszumachen. Und Tylon stürmt sogleich auf Draxen zu.

Das muss aufhören. Sofort.

Tylon ist ein hervorragender Kämpfer. Er ist schon seit gut sechs Jahren ein Pirat, seit er zwölf Jahre alt war. Nun gehört er zu den Männern, denen mein Vater am meisten vertraut, und er ist für jeden Piratenkapitän ein würdiger Gegner. Ich kann nicht einschätzen, wer von den beiden einen Kampf siegreich beenden würde.

Das macht mich wahnsinnig nervös. Ich kann nicht zulassen, dass Tylon gewinnt, aber wie würde es aussehen, wenn ich mich einmische?

Oh, um der Sterne willen!

Ich renne los, springe zwischen die beiden Männer, die noch gut zehn Fuß voneinander entfernt sind.

»Alosa«, höre ich Tylon hinter mir sagen.

Ich achte vorerst nicht auf ihn. »Draxen, du musst aufhören. Sag deinen Männern, sie sollen sich ergeben, oder es werden noch mehr sterben.«

Draxen sieht mich an. Blutdurst steht in seinen Augen. Kapitulation ist das Letzte, was er in Erwägung ziehen wird, selbst wenn ihn der Kampf das Leben all seiner Männer kosten wird. Er kommt auf mich zu, entschlossen, mir endgültig den Garaus zu machen.

Ich werde ihn wohl wieder umhauen müssen. Aber wie sieht das für all die anderen aus, wenn ich ihn nicht töte?

Plötzlich sieht Draxen nicht länger mich an und ich höre Schwerter auf Deck fallen.

Was zum …

Ich drehe mich um, obwohl ich bereits ahne, was ich sehen werde.

Der Piratenkönig ist eingetroffen.

Ich sehe mich auf dem Schiff um, entdecke Niridia und wechsele einen Blick mit ihr. Die Botschaft, die ich ihr dabei vermittele, ist klar: Bist du dafür verantwortlich? Sie schüttelt knapp den Kopf. Nein.

Als Nächstes trete ich Tylon gegen das Schienbein.

»Au«, sagt er.

»Hast du ihn hergeholt?«

»Natürlich. Du hast doch offensichtlich um Hilfe gerufen. Warum sollte ich ihn da nicht herholen?«

»Weil wir seine Hilfe nicht brauchen.« Meine Worte sind einem Knurren ziemlich nahe. Dann gehe ich zur Reling. »Hallo, Vater.«

»Hast du sie?«, fragt er. Er sieht nicht besonders erfreut aus. Mein Vater ist ein Bär von einem Mann. Dunkelbraunes Haar, dunkelbrauner Bart. Breite Schultern. Mehr als sechs Fuß groß. Man muss ihn nicht schon einmal getroffen haben, um genau zu wissen, wer das ist. Mein Vater beherrscht die allgemeine Aufmerksamkeit wie der Wind die Wellen.

»Natürlich«, antworte ich.

Ich schiebe eine Hand in die einzige Tasche meiner Kniehose und hole die Kugel hervor. Draxen war so sehr um das Leben seines Bruders besorgt, dass er gar nicht daran gedacht hat, mich noch einmal nach der Karte zu durchsuchen. Womöglich war ihm gar nicht bewusst, dass sie sich nicht mehr in seinem Besitz befunden hat.

Auf höchst geschäftsmäßige Weise lege ich die Karte in die wartenden Hände meines Vaters. Er betrachtet das Glas, vergewissert sich, dass ich ihm gegeben habe, was er haben wollte.

»Und jetzt erklär dich. Warum hast du Niridia gerufen?«

Alles ist still. All die Männer und Frauen, die Draxens Mannschaft mit Pistolen oder Schwertern bedrohen. Meinen Vater kümmert ihr Unbehagen nicht. Er wird sich all die Zeit nehmen, die er haben will, um mich zu befragen. Es ist, als würde die Welt für ihn anhalten. So war es immer.

»Ich musste von dem Schiff runter. Ich hatte die Karte und brauchte eine Möglichkeit, sie wegzubringen.«

Er starrt mich vage ungläubig an. »Warum hast du das Schiff

nicht zu mir gebracht?« Ehe ich antworten kann, reckt er eine Hand hoch, um mich zum Schweigen zu bringen. »Niridia?«

»Aye, Sir!«, brüllt Niridia, die zwei Männer mit der Pistole in Schach hält.

»Sag mir, wo hast du meine Tochter gefunden, nachdem du das Schiff geentert hast?«

»Sie war …«

»In der Brig«, gehe ich dazwischen. Niridia würde für mich lügen. Sie würde auch für mich sterben. Und in diesem Fall wäre das ein und dasselbe. Mein Vater mag mir vieles antun, aber ich weiß, er würde mich niemals umbringen. Jemandem gegenüber, der ihn belogen hat, wäre er dagegen nicht so zuvorkommend.

»Das ist nur eine unbedeutende Niederlage«, erkläre ich. »Ich wurde von diesem Schiff entführt. Vordan Serad ist hergekommen, um mich zu holen.«

»Vordan?« Meines Vaters Miene verfinstert sich. Er empfindet tiefe Verachtung für seine Konkurrenten. »Woher wusste er, dass du hier bist?«

»Er hatte einen Spion an Bord.«

»Was wollte er von dir?«

»Er war neugierig auf meine … Fähigkeiten. Er hat mich eingesperrt und gezwungen, Dinge für ihn zu tun.« Ich bemühe mich, so wenig wie möglich preiszugeben, da wir von lauschenden Ohren umgeben sind.

»Was hat er herausgefunden?«

»Eine Menge, fürchte ich. Aber das meiste wusste er schon. Hat gesagt, er hätte einen Spion weit oben in deinen Reihen.«

Der Blick meines Vaters huscht rasch über seine Männer. »Sollte das der Fall sein, werde ich mich später darum kümmern. War deine Flucht schwierig?«

Ich halte mich aufrecht. »Ich bin gut zurechtgekommen.«

»Und Vordan?«

»Tot.«

»Hast du seine Leiche nach der Karte durchsucht?«

»Aye. Sie war nicht da, und die Umstände meiner Flucht haben es mir nicht gestattet, die Umgebung zu durchsuchen.«

»Tatsächlich?«, fragt mein Vater skeptisch. Es fällt ihm schwer, zu begreifen, dass andere außerstande sein könnten, die allerschwierigsten Aufgaben zu bewältigen. »Und warum?«

Weil ich Riden in Sicherheit bringen musste. »Seine ganze Mannschaft war in der Nähe. Sie wurden über meine Flucht informiert. Mir blieb nicht genug Zeit.«

»Zeit?«

Allmählich fange ich an, seine neugierigen Fragen zu hassen. Sie verunsichern mich jedes Mal, aber ich versuche, mein Temperament im Griff zu behalten. Eigentlich ist mein Vater ein guter Mann. Er muss in Gegenwart der Mannschaft den harten Kerl geben, auch, wenn er sich mit mir befasst.

»Es war schwierig genug, diesen Riesen Vordan zu überwältigen und zu fliehen. Ich musste da weg.«

Nun sieht mich Kalligan sonderbar an; ich habe keine Ahnung, warum. »Beschreib mir Vordan.«

»Er war groß«, sage ich. »Über sechs Fuß. Sehr muskulös. Kahle Stelle auf dem Kopf, brauner Bart. Hatte fünf goldene Ringe im linken Ohr …«

»Das war nicht Vordan.«

»Was meinst du?«

»Vordan ist ein unauffälliger Mann. Sieht durchschnittlich aus, ist durchschnittlich gebaut. Braunes Haar. Leger gekleidet. Er mag es, in der Menge unterzugehen. Allerdings hat er eine ziemlich auffällige Angewohnheit. Er lässt gern eine Münze über seine Finger wandern.«

Mein Verstand fühlt sich an, als würde er sich angesichts der Informationen, die da in meine Ohren sickern, physisch ausdehnen, und mir fällt die Kinnlade runter.

»Cleverer Mistkerl!«, entfährt es mir.

»Was?«, fragt mein Vater.

»Er war hier. Er war hier. Er war der Spion auf dem Schiff. Er wollte mich mit eigenen Augen beobachten, aber er wollte nicht, dass ich weiß, wer er ist, also hat er einen seiner Männer beauftragt, so zu tun, als wäre er Vordan. Er hat dafür gesorgt, dass er nie im Zentrum der Aufmerksamkeit stand.« Darum war er derjenige, der den Schlüssel zu meinem Käfig hatte. Und er dürfte dann wohl auch das letzte Stück der Karte bei sich gehabt haben.

Plötzlich blickt Vater auf. Er packt meinen Arm und reißt mich zur Seite, einen Augenblick, bevor Draxen genau da landet, wo wir gestanden haben. Sein Schwert zeigt auf den Piratenkönig. Er muss in die Takelage geklettert sein, als alle nur auf Vater und mich geachtet haben.

Verdammter Idiot! Wenn ich mich schon bemühe, seinen jämmerlichen Arsch zu retten, könnte Draxen es mir wenigstens ein bisschen leichter machen.

Die Männer meines Vaters rücken vor, bereit, ihren König zu schützen.

»Nein«, sagt er zu ihnen und reckt eine Hand hoch. »Um den Knaben kümmere ich mich schon.« Er zieht sein Schwert, bereit zum Duell.

»Vater«, sage ich hastig.

»Was?« Er lässt Draxen nicht aus den Augen, aber seine Miene spiegelt Ärger wider.

»Der Tod durch deine Hand ist zu gut für ihn und seine Mannschaft. Lass mich sie gefangen nehmen.« Ich lächele auf eine Art, von der ich hoffe, dass sie überzeugend ist, nun, da Vater in meine Richtung schaut. »Ich würde gern die Höflichkeit erwidern, die sie mir haben zuteilwerden lassen, während ich mich an Bord ihres Schiffes befand.« Es sollte mir egal sein, ob Draxen oder sonst jemand aus seiner Mannschaft stirbt, aber das ist es nicht.

Ich wünschte, ich könnte ihm die Sache mit einem kleinen Gesang versüßen. Aber bei meinem Vater funktioniert meine Überredungsgabe bedauerlicherweise nicht. Tatsächlich funktioniert bei ihm keine meiner Gaben. Er ist der einzige Mann, den ich je getroffen habe, der immun ist gegen all meine Fähigkeiten (wenngleich ich jetzt weiß, dass meine Verführungskräfte auch bei Männern wie Vordan versagen – oder wer immer der Mann war, der vorgab, Vordan zu sein). Vermutlich hat es etwas damit zu tun, dass er mein Vater ist. Sein Blut rinnt durch meine Adern.

Endlich sieht mich Kalligan mit anerkennender Miene an und bei diesem Gesichtsausdruck wird mir ganz warm. »Nun gut. Nimm, wen du willst. Töte den Rest. Keiner von ihnen darf freikommen. Wirf ihre Leichen ins Meer und bring mir dieses Schiff.«

»Aye, Sir.«

»Und wenn du fertig bist und aufgeräumt hast, dann komm zu mir. Ich erwarte einen vollständigen Bericht.« Damit verlässt der Piratenkönig das Schiff und seine Männer folgen ihm.

Meine Leute haben Draxens Männern bereits die Waffen abgenommen. Jetzt werden sie in einer Reihe vor mir aufgestellt und auf die Knie gezwungen. Mehrere meiner Mädchen sind nötig, um Draxen das Schwert abzuringen. Obwohl er umzingelt ist, will er sich nicht kampflos ergeben. Aber er wird wie alle anderen in die Reihe und auf die Knie gezwungen.

Ich mustere die Männer gemächlich, lasse ihnen Zeit, Furcht zu empfinden. Auf diesem Schiff habe ich viele Dinge erlebt, die ich lieber vergessen würde. Diese Männer werden nicht das gleiche Leid erfahren. Sie werden sich nur dem Tod oder dem Kerker stellen müssen, also können sie ein wenig Furcht jetzt ganz gut vertragen.

»Fühlt sich seltsam vertraut an«, sage ich zu den Piraten, die nun meiner Gnade ausgeliefert sind. Ich wusste, dieser Tag würde kommen; ich hatte nur nicht damit gerechnet, dass es ein so gutes Gefühl wäre. »Wer will leben? Soll ich barmherzig sein? Oder soll ich euch alle töten, so wie ihr versucht habt, meine Mannschaft zu töten, als ihr mich gefangen genommen habt?« Damit wende ich mich vor allem an Draxen.

»Tu, was du willst, Weib«, sagt der und spuckt auf den Decksboden.

Ich hätte ihm nicht zugetraut, dass er sich dem Tod so großmütig ergibt. »Deine Männer könnten enttäuscht sein, dass du nicht einmal versuchst, um ihr Leben zu feilschen.«

»Wenn das so ist«, sagt einer der Piraten, »würde ich es vorziehen, zu leben.« Dies kommt von Kearan.

Ich lächele. »Na gut. Wallov, Deros, bringt diesen Piraten in die Brig.« Wallov und Deros sind die einzigen Männer in meiner Mannschaft. Sie bestehen beide nur aus Muskeln und sind auffallend praktisch, wenn es um den Umgang mit Gefangenen geht. Besonders bei so großen wie Kearan. Aber ihre Muskeln sind nicht das Einzige, was sie nützlich macht. Ich brauche immer mindestens einen Mann auf meinem Schiff. Männer sind die Einzigen, die meinen Gesang hören können. Oder zumindest davon beeinflusst werden. Wenn ich von meiner Mannschaft getrennt werde, ist es jedes Mal hilfreich, eine Möglichkeit zu haben, rasch Kontakt zu ihr aufzunehmen, solange sie in Reichweite meines Gesangs ist.

»Nehmt den auch mit«, befehle ich und zeige auf Enwen. »Und den Captain. Ach, und solltet ihr einen Verwundeten mit zwei Schussverletzungen in den Räumen unterhalb des Hauptdecks finden, dann bringt ihn auch aufs Schiff. Mandsy?«

»Aye, Captain?«

»Kümmer dich um ihn, ja?«

»Natürlich.«

Ich erteile Befehl, einige weitere Männer rüberzubringen, ein paar von denen, die noch sehr jung sind. Es ist schwer, zuzulassen, dass so viel Jugend einfach so von der Welt getilgt wird. Ich werde sie am nächsten Hafen laufen lassen und Kalligan wird nichts davon erfahren.

Aber die anderen, die, die mir gegenüber grausam waren, die, die wirklich verabscheuungswürdiger Abschaum sind, also Leute wie Ulgin – die will ich auf dem Meeresboden verrotten sehen.

»Tötet den Rest«, sage ich.

Sorinda ist die Erste, die ihr Schwert zieht. Sie tritt hinter die Männer und schlitzt einem nach dem anderen die Kehle auf. Für sie ist das Töten eine Kunst. Die Art, wie sie sich bewegt, ist magisch.

Alle beeilen sich, meinen Anweisungen Folge zu leisten. Die Gefangenen werden aufs Schiff gebracht. Ich sorge dafür, dass ein paar meiner Leute auf der *Night Farer* bleiben und sie zum Treffpunkt segeln. Die Leichen werden über Bord geworfen und alle kehren auf ihre Position zurück.

Erst als wirklich alles geklärt ist, kann ich auf mein eigenes

Schiff zurückkehren. Und als ich endlich auf das Deck der *Avalee* trete, koste ich den Geschmack der Freiheit. Ich bin natürlich nie wirklich eine Gefangene gewesen, während ich auf der *Night Farer* war, trotzdem ist es ein wahrhaft süßes Gefühl, wieder daheim zu sein.

Kapitel 21

Im Gehen lasse ich meine Hand über die hölzerne Reling gleiten. Sie war einmal beschädigt worden, während eines Kampfes gegen ein Schiff, das versucht hatte, die Flotte meines Vaters zu verlassen. Eine Kanone meines Schiffes fällte den Besanmast des Gegners, und das ganze Ding ist auf mein Schiff gekracht, hat die Reling durchschlagen und das Deck verbeult. Die Mannschaft und ich, wir sind rasch zur Insel Butana gesegelt, wo wir hochwertige Planken aus den Holzlagern gestohlen haben. Das hätte uns auch beinahe ein paar Mannschaftsmitglieder gekostet. Männer mit Sägen und Äxten verscheuchten uns, aber wir kamen, obwohl wir schwere Holzbalken mitschleppten, lebend davon. Dann haben wir die Reling wieder aufgebaut und die beschädigten Deckplanken ausgetauscht.

Jeder Teil dieses Schiffes hat seine Geschichte. Jeder Teil wurde hart erkämpft. Dass es so viel Mühe gekostet hat, sie zu bauen, macht das Ganze noch viel wertvoller.

Ich liebe mein Schiff beinahe so sehr wie meine Mannschaft.

Ich sehe die Tür zu meinem Quartier und fühle mich stark von ihr angezogen, aber ich ignoriere die Verlockung. Später wird noch genug Zeit sein, um es mir gemütlich zu machen.

»Hiya, Käpt'n«, sagt eine leise Stimme von oben. Roslyn schwingt sich an einem Seil herab, bis ihre nackten Füße auf den Boden prallen. Die Kleine ist an einem Seil in der Luft sicherer als mit beiden Füßen auf festem Grund.

Ich verwuschele das Haar des Mädchens, während ich die Gesichter meiner Mannschaft betrachte und mir selbst verspreche, dass ich mir später noch die Zeit nehmen werde, mit jedem von ihnen zu sprechen. Aber zunächst gibt es erst ein paar andere Dinge zu regeln.

»Niridia«, sage ich. Ganz gleich, wo ich mich auf dem Schiff aufhalte, mein Erster Maat bringt es immer fertig, mich zu hören. Ich schwöre, ich könnte ihr unter Deck etwas zuflüstern und sie würde mich noch oben im Krähennest verstehen. Das ist ihre ganz eigene fantastische Fähigkeit.

»Aye, Captain?«, fragt sie und materialisiert sich vor mir.

»Wie viele Tote bei dem Gefecht?«

»Mach dich deswegen nicht verrückt. Wenn wir kämpfen müssen, werden wir immer gute Männer und Frauen verlieren. Und es gibt niemanden auf diesem Schiff, der nicht bereit wäre, für dich zu sterben.«

»Wie viele?«, wiederhole ich.

»Zwei.«

»Wer?«

»Zimah und Mim.«

Ich schließe die Augen und rufe mir ihre Gesichter ins Gedächtnis. Zimah war eine der drei, die sich freiwillig gemeldet hatten, mich auf der Reise zu begleiten, auf der ich mich von Draxen entführen lassen wollte. Sie war eine gute Späherin und eine wunderbare Gesprächspartnerin. Sie hatte alle möglichen Geschichten über die Orte zu erzählen, an denen sie bereits gewesen war. Ich habe es geliebt, ihr zuzuhören. Mim hatte ein Paar geschickte Hände. Immer bereit zu tun, worum sie gebeten wurde, gern sogar, ganz gleich, worum es ging. Eine wirklich gute Piratin. Ich werde beide schmerzlich vermissen. Der Gedanke, dass die zwei nur wegen meines Hilferufs gestorben sind, tut mir weh. Natürlich ist mir klar, dass all die Männer und Frauen, die sich der Mannschaft anschließen, im Vorhinein wissen, worauf sie sich einlassen – aber trotzdem. Ich hasse diese ständigen Verluste, die mit dem Piratenleben einhergehen.

»Wir werden heute Abend Kerzen für sie anzünden«, sage ich.

»Ich habe Roslyn schon Anweisung dazu gegeben.«

»Gut.« Als Captain muss ich die Verluste verdrängen und mich auf das konzentrieren, was das Beste für die Mannschaft ist. Den Teil hasse ich auch. »Wir werden einen neuen Navigator brauchen. Jemanden, der sich auf die Verfolgung und das Aufspüren von Feinden versteht und Land und Wasser gut kennt.«

Niridia nickt.

Mir kommt ein verrückter Gedanke. »Ich kenne genau den richtigen Mann dafür.«

»Mann?«, fragt Niridia. »Hast du nicht gesagt, nach Ralin würdest du nie wieder einen Mann in die Mannschaft aufnehmen, wenn bereits einer da ist?«

»Ach, erinnere mich nicht an Ralin. Konnte die Finger nicht von meinen Leuten lassen, der Kerl. Verachtenswerte Kreatur.«

»Nachdem du sie ihm abgeschnitten hast, war er dann etwas erträglicher.«

»Ja. Eine Schande, dass er danach beschlossen hat, uns zu verlassen. Ich kann mir gar nicht vorstellen, warum.«

Niridia lächelt. »Manche Männer haben einfach nicht den Mumm, Pirat zu sein.«

»Aber dieser dürfte, so er denn will, gut für die Aufgabe geeignet sein. Er ist mehr am Trinken interessiert als an Mädchen. Und er ist so langsam, er könnte sie so oder so nicht erwischen.«

»Klingt nach einem ausgezeichneten Exemplar. Wie könnten wir einen solch fähigen Mann ablehnen?«

Ich lache. »Ich habe dich vermisst, Niridia.«

»Ich dich auch, Captain.«

»Ich muss unter Deck, aber ich bin sicher bald zurück. Bring uns auf den Weg, ja? Ich möchte so schnell wie möglich am Treffpunkt sein.«

»Natürlich.«

Es scheint unpassend, dass ich, kaum wieder an Bord meines eigenen Schiffes, der *Ava-lee*, als Erstes die Brig aufsuche. Ich habe im letzten Monat so viel Zeit in Käfigen, Zellen und anderen Formen der Gefangenschaft zugebracht, dass das kaum der Anblick sein dürfte, den ich mir wünschen kann.

Aber es gibt viel zu tun. Wozu Zeit vergeuden?

Außerdem ist Draxen in meiner Brig und ich möchte mich an seinem Anblick weiden.

Ich gehe unter Deck. Das Geräusch meiner Füße auf den hölzernen Stufen ist so viel süßer als damals, als Riden mich auf der *Night Farer* unter Deck gezerrt hat. Freiheit ist ein Geräusch wie kein anderes. Und mein Schiff ist so viel schöner. Ich glaube nicht, dass ich irgendwo Ebenbürtiges finden kann.

Die Zellen sind alle voll. Ich ziehe es vor, die Gefangenen, soweit möglich, getrennt voneinander unterzubringen. Das verringert ihre Chance, zu entkommen. Derzeit jedoch müssen sich einige zu zweit eine Zelle teilen. Aber nicht Draxen. Er ist derjenige, auf den wir besonders aufpassen müssen, und darum ist er ganz allein am hinteren Ende eingesperrt.

Vermutlich habe ich mehr Männer aus Draxens Mannschaft

behalten, als ich hätte sollen. Aber es wird noch genug Gelegenheiten geben, sie loszuwerden. Idealerweise bevor Trianne der Proviant in der Kombüse ausgeht. Männer zu füttern, ist kostspielig.

Wallov und Deros stehen stramm, als ich die Brig betrete. Draxen sieht gezielt weg.

»Warum so mürrisch, Draxen?«, frage ich. »Du hast doch die beste Zelle bekommen.«

Er ignoriert mich. Lächelnd blicke ich meine Männer an.

»Schön, dich zu sehen, Captain«, sagt Wallov. »Roslyn hat schon eine ganze Weile nach dir gefragt.«

»Wie kommt sie mit ihren Lektionen voran?«

»Recht gut. Sie liest alles, was sie in die Finger bekommt.«

»Freut mich, das zu hören. Und es ist schön, euch zwei wiederzusehen. Leider muss ich unser Gespräch abkürzen, aber wir werden später am Abend genug Zeit haben, um den Fund der Karte zu feiern und uns gegenseitig auf den neuesten Stand zu bringen. Würdet ihr mir jetzt bitte den da rausholen?«, sage ich und zeige auf eine Zelle in der Mitte.

»Den Großen, Captain?«

»Aye.«

»Sicher.«

Beide betreten die Zelle. Deros bleibt nahe der Tür stehen, während Wallov ganz hineingeht. Zwei Piraten sind in dieser Zelle. Der Jüngere steht auf und will Wallov Schwierigkeiten machen, aber der stößt ihn nur weg, sodass er auf dem Boden landet und den Weg zu Kearan freigibt.

Kearan hockt zusammengekauert am Boden, steht nun aber rasch auf. »Kein Grund, Gewalt anzuwenden, Freund. Ich habe gar keine Veranlassung, nicht freiwillig mitzukommen.«

Wallov lässt ihn allein hinausgehen, behält ihn aber genau im Auge. Er ist stark und hat scharfe Augen, dieser Wallov.

Deros schließt die Zelle wieder ab, während Wallov Kearan zu mir bringt. Ich warte am Eingang zur Brig. Die anderen Piraten müssen nicht hören, was ich Kearan anzubieten habe. Sonst kommen sie nur auf falsche Gedanken. Denn Kearan ist einer von nur zwei Männern, die ich zu rekrutieren gedenke.

»Kearan?«

»Ja?«, fragt er, ohne sich die Mühe zu machen, mich höflich anzusprechen. Selbst in einer so schlimmen Lage trägt er immer noch seine Mir-doch-egal-Haltung zur Schau.

»Eine meiner guten Frauen ist in dem Scharmützel gestorben. Dadurch ist in meiner Mannschaft ein Platz freigeworden. Ich könnte einen Navigator wie dich gebrauchen. Hast du Interesse?«

»Es ist gerade einen Monat her, dass du versucht hast, mich umzubringen. Und jetzt willst du mich anheuern?« Er sieht weder verwirrt noch ängstlich oder gar dankbar aus. Nur gelangweilt.

»Ich weiß. Die Frage stelle ich mir selbst.«

»Was passiert, wenn ich Nein sage?«

»Dann bleibst du da unten, bis ich dich entweder töte oder ... ach was, dich zu töten, wird vermutlich die einzige Option sein.« Ich will ihm nicht sagen, dass ich ihn laufen lassen würde. Er darf nicht glauben, dass ihm sonderlich viele Möglichkeiten bleiben. Außerdem wird er, wenn er erst eine Weile auf meinem Schiff verbracht hat, die Entscheidung nicht bereuen.

»Was bleibt mir für eine Wahl bei einem so gnädigen Angebot?«

Ich verschränke die Arme vor der Brust. »Ich glaube, ich bin mehr als fair. Du bist faul, und du müsstest ja auch nicht allzu häufig in Aktion treten.«

»Und in der Zwischenzeit werde ich da unten bleiben?«

»Nein, du wärest auf Bewährung frei und könntest dich uneingeschränkt auf dem Schiff bewegen – mit einer Wache im Schlepptau. Sobald ich das Gefühl habe, ich kann dir vertrauen, werde ich sie abziehen.«

Kearan kratzt an den Bartstoppeln in seinem Gesicht und denkt nach.

»Wir haben einen recht großen Vorrat an Rum«, füge ich hinzu.

»Ich mache es.«

»Ich dachte mir, dass du das sagen würdest. Dann geh rauf und melde dich oben; stell dich dem Steuermann vor.«

»Aye.« Er wendet sich zum Gehen.

»Kearan«, halte ich ihn auf.

»Ja?«

»Du wirst mich von jetzt an mit ›Captain‹ ansprechen.«

Für einen Moment blickt er zu Boden, als wäre das ein Grund für ihn, seine Meinung zu ändern, doch schließlich sagt er: »Aye, Captain.«

»Gut.«

Er geht und ich wende mich wieder an Wallov. »Jetzt brauche ich noch den da. Den Mann mit den Perlen.«

Enwen ist allein in der Zelle. Kaum dass sie geöffnet ist, schlendert er heraus.

»Miss Alosa«, sagt er. »Ich sehe, das Armband hat dir am Ende doch noch Glück gebracht.«

»Was?«

Er zeigt auf meinen Fuß. Ich hatte ganz vergessen, dass er mir dort seinen »Sirenentalisman« umgebunden hatte. »Hat dir die Freiheit gebracht, oder nicht? Und ich weiß, dass meine Perlen immer noch wirken, denn ich bin gesund und sicher auf deinem Schiff. Glaubst du jetzt daran?«

»Ich fürchte, ich glaube nicht an Glück. Nur an Können.«

»Manchmal denke ich, das ist ein und dasselbe.«

Ich bin nicht sicher, was er damit sagen will, aber das ist mir im Augenblick auch ziemlich egal. »Wie die Dinge liegen, könnten wir einen guten Dieb brauchen. Wärest du bereit, dich meiner Mannschaft anzuschließen?«

Er lächelt. »Natürlich. Kümmert mich nicht sonderlich, wohin ich segle, solange es eine Menge Münzen zu finden gibt.«

»Keine Sorge. Ich verspreche dir, wo wir hingehen, da wird es mehr Geld geben, als du dir vorstellen kannst.«

Enwen leckt sich die Lippen. »In dem Fall verspreche ich, der beste Dieb zu sein, den du je gesehen hast.«

»Gut. Dann melde dich oben.«

»Aye, aye.«

Als er auf Deck verschwindet, fällt mir auf, dass ich ihm hätte sagen sollen, er solle seine Diebestouren auf die Zeiten beschränken, in denen er nicht an Bord ist. Das darf ich nicht vergessen, wenn ich ihn das nächste Mal sehe.

Ich mustere die übrigen Gefangenen, ehe ich mich an sie alle wende: »Der Rest von euch bleibt hier, bis ich entschieden habe, was mit euch geschehen soll. Ihr müsst nicht um euer Leben fürchten, solange ihr nicht versucht zu fliehen.« Bei den letzten Worten sehe ich Draxen an. »Dann allerdings hättet ihr allen Grund zur Besorgnis.«

Draxen steht auf. »Was ist mit meinem Bruder?«

»Meine beste Heilerin versorgt seine Wunden.«

»Wenn ihm irgendetwas zustößt, bringe ich dich um.«

»Draxen, leere Drohungen sind nutzlos. Dein Bruder ist in meiner Obhut, und was immer ich mit ihm zu tun beschließe, wird getan werden. Es gibt nichts, was du daran ändern könntest. Verstanden?«

Ich habe es vielleicht ein bisschen schlimmer klingen lassen, als es ist, aber das ist mir egal. Nach all der Zeit, die ich in Draxens Nähe zugebracht habe, sollte er froh sein, dass ich ihm sein Leben gelassen habe.

Ich mache mich auf den Weg nach oben, folge den beiden neuen Mannschaftsangehörigen.

Auch wenn der Schmerz ob unserer Verluste groß ist, glaube ich, Kearan und Enwen werden sich gar nicht schlecht machen. Ich habe eine Menge guter Kämpfer auf dem Schiff, aber geschickte Diebe und Navigatoren sind schwer zu finden.

Als ich oben ankomme, nimmt mich strahlender Sonnenschein in Empfang. Es ist ein herrlicher Tag mit wenigen Wolken am Himmel. Der Wind weht mir mein Haar über die Schultern. Der geeignete Tag zum Segeln.

Ich stutze, als ich Kearan mit dem Gesicht nach Achtern wie angewurzelt dastehen sehe.

»Kearan?«, frage ich und stupse ihn am Rücken an. Er rührt sich nicht.

Ich gehe um ihn herum, damit ich sein Gesicht sehen kann. Er starrt etwas an, das sich vor ihm befindet. Als ich versuche, seinem Blick zu folgen, kann ich nur raten, dass es das Achterkastell ist.

»Kearan?«, versuche ich es erneut.

Er klappt den Mund auf und wieder zu, schluckt und setzt noch einmal an. »Wer ist das?«

Oh, er sieht also jemanden an. Ich schaue noch einmal hin. »Niridia? Die Frau da am Ruder ist mein Erster Maat.«

Er schüttelt den Kopf. »Nicht die. Die dunkle Schönheit im Schatten.«

Ich sehe noch einmal hin. Verborgen im Schatten des Segels hatte ich Sorinda gar nicht bemerkt. »Das ist Sorinda.«

Er wendet den Blick nicht von ihr. Soweit ich es beurteilen kann, hat er nicht einmal geblinzelt.

»Und was ist ihre Aufgabe auf dem Schiff?«

Ich lächele. »Sie ist meine Assassinin.«

»Ich will, dass sie diejenige ist, die mich beaufsichtigt.«

»Was?«

»Du hast gesagt, ich bin auf Bewährung und werde für eine Weile unter Aufsicht stehen. Ich möchte, dass sie das macht.«

Ich habe Kearan noch nie etwas so klar und deutlich formulieren hören. Normalerweise werden seine Worte von einem Lallen begleitet, das für ständige Trunkenheit typisch ist.

»Hast du die Stelle gehört, an der ich sagte, sie ist meine Assassinin? Leg dich nicht mit ihr an. Sie tötet dich, bevor du Zeit zum Blinzeln hast.«

»Dann dürfte das ja kein Problem sein. Sie kann bestimmt sicherstellen, dass ich nicht aus der Reihe tanze.«

Vor nicht einmal zwanzig Minuten hatte ich Niridia versichert, dass Kearan mehr an Suff als an den Mädchen interessiert wäre. Wie es scheint, war ich da etwas zu voreilig.

Aber um ehrlich zu sein, ich bin maßlos gespannt, wie sich diese Geschichte entwickelt.

»Sorinda!«, rufe ich.

Sie verändert ihre Haltung nicht, aber ihr Blick wandert zu mir.

»Komm runter.« Ich winke sie her.

Wie eine Katze schleicht sie aus dem Schatten. Statt den Niedergang zu nutzen, springt sie einfach über die Reling und landet lautlos auf den Füßen.

Sie ist, wie Kearan gesagt hat, eine dunkle Schönheit. Langes schwarzes Haar. Hager mit eleganten, markanten Zügen. Zwar versucht sie ständig, sich zu verstecken, aber wenn sie ans

Licht kommt, gibt es wenige, die auffälliger wären als sie. Niridia ist ebenfalls schön und hat ein Gesicht, das beinahe wie gemalt aussieht. Sorinda ist eher der Natur entsprungen, eine jener Schönheiten, die nur bei Nacht hervorkommen.

Als sie uns erreicht, sagt sie nichts. Sie wartet einfach darauf, dass ich das Wort ergreife.

Kearan starrt sie nur an. Sorinda tut, als würde sie es nicht merken.

»Das ist Kearan. Er hat sich unserer Mannschaft angeschlossen und wird unser neuer Navigator sein. Zurzeit ist er auf Bewährung. Würdest du ihn für mich im Auge behalten?«

»Ich habe immer alle im Auge.«

Ich lächele. »Ich weiß, aber für den hier wärest du offiziell verantwortlich.«

Sie taxiert Kearan. Ihre Mimik verändert sich niemals auffallend. Es ist jedes Mal nahezu unmöglich, zu sagen, was sie empfindet. Aber nun sinken ihre Mundwinkel ein wenig herab. Kearan mag groß und hässlich sein, aber er ist unbestreitbar gut in dem, was er tut – solange er angemessen motiviert ist, es zu tun.

»Sehr wohl«, sagt sie schließlich.

»Gut. Wenn ihr mich jetzt entschuldigen würdet, ich muss noch einen weiteren Gefangenen aufsuchen.«

Zwar schätze ich die Vorzüge meiner Stellung, dennoch habe ich anstelle eines großzügigen Kapitänsquartiers für mich mehrere kleine erbauen lassen. Und da mir meine Mannschaft wirklich am Herzen liegt, habe ich auch einen Raum zur Wundversorgung einrichten lassen.

Da will ich jetzt hin.

Unterwegs sehe ich Enwen an der Backbordreling stehen und die Mannschaft beäugen. Er macht mir weniger Sorgen als

Kearan. Ich werde auch für ihn jemanden abstellen, der ihn im Auge behält, aber darum kann ich mich später noch kümmern.

Mandsy beugt sich über den gepolsterten Tisch in dem Raum, in dem Riden auf dem Rücken liegt und schläft. Seine Kniehose hat sie auf Hüfthöhe abgeschnitten, um an die Schusswunden heranzukommen. Im ganzen Raum riecht es nach Wundbalsam und Blut.

»Wie geht es ihm?«, frage ich.

»Es sieht wirklich gut aus, Captain. Die Kugel aus der Hüfte wurde entfernt, die an der Wade ist glatt durchgegangen. Ich habe ihn so gut ich konnte verbunden, einschließlich der leichteren Schnitte und Stichwunden an den Armen.«

Etwas in mir entspannt sich und das Atmen fällt mir leichter. »Ausgezeichnet. War er zwischendurch bei Bewusstsein?«

»Ja. Er ist einmal aufgewacht und hat mich komisch angeguckt.«

»Hat er etwas gesagt?«

»Er sagte: ›Du hast kein rotes Haar.‹ Dann ist er wieder eingeschlafen.« Sie lächelt verständnisinnig. »Er war schrecklich enttäuscht, dass ich nicht du war, Captain.«

»Unsinn. Es gibt haufenweise rothaarige Frauen.«

»Wenn du es sagst.«

»Alosa?« Die Stimme ist schwach und zittrig.

»Riden.« Ich trete zum Kopfende des Tisches, sodass ich in seinem Blickfeld bin.

»Ich lasse euch zwei für einen Augenblick allein«, sagt Mandsy.

»Ja, danke, Mands.«

Hinter sich schließt sie die Tür.

Sein Gesicht ist blass, aber seine Brust hebt und senkt sich, füllt sich mit Luft und gibt sie wieder frei. Bis jetzt habe ich diesen Bewegungsablauf nie wirklich zu schätzen gewusst. Seine Arme und Beine sind mit Verbänden bedeckt. Zwischen den weißen Stoffstreifen lugt kaum noch Haut hervor.

»Wie fühlst du dich?«, frage ich.

»Als wäre auf mich geschossen worden. Zweimal.«

»Wenn du nicht schon verletzt wärest, würde ich dir für das, was du da getan hast, eine Tracht Prügel verabreichen.«

»Dafür, dass ich uns befreit habe?«

Ich schüttele den Kopf. »Nein, du Idiot. Dafür, dass du auf dich hast schießen lassen. Zweimal!«

»Schmerz verschwindet irgendwann wieder«, sagt er. »Tod bleibt.«

»Für einen Mann, auf den geschossen wurde, bist du jedenfalls ziemlich klar.«

Er lächelt, ehe seine Miene ernst wird. »Tut mir leid, was diese Männer dir angetan haben. Ich kann mir unmöglich vorstellen, wie schlimm das für dich war, aber ich nehme an, es wird schrecklich gewesen sein.«

Ich sehe ihn fassungslos an.

»Was?«

»Du siehst mich doch, oder?«, frage ich.

»Ja. Was …?«

»Ich bin auf den Beinen. Ich bin unverletzt. Keine Schusswunden. Und du denkst, ich hätte eine schreckliche Zeit durchgestanden? Mir geht es ausgezeichnet.« Obwohl ich wütend bin, dass Theris – der echte Vordan – noch am Leben ist.

»Was ist mit meinem Bruder?«

»Er ist in der Brig.«

»Er lebt?«

»Ja, er lebt! Denkst du, ich lasse mir das Schiff von einer Leiche verpesten?«

»Danke, Alosa.«

Ich winke ab, als wäre das gar nichts. »Ich gehe davon aus, dass du mit deiner Unterbringung zufrieden bist?«, frage ich, als sich die Stille zu lange hinzieht.

»Ich liege auf einem Tisch.«

»Ja, aber das ist, abgesehen von Mandsys Heilmitteln, das Einzige in diesem Raum. Alles sehr ordentlich. Hier gibt es nichts, worüber du dich aufregen müsstest.«

Er lacht. Als er sich beruhigt hat, fragt er: »Wie geht es jetzt weiter?«

»Ehrlich gesagt weiß ich es nicht. Mein Vater und ich müssen Pläne schmieden. Die Männer aus deiner Mannschaft, die noch am Leben sind, setze ich im nächsten Hafen ab. Draxen kann ich aber nicht gehen lassen. Der wird sich mit seiner Niederlage eindeutig nicht abfinden, also bleibt er vorerst ein Gefangener. Aber weder ihm noch dir wird ein Leid geschehen, sofern ich es verhindern kann.«

Er schaut mir in die Augen und sieht dabei so dankbar aus, so erleichtert – man könnte glauben, ich hätte ihn gerade zum König seiner eigenen Insel ernannt.

»Du hast mir das Leben gerettet, Riden. Ich erwidere bloß den Gefallen.«

»Ist das wirklich alles?«

»Ja.«

Er holt tief Luft. »Als wir auf dieser Insel waren, habe ich so viel über dich erfahren. Ich habe dich schon vorher beschuldigt, du hättest mich verzaubert und mit meinem Verstand herumgespielt. Jetzt weiß ich, wie es sich wirklich anfühlt, unter deiner Kontrolle zu stehen. Mir ist klar geworden, dass du vorher ehrlich zu mir warst und dass das, was ich denke – was ich fühle –. nichts mit deinen Fähigkeiten zu tun hat, aber alles mit dir.«

»Riden«, sage ich, um ihn zum Schweigen zu bringen.

»Ja?«

»Du hast eine Menge Blut verloren, und ich bin ziemlich sicher, dass du eine Weile tot gewesen bist. Vielleicht solltest du dir etwas Zeit nehmen, um wieder zu Kräften zu kommen – und zu Sinnen –, ehe du irgendetwas Verrücktes sagst oder tust.«

»Wie zweimal angeschossen zu werden?«, fragt er und vertreibt damit die Anspannung im Raum.

Ich lache. »Ja, zum Beispiel.«

»Schön, aber da ich nun so viel über deine Fähigkeiten weiß, wäre es schlimm, wenn ich dir eine Frage stelle?«

»Fragen darfst du.« Was nicht heißt, dass ich auch antworten werde.

»Was ist so besonders an deiner Geburt? Wie bist du an die Sirenenkräfte gekommen, ohne selbst eine ganze Sirene zu werden? Du hast gesagt, du würdest es mir im Austausch gegen die Karte erzählen. Die habe ich dir zwar nicht freiwillig überlassen, aber du hast sie jetzt und ich würde es immer noch gern wissen.«

Riden weiß schon sehr viel über mich. Er hat all die schrecklichen Dinge, die ich ihm antun könnte, wenn ich wollte, selbst gesehen. Und trotzdem redet er immer noch mit mir, als wären wir … fast so etwas wie Freunde. Mich stört es nicht, wenn er mehr erfährt. Bemerkenswert ist, dass er mich überhaupt akzeptiert, wie ich bin. Nicht, dass es mich kümmern sollte, ob er das tut oder nicht.

»Mein Vater ist seinem Teil der Karte vor über achtzehn Jahren gefolgt. Er wollte einfach sehen, wie weit er mit dem, was er hatte, kommen konnte. Er und zwei Schiffe aus seiner Flotte sind auf eine Insel gestoßen, die kein Kartograph von Maneria je verzeichnet hatte, abgesehen von dem, der vor langer Zeit die Karte zur Isla de Canta angefertigt hat.« Diese Geschichte kenne ich auswendig. Als ich klein war, habe ich meinen Vater immer wieder gebeten, sie mir zu erzählen. Nun, da ich älter bin, ist mir bewusst, dass sie für ein kleines Mädchen ein bisschen unpassend war. Aber Vater hat mich immer schon behandelt, als wäre ich älter, als ich wirklich bin.

»Was war das für eine Insel?«, fragt Riden.

»Wir kennen ihren Namen nicht. Wir wissen nur, dass sie auf dem Weg zur Isla de Canta liegt. Doch der Name ist nicht wichtig. Was allerdings wichtig ist, das ist das, was sie entdeckt haben, als sie dort angekommen sind.«

»Was haben sie entdeckt?«

»Eine Lagune. Eine Lagune, in der wunderschöne Frauen gebadet haben. In dem Glauben, sie könnten hingehen und ein bisschen Spaß haben, sind mehrere Männer über Bord gesprungen, darunter auch mein Vater. Aber statt dass die Frauen geflohen sind oder geschrien haben, um davonzukommen, waren die Männer diejenigen, die gekreischt haben, bis ihre Köpfe unter Wasser verschwunden sind.«

»Aber dein Vater hat überlebt. Wie?«

Ich lächele, denke daran, wie er mir die Geschichte davon erzählt hat, wie er und Draxen an die *Night Farer* gekommen waren. »Unterbrich mich nicht. Dazu komme ich noch.«

»Tut mir leid.«

»Eine Sirene ist eine machtvolle Kreatur. Stärker als ein einzelner Mann. Wenn sie ihr Opfer gefunden hat, packt sie es an den Schultern und zieht es mit Gewalt auf den Meeresboden hinunter, wo sie sich mit ihm vergnügt.«

Riden schluckt. »Wie romantisch.«

Ich neige den Kopf zur Seite. »Findest du, das ist in irgendeiner Weise schlimmer als die Absichten der Männer, die auf sie haben losgehen wollen?«

Darauf schweigt Riden.

Ich fahre fort. »Ein Mann kann zappeln und kämpfen, um sein Leben zu retten, aber die Sirene wird immer siegen. Und die Sirenen, die empfangen, während sie unter Wasser sind, gebären Sirenenkinder. Natürlich nur Mädchen. Denn Sirenen sind immer weiblich. Die Schönste von allen schnappte sich meinen Vater. Sie war sogar ihre Königin, behauptet er. Wie die anderen hat sie ihn mit sich auf den Meeresboden gezogen.«

»Und?«

»Zuerst hat sich mein Vater noch gewehrt. Er hat mit aller Kraft gekämpft, aber es war nutzlos. Er wusste, er würde sterben. Statt also weiterzukämpfen, bis ihm die Luft ausging, beschloss er, ein Partner in dem zu sein, was nun kommen würde.«

»Du meinst …«

»Statt zu kämpfen, erwiderte er die Umarmung und die Küsse. Und aus unerfindlichen Gründen hat ihm dieses Verhalten das Leben gerettet. Sie brachte ihn zurück an die Oberfläche. Den ganzen Weg bis hinauf zum Land. Denn ein Kind, das eine Sirene an Land empfängt, wird mehr Mensch als Sirene sein.«

»Bei den Sternen«, haucht Riden, dem unverkennbar die Worte fehlen.

»Mein Vater und diejenigen, die an Bord der Schiffe geblieben sind, haben die Insel dann wieder verlassen. Sie waren schon so weit gesegelt, wie es ihnen ohne die fehlenden zwei Drittel der Karte möglich war, und nun kehrten sie heim. Man gewährte ihnen die Heimreise wegen der Begegnung meines Vaters mit der Sirenenkönigin. Sie gestattete ihnen, ihr Leben zu behalten, statt ihnen all ihre Untergebenen auf den Hals zu hetzen, um ihnen ein Ende zu machen. Seither ist mein Vater viele Male zu der Insel zurückgekehrt, aber er hat nie wieder eine Sirene zu Gesicht bekommen.«

Riden sagt nichts. Er ist zu tief in seine Gedanken abgetaucht, während er all das verarbeitet. Irgendwann schließt er die Augen, und ich nehme an, er ist eingeschlafen. Ich starre die geschlossenen Lider an. Verfolge die tiefen, gleichmäßigen Atemzüge. Betrachte die vollen Lippen. Das ist ein sonderbarer Mann. Sonderbar, weil er mich gerettet hat. Sonderbar, weil er so gekämpft hat, um seinem schrecklichen Bruder das Leben zu retten. Aber auch sonderbar, weil er nicht um das kämpft, was er will – was immer das sein mag.

Ich vermute, in Zukunft werde ich noch viel Zeit haben, aus ihm schlau zu werden.

Da ist immer noch ein Drittel der Karte, das gefunden werden muss.

Danksagung

Dieser Roman wäre ohne die Hilfe vieler Menschen nicht veröffentlicht worden. Zuerst möchte ich meiner Agentin Rachel Brooks danken, die um meinetwillen ein Risiko eingegangen ist, um ein Zuhause für »Daughter of the Pirate King« zu finden – und die sich nun auch weiter für den Erfolg des Buches einsetzt. Du bist eine Superheldin und eine gute Fee in einer Person, Rachel. Danke, dass du so großartig bist.

Großer Dank geht an das Team bei Feiwel and Friends, ganz besonders an Holly West, meine wunderbare Lektorin. Deine Einblicke in Handlung und Charaktere waren von unschätzbarem Wert. Du hast mir wirklich geholfen, in Alosas Kopf vorzudringen und dem Roman Glanz zu geben. Ich schätze auch sehr die Mühen von Starr Baer und Kaitlin Severini, die als Produktionsredakteur und Korrektorin beteiligt waren.

Und all die anderen hinter den Kulissen, die aber dennoch an DotPK beteiligt waren – ich bin einmal einer dieser Menschen gewesen, und ich weiß, dass es euch gibt. Danke!

Alek Rose, meine Zimmergenossin im College, du hast es hingenommen, dass mein Wecker eine Stunde früher geklingelt hat, damit ich schreiben und überarbeiten konnte. Du hast mein Gequassel über neue Buchideen angehört und mich immer wieder ermutigt. Danke, Eerpud.

Sarah Talley, Megan Gadd und Taralyn Johnson, ihr seid die

besten Freundinnen und die besten Kritikerinnen, die sich eine Autorin nur wünschen kann. Ändert euch bloß nie.

Sehr dankbar bin ich auch meinen Betaleser*innen: Gwen Cole, Kyra Nelson, Shanna Sexton, Jennifer Jamieson, Elizabeth Anne Taggart, Juliet Safier, Tyler Wolf, Samantha Lee, Erica Bell, Kyra Pierce, Grace Talley und Candace Hooper.

Ein schneller Gruß geht an die Swanky Seventeens und vor allem an meine Agenturschwester Gwen Cole, die mich bei Verstand gehalten und die verrückte Fahrt mitgemacht hat.

Danken muss ich auch Elana Johnson, die mich bei der Agentursuche unterstützt hat; Brandon Sanderson, dessen Creative-Writing-Kurs mir so viel über funktionierende Magiesysteme beigebracht hat; Rick Walton, der mich mehr gelehrt hat, als ich je über das Publizieren zu lernen gehofft hatte; und auch ein Dank an Kathleen Strasser, ohne deren Hilfe ich gar nicht erst mit dem Schreiben angefangen hätte.

Außerdem muss ich meiner Tante Krista und meinem Onkel Tim danken. Ich habe den Großteil der Arbeit an diesem Buch erledigt, während ich mein letztes Collegesemester beendet und noch bei euch gelebt habe. Danke, dass ihr mir euer Zuhause geöffnet habt. Danke, Audrey, dass du mir geholfen hast, beim Brainstorming Namen für die Charaktere zu finden. Danke, Emmy, dass du mir erlaubt hast, dein Zimmer zu beanspruchen und dir vorzulesen. Nathan und Jared, danke, dass ihr dafür gesorgt habt, dass mir nie langweilig wurde.

Und natürlich bin ich meiner Familie, die mich auf jedem Schritt des Weges unterstützt hat, ewig dankbar. Danke, Mom, Dad, Jacob, Becki, Alisa und Johnny für eure Ermutigungen und die endlosen Qualen, die ihr erduldet habt, als ihr zugehört habt, wenn ich endlos über den langen Weg zur Veröffentlichung geredet habe.

Exklusives Zusatzmaterial

Interview mit Tricia Levenseller

Bitte erzähle uns etwas über dich – deine Hobbies, wie dein Leben gerade aussieht, was du hoffst zu erreichen.
Derzeit bin ich an der Hochschule und mache meinen *MFA* im Kreativen Schreiben – damit ich das unterrichten kann, was ich tue! Außerdem lerne ich gerade Französisch. Ich liebe es, in Geschichten zu versinken – sei es nun bei einem Kinobesuch, meinem Lieblingsvideospiel, oder beim Lesen. Die übrige Zeit verbringe ich gerne mit meinem Hund, bei Brettspielen mit meiner Familie, oder halte sehr gerne auch mal ein Schläfchen. Meinen Traumberuf konnte ich bereits verwirklichen, habe aber noch viele andere Dinge auf meiner Bucket List: das Great Barrier Reef zu besuchen, in eine Küstenstadt zu ziehen (merkt man, dass ich das Meer liebe?), und mein Traumhaus zu bauen, in dem es eine riesige Bibliothek gibt.

Fünf Dinge, die wir noch nicht über dich wissen?
Ich bin das Älteste von fünf Kindern. Ich habe ein Talent dafür, am Steuer zu essen. Meine Lieblingsfarbe ist Lila. Ich liebe Ohrringe, und kaufe mir ständig neue. Ich mag es auf Bäume zu klettern.

Wie bist du zum Schreiben gekommen? Kannst du uns etwas über deinen Schreibprozess verraten?
Der Gedanke, Geschichten über Frauen für Frauen zu schreiben, hat mich zu meiner Schreibkarriere inspiriert. Es gab davon so wenige, als ich jung war! Deshalb wollte ich aktiv dazu beitragen, jungen Frauen zu zeigen, dass sie sein und tun können, was immer sie möchten, um ihre Träume zu verwirklichen.

Mein Schreibprozess unterscheidet sich von Buch zu Buch, aber ich erstelle mir im Vorfeld gerne eine Outline des Plots, meistens kapitelweise. Das hilft mir dabei, schneller zu schreiben. Ich setze mir immer ein Tagesziel – nur so kann ich meine Deadlines einhalten.

Hast du eine Lieblingsfigur in deinen Büchern?
Ja. In dem Buch, an dem ich gerade schreibe, gibt es einen Charakter namens Kess – sie ist ein Straßenkind und weiß, dass sie zu Größerem bestimmt ist. Sie ist eine unnachgiebige Person, die vor nichts zurückschreckt, um ihre Ziele zu erreichen. Tatsächlich basieren keine meiner Charaktere auf Personen aus meinem Leben – leider.

Was ist dein absolutes Lieblingsbuch?
»DARK TRIUMPH – Die Tochter des Verräters« von Robin LaFevers. Ich liebe die Message, dass egal wie dunkel deine Vergangenheit auch gewesen sein mag, du dir trotzdem den Weg in eine strahlende Zukunft ebnen kannst. (Und dabei Abenteuer zu erleben und sich zu verlieben!)